U0907751

刘小玲个子不高，戴着眼镜，看起来文静秀气，却能跑马拉松。八十多华里路啊，她竟能跑下来，可见她耐力极好。《脸面》是她出的第三本书，可见她创作也有耐力。创作更需要耐力，坐得住的耐力。刘小玲既会写小说，又能跑马拉松，算是我见过不一般的陕北女人，也是我见过唯一的一位能跑马拉松的女作家。一位有耐力的女作家，坚持着创作，写出来的文字，也一定离不开一个“耐”字，耐读！

厚夫

2018年11月28日于延安

刘小玲是有实力的陕北女作家。她有理想、有追求，阳光豪迈。她笔名为山丹丹，其作品亦如陕北生活土壤上盛开的山丹丹花，多姿多彩，娇艳可人。本小说集《脸面》以不同视角、不同风格的语言勾勒出了中国西部乡村、城镇以及城乡结合部人物的命运史、心灵史及情感史。书中所塑造人物，无论教师、工人、干部、农民或商人，无不个性鲜明，呼之欲出。浓郁的地域性、鲜明的时代性以及浓厚的民间性是该小说集的三个突出特点。

钟波波 2018.12.17.

刘小玲 著

图书在版编目（CIP）数据

脸面 / 刘小玲著．-- 长春 : 吉林文史出版社，2020.5

ISBN 978-7-5472-6881-0

Ⅰ．①脸… Ⅱ．①刘… Ⅲ．①中篇小说－中国－当代 ②短篇小说－小说集－中国－当代 Ⅳ．① I247.7

中国版本图书馆 CIP 数据核字（2020）第 069904 号

脸 面

LIANMIAN

著　　者　刘小玲

责任编辑　程　明

封面设计　百悦兰棠【BAIYUE LANTANG】

出版发行　吉林文史出版社

地　　址　长春市福祉大路 5788 号

网　　址　wwww.jlws.com.cn

开　　本　170mm×240mm　1/16

印　　张　16.5

字　　数　270 千字

印　　刷　黑龙江艺德印刷有限责任公司

版　　次　2020 年 10 月第 1 版　2020 年 10 月第 1 次印刷

书　　号　ISBN　978-7-5472-6881-0

定　　价　60.00 元

娇艳的山花（序）

钟海波

陕北，一片黄褐色的高原，千沟万壑，一望无际。天空湛蓝，白云悠悠。鸟鸣清脆，空气清新。走在山间小路，极目远眺，顿感神清气爽。春夏之交，如果幸运，便会看见背洼洼有棵红艳艳的山丹丹！这是一种野百合花，陕北人习惯称之为山丹丹。山丹丹鲜红的花瓣如绸缎般柔软细腻，金黄的花蕊精致娇艳。它带着泥土的气息，泥土的芳香。它吸风饮露，钟天地之灵气，是山的精魂，有了它山便有了仙气、有了灵气。生长于穷山恶水之地，它却那样热爱生活、热爱世界。它用火红的青春唱出一首首美丽动人的生命赞歌。

刘小玲是一位有实力的陕北作家，是黄土高原养大的女儿，她的笔名为山丹丹，其性格亦如山丹丹，她的小说也如陕北生活土壤上生长的山花。她阳光豪迈，充满活力，有理想、有追求，热爱文学。她是业余作家，却十分勤奋，发表了大量作品，已出文集《大漠流韵》和长篇小说《榆钱谣》，现推出新小说集《脸面》。该小说集共收集作品 16 篇，文体上可分中篇、短篇、小小说；内容可分心灵篇、社会篇、时代篇、情感篇、青春篇。内容多姿多彩，形式丰富多样。我读小说集《脸面》，感觉其鲜明特色有如下几点。

地域色彩浓厚。刘小玲小说大量运用方言土语，展示风土人情、山川风貌，具有浓浓的陕北味儿。《雪天不再冷》有这样的景物描写：洁白的梯田台，整齐的窑洞，明亮的玻璃窗户，袅袅炊烟。窗棂子上挂着一串串鲜红的辣椒，窑腿子上挂着一串串金色的玉米棒。透过玻璃窗，依稀可见窗台上垒放的大黄南瓜……这段描写地域特征十分鲜明，把陕北农村的特色凸显出来了，读之仿佛来到陕北的村庄，看到了窑洞窗花，辣椒玉米；听到鸡鸣狗吠，羊咩牛哞。

地域性也表现在语言的地方化上。其中中篇小说《脸面》中有这样的叙述：老王年近五十，暴发户、煤矿老板。国家的好政策，让他一夜之间成了土豪。之前，他受不下苦，觉得当农民没出息，倒倒这、卖卖那，做一些空手套白狼的营生；后来他有钱了，爱好极为广泛。有人说他喜欢喝酒，酒后挥金如土；有人说他为人仗义，用做生意赚来的钱资助大学生；有人说他好色，常常去高档按摩房享受生活。这段叙述运用陕北方言，描写陕北人、陕北事，贴近生活，很接地气。这样的语言幽默诙谐，有表现力，生活气息浓郁。

时代感。刘小玲的艺术感觉十分敏锐。她善于捕捉生活中闪光的情景，善于采集生活中的浪花，能够把握时代脉搏，表现当下发生的最新故事，给人以亲切感、新鲜感。十九大以来，党领导全国人民走共同富裕道路，打脱贫攻坚战。时下轰轰烈烈的精准扶贫工作在基层展开。《雪天不再冷》就是反映了精准扶贫工作中发生的故事，讴歌了人世间的真善美。小说揭示这样的主题，只要每个人向社会献出一份爱心，社会大家庭将更加温暖。该小说以人物刻画为主，情节曲折，没有说教，没有图解政策。

科技发展日新月异，21 世纪已是信息时代。当下，微信取代 QQ 和短信，成为人们主要的交流渠道。刘小玲的小说描写了机关单位用微信公众号进行政策宣传，普通民众使用微信聊天、交友等，这些生活情景离读者很近，让人感觉十分亲切。她的小说还反映生态问题、基层村干部腐败以及教育的偏差问题等，其题材内容有强烈的时代感。

民间性。刘小玲小说所写人物多为乡间平凡人物。《小寡妇杀羊》塑造了小寡妇翠花形象。翠花长相漂亮，性格坚韧、顽强、精明、利索。《雪天不再冷》叙述喜旺爷的故事。刘小玲性格诙谐，她把平凡的生活写得妙趣横生，写作上也借鉴了民间文学手法。《小寡妇杀羊》中有这样的叙述：村主任第一次来，买三斤羊肉，付五斤的钱。她不要。村主任硬给，丢下一句话："那二斤炖给娃娃们吃。"她心里一阵感动。村主任第二次来，买五斤羊肉，付十斤的钱。她不要。村主任硬给，丢下一句话："给你买件新衣服穿。"她心里一阵慌乱。临近大年，村主任又来，买半只羊，付一只羊的钱。她不要。村主任硬给，丢下一句话："娘儿仨好好过个年。"她内心一阵巨浪翻滚，眼睛就模糊了。这是民间文学常用的重复手法。

《好人担了个赖名誉》是民间俗语的演绎。《生命树》体现民间因果报应观念。

此外，刘小玲的小说也体现出现代性特征。小说从女性视角对生活中出现的爱情与婚姻、情感与道德冲突予以审视及思考。个别作品还涉及人与自然关系的思考，体现了新的伦理观。

刘小玲能推出新的小说集，作为同乡，我为她高兴。序言一般请名人来作，我非"名人"。刘小玲请我作序，我有些惭愧，同时也有些感动。祝她今后创作出更高质量的作品。愿黄土地的山丹丹越开越艳！是为序。

2018/11/28 于西安

山花与蝴蝶

戊戌秋波波

钟波波印

目录

附：《脸面》评论（作者均为陕西师范大学文学院研究生）

·中篇小说·

脸面

引子

谁能想到，一名刚刚被清华大学录取的学生竟然成了杀人犯。

一

2009 年盛夏。

一辆满载着乘客的班车，行驶在通往榆钱的国道上。车内坐着杨巧杏一家四口。国道两边的山水树木人羊狗都向后甩去。在她的眼里，这些山是美的，树是翠的，水是清的，人是和蔼的，羊是可爱的，狗是诚实的。她的儿子韩华考上了榆钱市重点高中。她的心情好极了。今天，是开学报名的日子，他们一家人正往学校赶呢。

班车到了市运输公司汽车站，一家四口下车。

韩贵山——杨巧杏的老汉，一肩膀把铺盖卷扛起，自顾自迈开腿走在最前头。韩华背着大大的书包，紧跟着跳下车，小跑两步赶上父亲，和父亲并排走起。杨巧杏一手提着一个衣服包，一手拉着 6 岁大的、扎着小辫子、穿着褪色花连衣裙的女儿秀秀，最后下了车。

秀秀左顾右盼，举步不前，好像有一些花花绿绿的玩具、诱人的糖果、漂亮的小衣服在吸引她，几乎是被杨巧杏死拉硬拽着往前走。

一出汽车站，就是榆钱二道街，街道两边花花绿绿的橱窗，仿佛是金鱼身上的鱼鳞闪着耀眼的光；街道上是奔驰不停的小汽车、三轮车和摩托车；街道两边路牙子上站立着两行翠绿的小树，小树下人影攒动，仿佛乡村集市上遇到的情形，又像蜂窝里被捅了一棍，嗡嗡直响。

杨巧杏急着赶路，要追上前面的老汉和儿子。秀秀拽住不走，她急得没办法，伸手在女儿屁股上就是一打。秀秀张嘴“哇”的一声哭了起来。秀秀的哭声，拉住了前面疾走的脚步。父子两人同时站立，转身。

“妈，我们打出租。”韩华提议。

“坐三轮，三轮省钱。”韩贵山指着车站出口处停的三轮车说。

“我去叫。”杨巧杏说着撂开秀秀的手，向三轮车跑去。

一个农村妇女，穿着素淡的服装，小跑着去叫三轮车，背影乍一看去，像一根风干了的高粱秆在风中移动；她的刘海飞扬在耳朵两边，就像两片高粱叶子一摆一摆；她长长的头发在头顶挽起，显得细长的脖颈愈加细长，活像一头长颈鹿高傲地奔跑；她身上看不出一点儿赘肉，就像缺少营养，三年没吃饱饭的饿人，一场大风刮来，准能把她刮得无影无踪。

这年头多的是臃肿华丽的女人，她明显在这个城市里有点儿不伦不类。她并没有觉得什么，她和三轮车师傅讲价钱。她把价格压到最低，而后就像一个胜利者一样坐着三轮车返回来。这时再看她的脸，满脸红润，似乎脸蛋上抹上了一层厚厚的红粉。

杨巧杏跳下三轮车，让韩贵山抱着铺盖卷先坐上去，又让儿子提着东西再上去，最后，她一把抱起脸蛋上还挂着泪珠的女儿上了三轮车。

三轮车出发了。不多时，就到了校门口，一家人从左右两边各自跳下三轮车。韩贵山依然打头走，他穿着一身灰旧的衣服，肩膀上扛着铺盖卷，走起路来昂首阔步，一点儿不觉得自己是个土疙瘩。韩华步履矫健，紧跟着父亲，满脸自信。杨巧杏拉着女儿碎步疾走，面带微笑。秀秀的眼睛更加明亮，嘴巴却张得老大，在她的目光处，另外一个母亲也拉着一个小女孩，而那个小女孩手里却抱着一个布娃娃。

一家四口人踏着水泥路面，朝着纷乱吵嚷的学校大门走去。就要迈进大门时，听到“嘀嘀嘀”三声脆响，是来小车了。

“秀秀，看车，不要跑了，站住。”杨巧杏大声喊叫起来。

走在前面的韩贵山和韩华听到喊声，停下疾走的脚步，挡住蹦蹦跳跳的秀秀。杨巧杏紧跑几步，上前一把拉住女儿，侧身站立。一家人就侧身站成一排，看汽车进了大门，他们才转身通过校门。

杨巧杏看见刚进去的车整齐地停在校园里，已经停好的一排车边，车上走下一家三口或两口，都是来学校报名的。那些男人都是气宇轩昂，那些女人高雅华贵，那些男孩是名牌服饰，那些女孩花枝招展。再看看自己的打扮与儿子的穿着以及扛着铺盖卷的老汉，一丝酸楚就涌上了心头，但她转念又想到寒门出身的儿子会和那些富贵出身的子女平起平坐时，心里又不由得骄傲起来。

她的儿子学习一直很好，成绩拔尖，是凭真本事考进来的。这让她脸上有光，底气十足，腰杆挺直。她觉得自己这些年没白煎熬，跟着老汉过着名存实亡、清苦的日子，儿子争气，给她长脸了，可以说补回了她在老汉那里所受的——作为一个女人难以言说的委屈。现在她已经不把那些委屈当委屈了，怎么说老汉也给了她一个争气帅气的儿子，一个乖巧伶俐的女儿，不行就不行吧，也认了。

古时候的女人老汉早死还要守一辈子寡，而她的老汉还活着，还能为家里拿轻扛重，是娃娃的势皮子，是一家人的顶梁柱，不做那事又缺不了一块肉，煎熬也值。

韩贵山也是，受苦也好，不会赚钱也好，人老实也好，这些都没什么，不是什么大毛病，可他自从老婆怀上女儿后，好端端一个男人就不中用了，就再也挺不起来了，像霜打的茄子始终蔫头耷脑，仿佛皇宫里的太监。杨巧杏起初那几年不待见他，要他出去看病，可他只剩一张苦瓜脸，哪能把这病给人说、给人看，说了看了岂不是连苦瓜脸也不想要了？让世人知道，他还怎么活？怎么在娃娃面前做人？可他私下里不是没想过，他也上过学，识得二斗文字，电线杆上看见过有关此病的治疗，也曾打电话问过人家。人家就说这病是地沟油吃的，煤烟熏的，废气闻的，受苦受的；还说需要壮阳，需要大补，又说这是男人最忌讳的病，要治，不治影响心情，影响工作，影响寿命。他问人家治好得多少钱？人家说最起码得两三万。天大大呀！打死他也拿不出两三万。他听了就像一个泄气的皮球，当即前心就贴在后背上。

他就给自己宽心：又不是皇帝老儿，又不是要伺候三宫六院七十二嫔妃，只有一个老婆，已经给她种了两个娃了，够本了，不中用就不中用，老婆不说，外人能知道个球？又没有正经工作，农民一个，种地受苦，能影响个甚？心情又算个啥，人活一辈子，哪能没个闹心事？

自此，他就和老婆白天依然一家人，该吃就吃，该做就做，该说就说，该挨骂就挨骂；到了晚上，他就乖溜溜睡在冰凉的前炕，留下热炕头让老婆睡，不招惹她，不刺激她，尽量要她高兴，即使她半夜起来骂他打他，他也挨着，打不还手，骂不还口；天暖他就白天钻在地里营务庄稼，晚上睡在院子里，谎说自己为了乘凉。这样过了两年，老婆就习惯了他窝囊，习惯了他忍气吞声，习惯了他算不上男人，不再唠叨他了，不再数落他了，半夜也不起来撕打他了，就一心扑在儿女的教育上了，才得以让他现在挺直腰杆做人了。

塞翁失马焉知非福！真的。现在啊，说不准杨巧杏还感谢老汉不中用呢！这样她才一门心思扑在儿女身上了，才有儿子给她长脸考上市重点高中了。

他们的儿子是村里历年来唯一一个考上榆钱市重点高中的，这给他们夫妻长足了脸，给村里其他学生树立一个好榜样。村主任脸上也光彩照人，逢人就说因为村风良好，才能有这么优秀的村民教育出这么优秀的孩子。韩华的初中班主任更得意，受到学校的表彰奖励，得到同事的刮目相看。甚至信誓旦旦给他们说韩华是个清华苗子，得好好培养。

未来的清华大学生。这是班主任老师的一言词，不必当真。

杨巧杏却自此扬眉吐气，自信心大增，好像未来的清华大学生不是她的儿子，是她自己，仿佛她又获得新爱情一般，仰首蓝天白云，低头鲜花烂漫，向前坦途延伸。

韩华的入学手续办起来非常顺利，半个小时全部搞定。

和学校总务处问清楚宿舍楼方向，找到宿舍，杨巧杏帮儿子挑选了一个靠窗的床位，用了半个小时就把儿子的床铺拾掇得温馨起来，俨然一个温暖的小窝了。

秀秀爬上哥哥的床打滚。杨巧杏一把拉下地，厉声道："别闹，甭把哥哥的床单弄皱。"她转头又跟儿子说："妈不在身边，自个儿招呼好自个儿，我们走了。"

韩华看见装满绿豆汤的大雪碧桶子，跑出宿舍，追下楼，喊道："妈等一下，喝了再走。"

杨巧杏驻足，原地站立，等儿子近前，接了桶子，三人轮流喝了半桶子，把剩下的半桶子递给韩华，就急匆匆地离开学校。

她之所以这么急，是今天还有急事。今天下午老汉要去煤矿上班了，她是要赶回去给老汉收拾行囊。

杨巧杏现在心里是一派前程似锦，仿佛前方是金光大道，只等她上去踩踏不可。可是，距今 20 天之前，她还急得挠挖上墙，愁眉不展。

多亏了老王，给她解了燃眉之急，帮她解决了后顾之忧，她要赶紧回去擀一块杂面，老王老婆爱吃杂面，她必须知恩图报。

二

老王年近50，暴发户、煤矿老板。国家的好政策，让他一夜之间成了土豪。之前，他受不了苦，觉得当农民没出息，倒倒这、卖卖那，做一些空手套白狼的营生；后来他有钱了，爱好极为广泛。有人说他喜欢喝酒，酒后挥金如土；有人说他为人仗义，用做生意赚来的钱资助大学生；有人说他好色，常常去高档按摩房享受生活。

老王把公司的业务交给大学毕业的儿子管理了，他回老家来颐养天年。村里人很是费解。有人就说老王得了心脏病，差点儿猝死在石榴裙下。

杨巧杏和老王住一个村子里，老王家住前湾，杨巧杏家住后湾，有关老王的传闻，墙里说话墙外听，她早有耳闻。按原先的做派，她和老王就是老死都不会往来。很明显的贫富悬殊差距太大嘛，他们怎么可以有交情？全是为了给儿子凑学费，为了培养一名清华大学生，杨巧杏不得不低下她长颈鹿般高昂的头。

那天下午饭后，杨巧杏出硷畔倒泔水，看见老王从公路上走过去，她脑门一激灵，转身进院，走到圪蹴在门道抽烟的老汉身边，凑在耳朵边低声说道：

“我看见老王回家了。”

“他回家与我有屁相干？”

“你想一想。”

“想他做甚？就有俩臭钱。”

“你有钱也一样，跟他借点儿，华娃过 20 天就开学了。”

“不去，你让我男人的脸往哪儿搁哩？”

“你还要脸？要脸你也出去挣钱，土疙瘩林林能刨出几个钱来？你看这村里的男人，跑车的跑车，打工的打工，能有几个像你一样窝在家里？”杨巧杏的数落像雨点一样洒下来，不解恨，心里又补骂一句：“连个毛都不会要，还要脸？”

“你能行，你出去挣嘛！”韩贵山低低嘟囔了一句连蚊子也听不到的话，低头吸起了自制的卷烟。

“光会抽你大的骨髓。”杨巧杏恨不能骂出声来，在心里嘀咕着，上前一把抢下老汉嘴上的烟卷，使劲撂在地下，狠狠踩了一脚，进屋后还嘀咕：“死命不好，贪上个窝囊废。”

杨巧杏进屋，一阵梳洗打扮，又走出门，在韩贵山肩膀上戳了一指头，说：“走，你不去算个甚？”

韩贵山抬头，一脸惊讶，大瞪着眼睛。

“黑猪，看我能看出钱？快走，迟了人家串门了。”

“你、你、你打扮成这样？”韩贵山说话猛然间结巴起来。

“我不打扮，疯婆子一样见人家，亏你想得出。”

韩贵山低下头，不动，不言语。他是个一锥子扎不出黑血的人。

杨巧杏没办法，一阵巧言相劝。韩贵山终于站起来了。他俩正要下坡，韩华带着妹妹走上坡来。

“妈，你们去哪儿？我也去。”秀秀转身又跑下坡。

“华娃，看好妹妹。”杨巧杏说完自顾下坡，去追已经走下坡的韩贵山。

韩华跑下坡，拉了秀秀的手，秀秀拽住不上来，韩华硬把她拉上坡。

人凭衣衫马凭鞍，杨巧杏任打扮，一打扮，山山川川都显出来了，可耐看了，要是远看，更是直格柳柳端，苗格条条展。她平时土里土气，全是等上个死镗锤老汉，挣不下钱，堆栽了。老王是谁？他是怜香惜玉的多情男人，出手大方的现代土豪，好色如同西门庆转世，霸气如同武松投胎。杨巧杏没想这么多，她只一门心思：借钱。

夏日的傍晚，并不宁静，210 国道上依然奔跑着哼哧哼哧喘着粗气的大货车。有狗叫声从一家院落里传出，一弯月亮透过云层，照射在国道两边郁郁葱葱的庄稼上，同时在黝黑的柏油路面映射出一种鬼魅的色彩，村道上已经没有多少人在走路了。

“狗蛋，快下来睡觉。”前院里传来李奶奶一声浑浊的喊叫声。紧接着一个顽皮的男孩从一个院坡里滚下来。顷刻间，村庄又淹没在一片汽车声里。

杨巧杏紧跟在韩贵山的身后，她老远就瞧见了老王家的红色大门，大门外的大红灯笼熠熠生辉，照耀得硷畔上的那棵枣树紫气升腾。

老王家与别家有着明显的区分，高墙深院，门外蹲着两个大号把门石狮子，一个石狮子旁还停着一辆叫不出名来的黑色高大小汽车，这样气派的大门在这村里是仅此一户。

杨巧杏夫妇上到老王家的硷畔，看见大门紧闭。韩贵山停在大门前踌躇了半天，退后一步。杨巧杏双手拢拢额前掉下来的两缕头发，拽拽裙摆，抬起右手，拿住门环在大门上撞击了三下，“嘟嘟嘟”三声脆响停止后，院里传来了一声男中音：“门不关。”

“吱呀”一声响过，杨巧杏慢慢推开铁门，开到只能进一个人的时候，闪到一边让韩贵山先进去，继而她跟进去，随手关住门。

一线五孔石窑，当院一棵歪脖子枣树，树下放着两把藤椅，藤椅之间一个石桌，石桌上摆着一个茶杯，搁着一个盛有几颗鲜红西红柿的盘子。老王半卧在藤椅上，闭目养神。老王老婆坐在藤椅里，嘴里吃着半截黄瓜。听见大门开了又闭了之后，老王睁开眼睛，目光越过韩贵山，停在杨巧杏身上，他的眼睛一亮，坐直身子，继续细细打量：

她身材高挑，线条匀称，前胸隆起，后臀上翘，小腹平坦，小腿纤细，双脚薄妙，脚趾白皙，一件随意的连衣裙，一双家常的塑料拖鞋。反衬得他老婆活像一个没包严实，一出蒸笼就张口的包子，里面那青红黄绿交织起来的大肉蔬菜馅一股脑都露了出来。她瞳孔明亮，灵活温柔，额头光洁，皮肤精致，简直是美拍手机拍出的美女容貌，仿佛寒冬腊月枯树枝头挂的一颗水红苹果，新鲜得让人不自觉就忘掉口渴，却心心念念又想吃掉。再看身边的老婆，眼袋下垂，皮肤松弛，皱纹交错，斑点密布，仿佛为了挣钱糊口，冒充画家的坏家伙儿，故意把一堆黑颜料恶作剧在画布上，而充当的油画作品。她耳环不垂，项链不挂，戒指不戴，浑身干净清爽。再看看自己的老婆，披金戴银，珠光宝气，倒显得俗不可耐。她头发不烫，眉毛不绣，唇线没漂，眼睑没纹，清水芙蓉一般，素面朝天。总而言之，眼前的这个女人是花花绿绿时代里的一件稀罕物，一个真正的女人。老王动心了，他一反之前对方不问不答话的常态，开口问道：“你们有事？”

杨巧杏夫妇只是站着，没有坐老王老婆示意的石凳。听到问话，韩贵山上前给老王递上去一支低价的软猴王香烟。老王看了一眼，摆摆手。韩贵山又把烟装进兜里，退后一步，开口说话，可是他“我、我、我……”了半天，脸憋得通红，也没说出一句完整的话来。

老王老婆“扑哧”一声，赶忙用手上去挡住嘴。

杨巧杏急躁万般，手心里捏了一把汗。她纳闷，死老汉怎从傍黑开始变成结巴了，之前没出息窝囊，也不见得连一句囫囵话也说不出。她心里暗暗嘀咕，这囊糠屄越来越不着调了，真是活见鬼。

“你什么时候变成结巴了？”老王听着难受，干脆打断韩贵山说话，他看一眼杨巧杏道：“你说。”

韩贵山立即闭嘴。杨巧杏碗大汤宽，恭维了一阵老王，才把家里的难处一五一十和盘托出，最后说出了要给儿子借两千块学杂费。

老王看一眼老婆道：“进去拿下我的包。”

老王的这一爽快之举，彻底颠覆了他留给杨巧杏的拙劣印象，反而使她从内心里开始敬仰这个有钱人。

老王老婆把钱包递给老王，随后又坐下。

杨巧杏见老王掏钱，数钱，想起前一阵老王老婆腰椎盘突出，请医生来家里按摩，就关心道："老嫂子，腰好点儿了？"

"唉。"王嫂轻叹一声，又道："好是好点儿了，什么也做不成。"

"想吃什么？我做好送来。"杨巧杏补充一句。

穷人缺钱，礼多，不欠人情，古已有之，更改不了。

韩贵山不说话，连连点头，表示对老婆的赞同。

人说夫妻阴阳相配，一人若伶俐，一人必愚拙，一人若强势，一人必弱势，想必杨巧杏与韩贵山便是如此了。

杨巧杏三言两语，拉近了她和王嫂之间的距离。王嫂当即表现出一种久旱逢甘霖的欣喜，她本想说想吃切得细细的杂面，腰疼，好长时间吃不上了，话到嘴边却变了腔："不麻烦，你别太多心。"

老王数好钱，顺手递给杨巧杏。两人一递，一接，两只手触碰了一下，一股电流嗖一下就窜入老王的骨髓，浑身一阵酥麻，禁不住哆嗦了一下。老王扫眼看见一旁戳的韩贵山，接着刚才的话茬道："你嫂子就爱吃水杂面。"

杨巧杏微笑道："杂面呀，简单，明早就擀，切好给送来。"

王嫂道："那就麻烦妹子了，以后常走动，需要帮忙，尽管开口。"

次日一早，杨巧杏擀好杂面，打发儿子韩华送去。韩华回来捎回来一句话，老王叫杨巧杏和韩贵山下午再来一回家里，说有事商量。杨巧杏和韩贵山不敢怠慢，去了却是好消息，老王建议韩贵山去塔镇煤矿，说儿子昨夜打电话要他物色一个筛煤工。

这简直是天上掉馅饼的好事，杨巧杏甚为欢喜，内心里对老王有了一种说不清道不明的感觉，远远超出了一般的感激。

三

安顿好儿子，杨巧杏和老汉女儿一同返回家，已是下午 3 点。进了家门，顾不上歇缓，忙系围裙，舀杂面，和杂面，扣一个老碗，搁在锅台掌里饧着，又做饭，吃饭，又忙着擀杂面，擀好，切好，装在竹篮子里，叫老汉扛上铺盖，提上衣服包，她左手半篮子鸡蛋，右手半篮子杂面，叫了秀秀，一家三口去老王家给老汉送行。

王嫂看见杨巧杏又带鸡蛋，又带杂面，忙着接应，进窑里端出一盘水果放在石桌上，先给秀秀手里递一个苹果，又让韩贵山和杨巧杏也吃。杨巧杏和韩贵山摇头，摆手，表示不吃。王嫂又进窑里拿出两个垫子，放在石凳上，示意杨巧杏和韩贵山坐下拉话。秀秀拿了苹果，跑一边玩。四个大人围着石桌坐着有一搭没一搭拉家常。

老王的儿子——王老板——王海平出去了，直到傍黑的时候，他才回来了，连院子也没进，车停在公路上不停地按喇叭。

老王听到喇叭声，忙说："赶快起身，他不上家来了。"

打发走老汉，安抚女儿睡下，杨巧杏看着熟睡的女儿，一下子感觉心里空落落的。儿子奔学业去了，丈夫奔日月去了，她无处可奔，必须守着这个家。她似乎适应不了这种新生活，她在院子里和家里来回走着，却并没有要做什么，她踱步到衣柜镜子前，看着镜子里落寞的面容，就打一盆水，洗脸，脸色就有了光亮；觉着脚有些酸困，打一盆水，洗脚，脚板就舒展了；她脱下上身紧捆的胸罩，换上一件宽松的短褂子，收拾女儿一天穿脏的衣服，出外拉亮电灯，在外面水龙头下，仔细揉洗起来。

这当儿，老王进了院子，他看见杨巧杏正在院子里，就悄悄走过去，站立在她背后，静静看她洗衣服。

老王鬼使神差来到杨巧杏的院里，他当时说不清出于什么意图，儿子和韩贵山走后，他回家里坐了一会儿，盛不住，又溜达下坡，就溜达到这儿来了，许是想和杨巧杏拉拉话，许是想让杨巧杏解解闷，他不能具体化，只是个模糊的想法，最主要的原因是杨巧杏给他留下了好印象。

杨巧杏没注意到有人来，正专注地洗衣服，她弯着腰，裤子和短褂子之间坦坦荡荡一块白皙的肌肤，正好被老王捕捉在眼里。老王望着那块白皙的肌肤，一时间心旌摇荡，又近前一步。刹那间，杨巧杏捞出搓洗的小衣服，端起水盆，移动脚步，一个转身。

老王猝不及防，被杨巧杏一碰，身体失去重心，向前扑去，一个马趴就扑在了石床上，双手紧急上前支撑，用力过猛，两手掌各擦去一张油皮，还好有那几件小衣服垫在了嘴巴下面，否则他一定嘴唇开花。

杨巧杏转身的一瞬间，眼睛的余光扫见有个黑影在自己身后，一惊吓，水盆子“咣当”一声掉地上，人也随之倒地，仿佛一根面条被厨师一不小心跌落在地上，弯曲成一团。

老王恼羞成怒，忍着疼痛从石床上爬起，不去想这是因为自己的邪恶之举得到报应，还准备怪怨杨巧杏怎么后脑勺长了眼睛，这般作贱自己。转身一看，杨巧杏在自己身后缩成一团，人事不省，他的心当即就冷成一团，仿佛刚刚从寒冬腊月的冰窟里爬出来一样，冷透了肌肤。

这可如何是好？老王暗暗自责，简直是一头蠢猪，要是她有个三长两短，自己岂不成了杀人犯？他顾不了双手疼痛，把手放在杨巧杏的鼻子下，感觉气息尚在，他长出了一口气。他摇她的肩膀，她没有反应；他附在她耳边叫唤，她没有回应；他突然想起了什么似的，风一样刮向前院的李奶奶家。

李奶奶丈夫早死，守寡养大一儿一女，儿女都已成家，出外打工，她带着年幼不到学龄的小孙子狗蛋在家居住。李奶奶和小孙子睡得早，窑里黑灯瞎火。

“谁啊？”李奶奶窑里问话。

“奶奶，我，王石头，开下门，出事了。”老王门外着急道。

李奶奶门一开，老王立即掏出二百块塞进李奶奶手中，急道：“奶奶给你和狗蛋买肉吃，快跟我走一回，巧杏昏倒了，人事不省。”

李奶奶是聪明人，她带上家门，跟着老王碎步小跑，嘴里不停地教训：“你个坏石头，你动手了？巧杏不从，你惹祸了？”

老王有口莫辩，跳进黄河也洗不清了。

“没有，天地良心，我刚去，一进院，她就在院子里躺着。”

李奶奶跪在杨巧杏跟前，用手掐着杨巧杏的人中，几分钟后，杨巧杏睁开了眼睛。

“你终于醒了，急死我了。”老王脱口而出。

李奶奶道：“巧杏，怎么了？突然跌倒了呢？”

杨巧杏看看眼前的两个人，又听老王的语气，若有所悟，她道：“奶奶，我正洗衣服，转身倒水，看见一个黑影在我身后，就什么也不知道了。”

李奶奶守寡多年，阅人无数，谁有情无情，三句话过后，一清二楚。现在她明白了，她想，巧杏苦命，摊了个不争气的老汉没少受罪，现在老汉去了煤矿，一年半载才回来一次，王石头喜欢她是好事，何不送个顺水人情，讨好眼前的有钱人，与自己的苦日子也有好处。

想到这儿，李奶奶灵机一动，张口道："巧杏，奶奶该死。"

杨巧杏一脸惊疑。

李奶奶补充道："奶奶来借酵子，刚走跟前，你就跌倒了。"停顿一下，看见杨巧杏依然疑惑，又道："半天不见你醒来，奶奶没法子，就叫来石头。"

老王听见李奶奶这样说，感动得泪水蒙蒙，恨不能再掏出二百元作为答谢。他暗道：李奶奶简直是救苦救难的观世音菩萨现身，真实过程要是让巧杏知道，无异于今后在她心里判了死刑。今天真是险透了。手掌擦点儿皮又算得了什么，能换得巧杏的好感，浑身褪一张皮也值了。

杨巧杏道："奶奶，不怪你，我今天太累了。"说着，她看一眼老王，又道："真不好意思，害得王总黑天半夜为我操心。"说完，她就要坐起来。

老王伸手扶杨巧杏后背，不无关心道："慢点儿起，摔疼没？胳膊腿都灵活吗？腰扭了没？要是感觉不对，我带你去医院看看。"

杨巧杏顿觉舒坦，内心里分明被这一番话感动，她自觉已成春天的一部分，又宛如变成一株青翠的杨柳，正享受着温润的春雨滋润，而空气里更是蠕动着她该说的许多喁喁情话，从四面八方涌向她的眼耳鼻子口。她真想说，却不能说出口。她压抑着自己的情感，鼻子一酸，眼睛一热，泪水便涌出眼眶。她忙抬手拭去泪水，借助老王的手力，一势坐起来，跑进窑里。

李奶奶心领神会，暗自叫好。老王感激地望着李奶奶。杨巧杏再次从窑里出来，已经换了一身干净衣服，头发也梳整齐了，她递给李奶奶半块干酵子。

李奶奶接住酵子道："巧杏，腿胳膊都好着吗？"

杨巧杏道："好着了，奶奶，你看。"说着，她在院子里伸胳膊，抬腿，下蹲，站立，运动自如。

李奶奶道："那我和石头回去了。"

老王不便留下，只好先跟了李奶奶一起下坡。

少顷，只听见杨巧杏窑里电话铃声响起，她跑回家接起，电话里传过来韩贵山惊慌失措的声音："巧杏，王老板汽车路上肇事了，救护车拉着我们正往榆钱医院赶，你快跑前湾给老王说，让他赶快来医院。"

"贵山，你好着吗？"杨巧杏听说眼泪唰一下涌出了眼眶，她颤动着声音问。

"我好着呢！快去说。"

杨巧杏撂下电话跑出硷畔，追下坡，已经看不见老王的人影了，她风一样，迈开腿向前湾跑去，一口气跑到老王家大门口，扶着大门墩，喘着粗气，"啪啪啪，啪啪啪……"用手掌猛拍大门。

老王正往手上抹红药水，猛然听见急促的敲门声，惊出一身冷汗，走出门问："谁？"

"王总，我，杨巧杏，你外面来，我给你说。"杨巧杏在大门外喘着粗气说。她从韩贵山的口气里感觉到事情不妙，她不敢隐瞒，又担心王嫂听见受不了，多了一个心眼儿。

老王出外听说后，又转身跑回窑里，拿了钱夹，又跑出来，上了汽车，汽车马达声立即响起，他摇下玻璃道："韩贵山没说情况严重吗？他怎样？你去吗？"

杨巧杏道："他没细说，秀秀还睡着，要不我明天一早去？你路上慢点儿开。"

老王突然间感觉心慌得厉害，手抖得握不住方向盘。他眼眶湿润，仿佛一个小孩子，要哭出来一样，颤动着声音道："不行，我心脏不好，心慌得厉害，我开不了车。"

杨巧杏道："你别慌，赶紧吃药。"

老王道："心里带着事情，开不了车，我知道自己，我不能开车了，让我想想，要不我拦一辆车？"老王说着，熄火，下车。

杨巧杏一听先跑下公路，突然想起什么似的，回头大声道："你等着，别拦车了，我去叫当庄的顺顺，顺顺这两天没出车，正好在家。"说完，她风一样，向当庄刮去。

老王看着杨巧杏单薄的身体在月光下飞跑，百感交集，他挥起拳头，狠劲儿捶打着自己的身体。

杨巧杏一口气跑到顺顺家，叫醒顺顺，说明情况。顺顺一个人去找老王开车。她实在累得不行了，沿着公路慢慢往家走。

四

杨巧杏满脑子是韩贵山打来的电话，一夜心慌，睡不踏实，黎明时分刚刚迷糊过去，院子里的公鸡拼命似的打鸣，一声接一声，又惊醒了她。她眼睛肿胀得难受，心里又记挂着老汉的安危，不等女儿醒来，就给女儿穿衣服。女儿睡意蒙眬，大声哭闹。她不理会，强行哄女儿喝了奶粉，急火慌忙赶乘第一趟班车到了榆钱医院。医院门口，迎面碰上韩贵山正从门口走出，她撂开女儿，上前一把抱住老汉，稀里哗啦就哭开了。

秀秀看见妈妈抱住爸爸哭，受了感染，嘴巴一张，哇一声也哭出了声。路人看见一个干净清爽的女人，抱着一个满脸倦容、一脸乌黑、老气横秋的男人痛哭流涕，皆四眼大瞪，给他们投过去一种看泰国人妖般的惊奇神色。

一般男人这时一定会被老婆感动得一塌糊涂，韩贵山却适应不了，他表现出非常不好意思的情状来，杨巧杏还在淌鼻涕流眼泪，他一把推开她，悄声嗔怪道："我不是好好的吗？你这是怎么了？"他哪里知道杨巧杏昨晚也是死里逃生。

杨巧杏真伤心呢！在她心里，男人再怎么无能，再怎么窝囊，再怎么不中用也是娃娃的势皮子，为自己撑门面仗胆的人。她哭得伤心，耸着肩膀，对韩贵山道："你仔细说说，人家一夜担惊受怕，这究竟是怎么回事？"

韩贵山答非所问："我给老王买早点。他熬了一夜，一眼没合。"

医院大门口就有早点摊，韩贵山坐在一张桌子旁，要了三碗馄饨，三个肉夹馍。他抱起秀秀坐在凳子上，看一眼杨巧杏道："我们吃了给他带上去。"

杨巧杏道："你倒是说说，怎么个事？"

韩贵山道："分分秒秒就发生了，我说不清楚。"

杨巧杏道："海平现在呢？"

韩贵山道："观察室。医生不让我们进去，怕感染。"

杨巧杏道："是不还要做手术？"

韩贵山道："是呀，抢救了一夜，两条腿都打着石膏，海平年轻轻就遭这罪，真倒霉。"

杨巧杏低声道："你说是不是我们这穷命害了海平？"

韩贵山道："甭瞎说。"

杨巧杏道："顺顺呢？"

韩贵山道："刚回去了。"

杨巧杏道："你咋好好的呢？"

韩贵山白了一眼杨巧杏道："我福大。"他回头对卖饭的道："再给我带一份。"接着又道："那份你拿上，我抱上秀秀走。"

杨巧杏道："抱她做甚？那么大了。"

韩贵山没说话，自顾自抱起女儿前头走，仿佛他刚从鬼门关逃出来，对人间有了一种更强的依恋。真是祖上积了德，福报降临在他头上了。

老王一夜间苍老了许多，他鬓边出现了白发，他坐把椅子，透过玻璃望着观察室内的儿子，满脸悲伤。杨巧杏站在老王身旁，看着观察室内躺着的可怜人，她的心情立即沉重起来，眼眶湿润，泪眼蒙眬。

不幸的人儿还昏迷不醒，两条腿打着石膏，在空中吊着，鼻孔里插着氧气，胳膊上输着液体，上半身盖着白被子，还有两根线一头连着他的身体，一头在一台电脑上连着，电脑上一条弯弯曲曲的线，时高时低，不断变化。

杨巧杏站立良久，低声轻唤："王总。"

老王转头一看，仿佛一个孩子见了久别的母亲，满眼蓄满泪水。他现在真想伏在杨巧杏怀里痛哭一阵，他昨夜思考了一夜，检点着自己这些年来的行为，他现在认为儿子遭此劫难，全是替他遭了报应。

杨巧杏把馄饨和肉夹馍递在老王面前，用一种母性特有的眼神抚慰着他，仿佛一个母亲规劝生病的孩子一样，轻声道："趁热吃了，这里我盯着，你找个地方歇歇，你身体也不好，别累着了。"

老王大受感动，禁不住，眼泪婆娑婆娑就流下来。他没说话，只是摇摇头。杨巧杏还要劝说，只听见韩贵山的鼾声就响起。老王和杨巧杏同时循声望去，只见韩贵山靠着过道的墙，站着就睡着了。老王见状接了杨巧杏手里的馄饨和肉夹馍。杨巧杏跑过去，扶着韩贵山躺倒在过道里。

老王只是喝了几口馄饨汤，就再不吃一口，他看一眼杨巧杏，长叹一声，低头忧伤道：“怎整出这样的事？你说，我往后这日子怎办呢？”

杨巧杏皱起眉头，呆立半晌，突然道：“也不知海平吃惯我做的饭不？也不知嫂子愿不愿意我帮忙？要是他们都愿意，你就去照顾生意，我替你照顾海平。”

老王满脸惊喜道：“真的吗？你愿意做伺候病人的营生？”

杨巧杏内心深处是带着歉意，更多的是赎罪思想，她以为是自己的穷苦命害了王海平遭此劫难。她不无歉意道：“我有什么能耐呢？我家这穷日子还得靠你转运呢！”

老王低声感慨道：“你真是个善良的女人，帮哥大忙了，往后，哥不会亏待你。”一语落了，老王百感交集，身体的每一寸肌肤里，仿佛滋生出了许多爱情的嫩芽。

秀秀对两个大人说话不感兴趣，吵着要出去玩。有护士从过道里急匆匆走来，小声训斥道:“快把孩子带走，探视病人不准带孩子来，病人需要静养，容不得吵嚷。”护士说着走向韩贵山，在韩贵山脚上踢了一下。韩贵山睁眼。护士又道：“这里不是睡觉的地方，回家去睡。”韩贵山站起，揉着干巴血红的眼睛，自言自语：“怎么睡过去了？瞌睡得不行了。”

这时，一群穿白大褂的人走来，同时进了隔离室，他们围着王海平的身体一阵操作，一阵议论。观察室隔音，外面的人听不到里面讲话。一会儿后，那群白大褂转身，走出观察室。

老王迎在门口。前面的白大褂看一眼老王，侧着身子走过。最后走出的医生站在观察室门口大声道：“王海平家属，进去推病人。”

护士前面走，老王和韩贵山一左一右推了王海平的特制床跟在后面。杨巧杏拉着女儿的手，迈着碎步，小跑着跟在后面。

特护病房门口，护士拦住杨巧杏，道：“小孩不准入内。”杨巧杏哄女儿站在外面，她跟进病房。

老王把护士递在他手中的透明软管递给韩贵山，他挡住刚进门的杨巧杏，低声道：“娃娃太小，你领回去，这里有我和韩贵山就行了。”杨巧杏被老王拦挡着，倒退出病房，她朝门里高声道：“贵山，我回去了。”停顿一下，又低声道："王总，你要往好处想，不要上火，我们走了。"说完，杨巧杏拉了女儿的手，转身离开。

老王跟在楼梯口，叫一声："巧杏。"

杨巧杏一只脚台阶下，一只脚台阶上，站立，侧转身后看。

老王道："见了你嫂子别说什么，她知道麻烦。"说完，用手做一个去的手势。

杨巧杏摆摆手，转身走下楼梯。

王海平死里逃生，双腿骨折，打着石膏，一百天后才可以拆石膏，拆了石膏还要架着双拐，彻底恢复，需要等到一年后。

出院这天，老王雇了医院的救护车送儿子回家。王嫂正好院子里坐着，冷不防一辆救护车进了院子，心就提到了嗓子眼儿，仿佛患有恐高症的人，伫立在悬崖峭壁上，胆战心惊。当她看见儿子被几个人手忙脚乱抬下救护车时，她的心立即就从悬崖峭壁跌了下去，落地时如同物流车卸货时狠劲儿把货物向地下一撂，没想到是一个易碎的玻璃器皿，碎片落了一地。

"放下，快放下我，爸爸，停下，我妈跌倒了，就在你身后，停，停停，停。"王海平正对着母亲，看得真切，他第一时间大声喊叫起来。

老王听见儿子喊叫，立即站定，后看一眼，一只脚差点儿踩在老婆身上。

顿时，老王家院子里乱成了一锅粥。

人们顾不了安置王海平，当务之急是抢救王嫂。幸好，护士和医生都在场，不至于紧急呼叫 120 急救。

王嫂一身病，腰疼、腿疼、三高，还伴有脑供血不足。老王知道老婆这些病，医生在场，抢救及时，不多时，王嫂睁眼脱离危险了。她蠕动着嘴巴，似乎在说话，却发不出声音来；她手舞足蹈，眉毛眼睛鼻子嘴巴努成一个刚包好的包子，还是发不出声音来；她眼泪直流，连个哑巴都不如了，她连简单的"啊啊"声都发不出来了。

医生说这一种病叫"哑声"，诱因很多，具体是什么引起，需要进一步检查；还说有的人很快就会恢复，有的人却很难恢复，也有到死都恢复不过来的，完全因人而异了。

老王听说后打发韩贵山回家叫来杨巧杏，把儿子临时托付给杨巧杏和韩贵山照顾，他带上老婆又乘坐医院的救护车返回到榆钱医院。经过一礼拜的详细检查，最后得出的结论是，王嫂是病毒性永久性失声，也就是说，她失去了发声功能，她以后不会说话了。

老王现在面临的问题可想而知。

老王把老婆带回家，叫韩贵山和杨巧杏在儿子的窑里，说明了雇用杨巧杏为老王家保姆一事，职责是负责王嫂和王海平二人的生活起居；又说明了聘用韩贵山为林子峁煤矿的筛煤工，3 日后跟他去煤矿报到上班。

五

计划赶不上变化。一个月前是老王站在公路上目送儿子与韩贵山离开，现在却是他亲自开车拉上韩贵山去煤矿。这是多么戏剧性的结局啊！剧中人谁都不曾想到会这样变换角色。

有人说保姆是个低贱的职业，无需高科技。也有人说从事保姆这一职业的人必须心灵高尚，否则保姆随时会面临被炒鱿鱼的尴尬，主人随时会遭遇被虐待的可能。二者皆不能如愿。

杨巧杏是穷苦人出身，立志要供儿子考上清华大学，抱着一种赎罪的心思来充当这个角色，内心里对老王有了莫名的依靠，更不缺少为老王排忧解难之意。她当上老王家的保姆后，每天早晨六点钟准时起床，她做四个人的饭，打扫两个家庭的卫生，伺候三个人的生活起居，饲养自己家里的二十只下蛋母鸡，洗四个人的衣服。她的生活变得充实而有了希望，仿佛儿子的清华大学录取通知书就在她的视野之内，她一枕枕头不出五分钟就进入梦乡，她的时间过得顾不了计算，犹如锋利的刀，一刀切下去，一天就过去了，再一刀切下去，一月就过去了。

受苦人的适应能力强，无论环境好坏。韩贵山就是一个受苦疙瘩，把他放哪儿，他都是受苦，社会无论是进步与落后，与他受苦没有半毛钱关系。他到了煤矿，第二天天不亮，就跟随工人们投入到自己的工作中，一天下来累个半死，倒也乐在其中；偶尔工休半日，倒觉清闲难耐，他唯一的目标是挣钱养家，供两个娃娃上学，他一天过得可有奔头了。

老王却不同了。他愁啊，黑夜盼天明，天明盼黑夜，黑夜睡觉难入眠，天明吃饭不觉香，生活寡淡无味，就像温开水；日子毫无情趣，就像馊米汤。他盼儿子早点儿好起来管理公司，他不想在商海里搏击了，更不想在社会上争夺了，他想家，想家里的人。他现在基本上是不想老婆了，他想杨巧杏，想见到杨巧杏，这种感觉与日俱增。现在，每个夜晚，他都感到特别漫长，特别难熬。他现在对每个夜晚都有一种深宵旷野独行的恐怯。最关键的是他想杨巧杏，想得心尖尖疼，就像陕北民歌里唱的——想亲亲想得我手腕那个软，拿起个筷子我端不起个碗；想亲亲想得我心花花花乱，煮饺子下了一锅山药那个蛋。又好比坏牙齿被牙医拔掉，留着空空的齿腔阵阵作痛。

穷乐和、富忧愁，这是千古真理。韩贵山是穷人，老王无疑就是富人了。韩贵山是工人，他有家，没条件想家，他想儿子，没理由回家，他要赚钱。老王是企业家，他有家，有条件想家，他想儿子，有理由回家，有工人们为他赚钱。他在煤矿熬煎了一个月，他回家走了一回，待了三天整。

这三天，他放下一个大老板、一个大男人的架子，勤快得就像新婚的丈夫一般。一早上起来，他就钻在厨房窑里给杨巧杏打下手，又是剥葱，又是摘菜，又是打炭，又是放火。杨巧杏不要他帮忙，他硬要帮忙。每到晚上，杨巧杏回了家，他就觉着没着没落，像是新婚的妻子回了娘家一般。他总要找各种理由跑到杨巧杏家里，拉话到深夜都不想回家。

杨巧杏呢？她每说一句话，每做一件事，都小心谨慎，生怕说错一句话，做错一件事，惹了老王心烦。

这三日里，老王晚上一来，她首先会泡上一壶热茶，再摆上一碟事前炒好的南瓜子，而后一边绣着鞋垫，一边与他说一些漫无边际的话，这与之前的她比起来，好比太阳从西边出来，东边落下。

杨巧杏心底里同情老王的处境，她挤时间陪他说话，哪怕是一些无关紧要的话；她尽全力分担他的忧愁，哪怕自已累一点儿。

第一个晚上，老王到了杨巧杏家里，坐在沙发里，两手端着杨巧杏递给他的一杯热茶，想了半天，脑子里形成一段既浪漫而又能表达明确的话：“巧杏，你已经住进我的心里，我的后半生不能缺少你，我不奢望也能住进你的心里，我却希望能成为你的朋友，知心的朋友，永远保护你、维护你、爱护你。”他抱着足够的勇气想要把这段话一字不落地说出，但是这些话就像从猪油锅里浸过一样，滑溜溜，油腻腻，怎么也从喉咙里出不来，他努力了几次，这些话仿佛一条狡猾的小金鱼，最终没有从喉咙口爬出来，又缩回进心海里。他就呆呆瞪瞪，欲语不语，仿佛口渴得厉害，忘记带钱，爱面子思想严重，不敢和住户讨要一杯水喝，怕人怀疑自己是叫花子。同时，他又担心杨巧杏性子烈。对，李奶奶就说她性子烈，说她不吃这一套。他担心杨巧杏真不吃这一套，一气之下，不当保姆了，那么他就要面临天塌地陷的灾难。他家中失语的老婆，养病的儿子，谁来伺候？哪里还有这么合适、这么可心的保姆了？他思前想后，最终从他嘴里说出去一句轻飘飘的话：“明一早，我去县城，你开个菜单出来，我给你采购。”这话没有一丝分量，没有一点儿意义，无滋无味，仿佛一个气泡，瞬间就没入夜空，不留一丝痕迹。

第二天晚上，老王到了杨巧杏家里，依然坐在沙发里，两手端着杨巧杏递给他的热茶，又想了半天，他把昨天想要对杨巧杏表白的话又在心里演练。

杨巧杏坐在另一个沙发里给韩贵山绣着鞋垫，她绣得并不认真，时不时抬头观察老王的神色，看他有话要说，又不说话，傻傻地坐着，失魂落魄，恻隐之心油然而生，她产生了一念思想，想要给他也绣一双鞋垫，表达她绵薄的心意，却又不知道他的鞋码，恨不能立即蹲下，脱了他的鞋子，量出鞋垫的大小，只好旁敲侧击要他说出鞋码来。她扬了一下手中的鞋垫，自言自语：

“韩贵山的脚一年比一年大，去年绣好的鞋垫，一天也没垫，今年买来的鞋子再垫，鞋垫就小了，害得我又要绣。”

“人老胀脚，我的也是，之前穿 42 码，后来 42 码就穿不上了。”

“可不是，韩贵山现在要穿 43 码，他去年穿 42 码。”

“我现在也穿 43 码，有的鞋版小，42 码的有点儿憋屈脚，43 码的又有点儿大，不过垫双鞋垫 43 码的刚刚好。”

“那你和韩贵山的脚一样大呀！也不知你稀罕我做的鞋垫不？”

“稀罕，只要你的，不管什么，我都稀罕。”

“那我送你。”

“韩贵山的你送我吗？”

“特意给你做了，他的怎么好意思送你，穿出去让别人看见不好。”

“我想要，现在就把他的送我好不好？有点儿等不及了。”

“他的你不合脚，等你下次回来，新旧一并送你，今不早了，你回去睡，嫂子还等你呢！”

老王不得不走了，半夜说了个黑洞洞，两人各说各的，仿佛年轻人被家长强迫去相亲，初次约会见面，一个有心栽花，一个故意插柳。

第三天晚上，老王到了杨巧杏家里，变魔术一样变出一瓶酒来。

杨巧杏一如前两日一样，给他泡好茶，摆好瓜子，炒了两个菜，摆了两双筷子，拿出两个小酒杯，倒满两杯酒，陪他喝起了酒。这样的事情，在她的经历里，可算第一回。

一杯酒下去，杨巧杏连连咳嗽，满脸潮红。老王再不敢要她喝第二杯。她却偏要喝，第二杯下去，杏眼潮湿，柳眉发红，扑簌簌泪水满腮。老王看得心疼，扶她上炕，自己却酒兴顿起，一连数杯，自酌自饮，醉意蒙眬，爬上炕，像一根木头，一头栽倒，斜躺在炕上，鼾声大作。

杨巧杏第一次面对醉酒的男人，拖又拖不动，叫又叫不应，打又不能打，骂又不敢骂，一时间束手无策，只好抱了女儿去后窑炕上睡觉，睡下，坐起，坐起，睡下，反反复复，前半夜自己折腾着自己，一眼没合，心跳得厉害，慌得要命，她看着女儿甜甜的睡容，听着老王波涛汹涌的呼噜声，泪水怎么也止不住，仿佛大禹转世，在她脸上凿出两条弯弯曲曲的小河流。

杨巧杏心里难受，她和丈夫七年没有夫妻之实了，突然间一个男人喝醉了酒，睡在她的炕上，死猪一般，这算什么事？简直“尿泡打人——骚气难闻”。她不敢对他有任何想法，却想让他对自己有想法，她想让他有想法，又不敢对他说要他对自己有想法。可气的是两杯酒下肚，她对他有了想法，却又不敢付诸行动，再说目前这个男人死猪一般，也不可能对她有想法。后半夜，她性情大起，恨不能把他的衣服扒光，骑在他身上，扇他两个耳光，骂他怎么就变孬种了？怎么面对女人这般不作为了？但她终归不具备浪荡女人勾引男人的本事，也无法让自己迈出跨越道德鸿沟的步伐，只能泪流成河直到鸡叫。一早起来，她匆匆忙忙打发女儿上学，慌慌张张小跑着到前湾老王家里上班，仿佛她昨晚做了见不得人的事，唯恐被人撞见。

老王一直睡到日上三竿，醒来发现自己睡在杨巧杏炕上，慌乱得百爪挠心，他之前串门子要小姐如同喝凉水，从来都没有这样惶恐不安过，而今他却不知怎么了？仿佛一束鲜花被他无意间踩踏而伤心难过。他恨自己，瞧不起自己，他懊恼，他悔恨，他对自己有一万个不满，他像一个初恋的男孩，偷吃了禁果，怕被女孩家长发现，准备悄悄溜走。

他太不幸运了。李奶奶推开了杨巧杏的家门。

老王刚刚从炕上坐起来，昨夜杨巧杏盖在他身上的被子还在他腿上盖着，尽管他腿上穿着裤子，但谁又能证明裤子不是自己刚刚穿上的？

他就是在这炕上睡了一整夜，他自己清楚；他就是喜欢杨巧杏，他绝不否认。

老王和杨巧杏，现在给李奶奶的错觉是他们已经睡在一起了，有了男女关系。

老王的潜意识认为自己昨夜已经把杨巧杏睡了，属于酒后乱性。酒后乱性，是他之前惯常的行为，他之前处理酒后乱性的办法是用钱私了。

不，他不要这样，这不是他的初衷。

他不要和杨巧杏以这样为开端，更不要以这样为结局，他的本意是要与杨巧杏建立一种美好的感情，一种新鲜的爱情，一种真挚的友谊，而不是自己曾经的那种龌龊肮脏的性行为。他不知道怎么才能挽回这一败局，他本来揪心难安，李奶奶的出现，让他更局促不安。慌乱中，他跳下炕，从裤兜里掏出二百元钱，上前塞进李奶奶的手中，请求道："奶奶，你就是救苦救难的观世音菩萨，千万千万保密。"

杨巧杏和老王现在彻底说不清了。

李奶奶把钱塞进裤兜里，暗自脱笑，却不忘装出一副成人之美的嘴脸，故意讨好卖乖道："你个傻石头，你老婆连话也不会说了，还怕她骂你不成？"

老王一脸求饶道："不是，要让别人知道，我岂不连牲口都不如了？"

李奶奶一本正经道："你个傻石头，巧杏遇上你是她的福气，她命好！"李奶奶把"她命好"这三个字拉得尤为漫长，仿佛对面山上传过来的回声，余音袅袅。

老王深感意外，李奶奶如此讲话，让他大惑不解，他追问道："奶奶，此话怎讲？"

李奶奶压低声音道："给你说了也无妨，可不敢传派出去，你凑耳朵过来。"李奶奶如此神秘，仿佛隔墙有耳正在偷听。老王把耳朵凑过去。李奶奶压低声音在老王耳朵边一阵嘀咕。

老王大为震惊，心道：这才是真正的七年之痒啊！

六

老王回家的路上，琢磨李奶奶的话，越琢磨，越心烦，越讨厌自己。快到家院，他突然想到，要是杨巧杏不给他脸色看，依然对他客客气气，说明她内心里需要他，那么他就可以放心地心疼她；要是她摔盆子撂漏勺，给他脸色看，甚至闹情绪，撂挑子，那说明她是个傻女人，不懂情趣的女人，他也没必要在她身上下功夫，为她茶饭不思了。想到这儿，他倒心宽了一些，觉着早上遇见李奶奶兴许还是好事，他决定回公司前找个机会单独面对杨巧杏，看她究竟什么反应。

世上的女人有千千万，就有千千万种脾性，杨巧杏究竟是怎么样的女人？老王现在还真拿不准。

王嫂正在院子里伸胳膊抬腿锻炼身体，她看见老王，嘴唇直动弹，用手比划着。老王会意，说了一句："昨晚去镇上喝酒了，酒大了。"说完就进了儿子的窑。

这就是男人，一句"喝酒了"或者"酒大了"可以替代很多解释。

王海平在炕上半躺半卧，他正看着笔记本电脑。

老王道："躺着看电脑刺眼，少看一会儿。"走到炕栏跟前，头探过去又道："在弄什么了？"

王海平道："看个新项目。"

老王道："什么项目？"

王海平道："地产，咱也弄地产项目做做，来钱比煤矿快。"

老王似乎没听到儿子的话，又道："对象怎样了？她没来看你？"

王海平道："来过一次，担心我成了残废。"

老王道："什么扯犊子思想？势利成那样，爸爸托朋友另外给你物色。"

王海平道："别，我的事你不要操心。"

老王道："嗯，不急，等腿好了再说。"停一下，他又道："你杨婶做的饭还可口不？她伺候你如法不？"

王海平道："还行，好着哩！"

老王道："嗯，我饭后就回公司了，你好好养着。"

"嗯，嗯。爸爸，你照顾好自个儿，注意身体，常回家来，公司的事交底下人做就行。"父子一番话，引起王海平满满感伤，他猛然间双眼湿润，喉咙里似乎卡了鱼刺一般哽得难受，连说话都哽咽起来。

老王道："嗯，知道。我是得常回来看看。"

老王一句话落，杨巧杏进门，老王猝不及防，想起昨晚的失态，仿佛做贼似的心虚，两耳背奇烧，窘得想不出一句应付的话来，立时尴尬。

杨巧杏察言观色，心领神会，当即救驾道："饭熟了，王总，过去吃？还是我一并端过来吃？"

"过去吃，过去吃。"老王知是杨巧杏给自己解围，内心里由不得更加欢喜，说完，他立即出门，。

饭后，杨巧杏洗了碗筷，解了围裙，匆匆出院，送女儿上学。秀秀边跑边跳，像一只快乐的小鸟，她现在是镇中心小学的一年级学生了。一辆黑色的越野车挡住娘俩前进的步伐，老王从车窗里探出头来，大声叫道："秀秀，来，坐车，叔叔送你去学校。"

秀秀听见，欢喜地跑过去。杨巧杏疾走两步道："现在就走？下午饭不吃了？"

老王道："不吃了，公司还有事，回去处理。"

杨巧杏道："路上慢点儿开。"

秀秀在车下嚷道："妈妈我要坐车，我就要坐车。"

老王道："顺路，我买点儿羊肉，你带回去。"说话中，老王下了车，绕过来，把秀秀抱起放在后座子上，闭了车门，打开副驾驶门，又绕过车头上了驾驶室。

“秀秀不常坐车，我怕她碰上。”杨巧杏见状，闭了前面的车门，打开后车门坐上去，解释了一句。

“我没想到。”老王转头照一眼，道：“秀秀坐好了，我们出发。”

老王一溜烟到了镇中心小学门口停下。杨巧杏与女儿下车。杨巧杏教女儿说：“跟叔叔说再见。”

秀秀摆着小手，抬头清清脆脆一声：“叔叔再见。”仿佛百灵鸟唱歌，激荡在老王的耳边一阵阵悦耳动听。

爱屋及乌的缘故，老王现在特别喜欢这个肤色不怎么白净的小姑娘。

秀秀的肤色遗传了她爸爸的基因，要是遗传了她妈妈的白，简直就是杨巧杏的翻版了。

老王微笑道：“秀秀再见。”

杨巧杏再回到车边，老王已把副驾驶门打开，杨巧杏只好上去。

到了肉食铺门前，老王和杨巧杏各自下车，一前一后走进肉食铺，老王买好一腱子羊肉，递给杨巧杏，又让师傅剁了一些猪排骨，也交给杨巧杏提着，付了钱，他先一步上车。杨巧杏站在车下道：“路上慢点儿开，注意安全，我回去了。”

老王感觉杨巧杏跟自己说话不如昨夜之前暖心了，有种冷冰冰的感觉，仿佛旧式婚姻里绑架在一起的夫妻，缺少感情沟通。坐在车里，他看着已经走远的杨巧杏，猛然间顿悟：一定是昨夜伤了她了。这时，另一个声音向他吼道：“赶快向她道歉，求得她原谅。”他一激灵，手正好喇叭上按着，汽车喇叭就发出一声清脆的“嘀”音，他看见杨巧杏转头，急忙摁下车窗玻璃，探出头喊道：“巧杏，等等我。”一脚油门，汽车在杨巧杏身边又停住，他探身打开副驾驶车门：“上来，我回家取个东西。”

杨巧杏上了车，把装有羊腱子、猪排骨的两个塑料袋子往脚前面一塞，连连搓着手。

老王看着一阵心疼，关心道：“幸亏我回去取东西，否则这一路回去，手勒坏了。”

杨巧杏内心一颤，眼角泛红，连连摇头，低声道：“没事儿，一会儿就好了。”

老王把车速放得很慢，他转头看了一眼杨巧杏，见她低着头，刹那间，心又慌了起来，另一个他又出来指挥："镇定，镇定，道歉，道歉。"于是，他低声道："巧杏，昨晚，对不起！"

"不怪你，昨晚你喝醉了。"杨巧杏沉默片刻，低哝一句，声音孱弱，仿佛父亲误会了女儿，女儿无力争辩，满是委屈，说着便低头啜泣起来。

老王一看杨巧杏哭了，更急了，又听了她说话的语气，知是自己伤她太深，心更慌乱，跳得厉害，仿佛一只逃生的兔子，找不到出口，四处乱闯。他慌不择词，连连承诺："巧杏，往后我一定对你好，绝不会亏待你，说到做到，只要你原谅我就行，我发自内心、真心真意爱你，今后，你就是我的女人，到死我都对你好。"

杨巧杏哭得更厉害，两个肩膀直耸。

如果说杨巧杏先前是委屈的泪水，那么现在就成了感动的泪水。她被老王一番话感动，感动得一塌糊涂。

人都是有感情的，而感情可以跨越道德的束缚。爱是一种美好的感情，爱上一个人原本没有错。如果说一个人婚后还能遇到异性的爱，那么说明他（她）原有的婚姻已经成为躯壳，只不过是用道德来束缚着人的灵魂，才没有让这个躯壳破裂。

杨巧杏还年轻，一个刚刚 40 岁的女人，她是一个新时代成长起来，掌握一定文化知识的女人，她懂得古代所谓的贞节牌坊只不过是性别歧视，是毁灭人性的愚昧做法，是早已推翻了的道德枷锁。

杨巧杏突然间好想偎在这个男人的怀抱里痛哭一场，跟他诉说这些年来自己所受的委屈，她却不敢，仿佛一个矜持的大龄剩女，终于等到男人的求爱，内心里的激动，化作波涛汹涌的泪水一通发泄后，脸上由不得又绽放出羞涩的微笑。

老王先看得真切，心里顿觉释怀，认定她是原谅自己了，心里大喜，伸过去一只手握紧她的一只手，激动道："等我，一个月。"

一个月眨眼而过。

老王泊好车，刚从车里下来，看见杨巧杏急匆匆从大门里出来。他大喜，以为心灵感应，杨巧杏是出来迎接自己，就满面春风叫了一声："巧杏。"

杨巧杏冷不防听见老王的声音，慌得一惊，又想起出门前看见王嫂站在院子里，定了定神，高声道："王总，你吃饭没？没吃我先给你做，华娃回家了，我还说回去给他做饭呢！"

老王刚刚的热情，被杨巧杏的一席话浇得透心凉，仿佛熊熊燃烧的火焰被一盆冷水泼灭。他不无遗憾地发了一个漫长的"噢"，停顿片刻，又道："你家里有原料吗？你家里好久都不做饭了，是不又去买？不买了，不买了，你也不要这么客气，华娃一个人能吃多少？叫过来一起吃，做点儿好吃的，改善一下伙食，家里做好的羊肉有没了？"

杨巧杏内心里顿时波涛翻滚一阵感激，仿佛眼前这个男人就是她的丈夫。不，不对，韩贵山从来都没有这样体贴过她，温暖过她，她脑子里想给这个男人下个定义，一时却又对不上号，觉得他对自己胜过亲人的关心、父母的爱心、丈夫的知心。

杨巧杏顿悟，内心里不由得喃喃自语：神啊！你杀了我吧！原来爱情到来是这般地让人恐惧不安。同时她又感到一种巨大的幸福袭来，像是要把她吞噬一样，她的脸上升腾起一种温暖的光彩，她的眉毛，她的眼睛，她的鼻孔，她的耳朵，她的每一根头发，她的每一寸肌肤，都散发出一种无法掩饰的活力，她嘴巴不动，眼神却向老王传达信息。

"家里没做好的羊肉了？我这就去买，你和面去，多和点儿。"这才是心有灵犀，老王从杨巧杏的眼神里读出了答案。

杨巧杏会意，点点头，彩云一样，飘进大门。

老王又上车，发动汽车，下坡，一溜烟到了黄羊镇。他买了6斤鸡腿、9斤猪肉、一腱子羊肉，上车准备走了，又想到羊肉要文火慢炖才好吃，自己饿了，华娃也饿了，现割回家的羊肉一时半会儿赶不上吃，干脆再买三碗熟羊肉，随时就能吃。于是，他又下车进了羊肉面馆。

杨巧杏深感震惊，刚才她内心里还略有怪怨，怪老王要吃羊肉面，连累儿子一时吃不上，还要陪他挨饿，现在180度大转弯，她对他的性情有了一种更清晰的认识，感觉他是一个很感性，很温情，心性宽厚，情感细腻，农村里难遇的好男人。

饭时，老王免不了问韩华一些关于学校的问题。譬如：班里有多少学生？

班主任老师是男的还是女的？哪里人？学校一天功课重不重？学校晚上几点熄灯？宿舍里住几个孩子？甚至问他有没有喜欢上女同学。

韩华边吃边答，对于“有没有喜欢上女同学”这个问题，他表示沉默，只是笑笑。

老王笑道：“可不敢早恋，影响学习，好好学习，给你妈增光。”

杨巧杏听着他们拉话，心里一阵一阵甜蜜，仿佛酷暑天吃了蜜糖梨，浑身荡起一层又一层甜丝丝、水润润的感觉来。

韩华吃完饭就要回家学习，仿佛他活在真空里，他的任务只是学习。

老王突然间问道：“华娃，想你爸爸吗？”

韩华道：“想，他又不回来。”

老王看一眼杨巧杏又道：“国庆节放假，我带上华娃看一回他爸。”老王想，让韩华体验几天煤矿的生活，看看他爸爸的工作环境，对他学习会有好处。

杨巧杏笑笑未置可否。韩华却爽快答应。

周天下午，杨巧杏留儿子吃了下午饭，结果误了末班车。韩华急得在公路上团团转，又说误了晚自习，又说误了辅导课，在公路上对杨巧杏一阵发火。杨巧杏恨自己不会开车，否则她一定开口借老王的车送儿子去学校。没办法，她瞅了机会在老王跟前转弯抹角地念叨：“早知能耽误了末班车，就不留华娃吃饭了，害得他误课。”

老王听说，笑道：“屁大的事儿，把你急的，我送他去学校。”

杨巧杏听说，脸上立即绽放出玫瑰花般灿烂的笑容，她悄声道：“我回家给你取鞋和鞋垫，韩贵山的，你也一并捎去。”

老王满脸幸福，却不无遗憾道：“只是失去陪你的机会了。”

杨巧杏莞尔一笑，低哝一句：“来日方长。”说完就出了门，风一样刮下坡。

韩华背着书包就站在路边，他大概得到母亲的指令，正眼巴巴向前方望着。老王把车停在韩华身边，摁下玻璃道：“上车。”

韩华立即面露喜色，感激道：“谢谢王叔叔！等等我妈。”

转眼看见杨巧杏跑下坡，老王下了车，打开车后备箱。打开的后备箱门刚好挡住右后视镜。他站在后备箱门后，接住杨巧杏递过来的鞋盒子，忍不住揭开鞋盒盖子，仔细辨看两双鞋。

这是两双新买的运动鞋，一双黑色的，一双白色的，两双鞋里面分别垫着两双鞋垫。黑色鞋子里的鞋垫，左脚心一个“贵”字，右脚心一个“山”字；白色鞋子里的鞋垫，左脚心一个“石”字，右脚心一个“头”字。

老王看得认真，心头一阵欢喜，恨不能抱住杨巧杏一阵狂吻，他强忍住心里的阵阵狂澜，身子前倾，头颅下垂，眉毛舒张，眼睛传神，鼻息温热，嘴巴努起，屏住呼吸，向杨巧杏脸上快速一个闪电般的吻。

杨巧杏顿时双颊飞霞，骨头酥软，双膝发软，几乎跌倒。老王见状，一只手忙过去揽住。杨巧杏极力控制，倒退一步，平衡住身体，长呼一口气，用正常的声调说道：“贵山有脚汗，我给他每只鞋子里都垫着两双鞋垫，给他时记着说一声，要他记着一双湿了再换一双，可不能两双同时垫了穿。”

老王现在什么都明白了，他内心里荡起阵阵温暖，心道：“她送我一双稳跟鞋，是要稳住我和她的感情吗？是给我丈夫般的待遇吗？这是多么暖心的暗示啊！是我上辈子修来的福吗？爱你，我的女人。”他在车后立定，深情地望着她，仿佛自己正拥抱着她的身体，亲吻着她的脸颊，少顷，他轻咳一声，高声道：“走了。”

杨巧杏按压住心中的狂澜，提高一个音阶道：“路上慢点儿开。”随后，她走向车前，又道：“华娃，到学校好好学习，不要想家，周末有时间就回来。”话音刚落，汽车就向前驶去。她就站在路边挥舞着手，仿佛一株挺拔的白杨，在风中遥望。

七

临近国庆节，有知情人士透露，市安监局要在节后对全市大小煤矿进行一次彻底的安全检查，检查结束后会对一些具有严重安全隐患的煤矿进行强制关闭或停产整改。

老王知道消息的第一时间就通知公司旗下三个煤矿矿长要实行紧急预案，责令每个矿长组织一次全面而彻底的，由各职能科室、安监人员、工程技术人员和职工参加的安全隐患排查，对查出的一般隐患指定隐患整改责任人，责成立即整改，对查出重大隐患组织制订隐患整改方案、安全保障措施，落实整改的内容、资金、期限、整改作业范围，组织实施和自检验收。

天下男人都以事业为重，老王当然不例外，别说在这节骨眼儿上，他根本不敢马虎。他奔忙于三个煤矿之间，参加三个煤矿的安全隐患排查结果报告大会，听取他们制订的整改方案。这样一来，他原计划在国庆节前回一趟家的计划就成泡影，而接韩华在国庆节来煤矿体验生活一事，也早让他忘到九霄云外。

韩华却记得这件事。韩华有一个同学家住塔镇，同学父亲也在老王的公司做事，负责公司的采购。这些韩华早就知道了的，最近他还知道同学父亲在国庆节前要来榆钱采购，顺道接同学回家，他把父亲在煤矿上班的事情也给同学说了，还说想利用国庆假期到煤矿看一回父亲，于是，韩华就坐同学的顺风车到了老王在塔镇的王氏实业集团公司。

老王不在公司，他下煤矿了。同学的父亲用公司的电话拨通老王的手机。老王在电话里听到韩华的声音，想起曾经的许诺，又得知韩华坐顺车来到，不再追究自己的记性不好，让韩华把电话交给采购。采购得令，先带韩华去饭堂吃饭，又安排洗热水澡，最后安排住宿。次日，天还不明，采购就来找韩华，说带他去煤矿见父亲。

王氏实业集团公司距离韩贵山所在的林子峁矿区约有 30 公里的山路，属于柏油路，七拐八绕，坑坑洼洼。皮卡车跑在上面，颠簸不断，若是孕妇坐在车上，准会把不足月的胎儿颠簸出来。

采购的皮卡车快速飞驰，仿佛背后有八国联军的飞机大炮追赶，明明前面有一个大坑，也不减速，箭一样飞过去，拐弯处车子几乎侧立、翻转，也是司机开车技术好，否则又窄又弯的路，肇事是分分秒秒的事。

韩华感觉心快要扑出嗓子眼儿了，他两手紧抓车顶吊环，眼睛不忘左顾右盼，前后观望。依稀看见路两边的茅草、沙柳、羊胡子草以及狗娃草盛开的白花花、紫花花，还有那些叫不出名字的杂草杂花，仿佛穿堂风一样向后刮去；柏油路两边的黄土一不小心撞上汽车轮胎，灰尘就在车后滚滚而起，仿佛驴打滚一样云山雾罩。

采购车开得快，真是赶时间，老王现在林子峁矿区等韩华了。老王今天更忙，他这一天要验收三个煤矿的整改结果，而三个煤矿，矿与矿之间最短距离也有 50 公里，关键是验收不合格还要返工，眼看 7 天假眨眼就会过去，他不忙不行，钱在后面追着。一早上是林子峁煤矿的李矿长陪同他下采坑验收工作，借这个机会他正好能带韩华去看看，也算对韩华做了交代。

皮卡车刚到林子峁矿区大门，韩华就看见大门口站的老王了。

韩华从皮卡车上一下来，就被老王拉上了另一辆车，车上，老王递给他一顶安全帽，嘱托他下车时记得戴头上，随后又道："华娃，叫李叔叔，你爸的上级领导，李矿长。"

韩华点点头，一口学生腔道："李叔叔好！"

李矿长也点点头，转头问老王："亲戚？"

老王道："不是，一个村的，采坑筛煤工韩贵山的儿子。"

李矿长点点头，不再说话。

老王道："你别小看这娃娃，清华苗苗，只要考上，我资助上大学。"

李矿长道："应该，应该，普通大学生你也资助着哩！"

老王道："我的意思主要说他学的好，话说回来，考不上大学，我们一个村里，谋个出路也是可以的。"

李矿长道："王总这点你做的够好了，据我所知，咱煤矿，你老乡就有十几个哩！"

老王道："我的那些老乡怎啦？不是干得好好的吗，有些活儿，受苦人干还就应至。他们肯舍身子，肯下苦。就拿韩贵山来说，你后来不是还在大会上表扬他了吗，说他粗中有细，值得学习，没从我嘴里过去吧！"

李矿长道："王总，你哪壶不开提哪壶，当着小同学的面损我，让我好没面子。"

老王道："李矿，你还别说，我就看上了你这点，才把你一留再留，舍不得你走，你把关严是为我好，我懂。"

韩华对他们的谈话不感兴趣，只是睁大双眼左右观看。

山路弯弯曲曲，路两边一会儿悬崖，一会儿陡坡，树木很少，大部分地表面覆盖着一些杂乱的植被，偶尔能看见比较平整的山峁上会有庄稼，也是一些极耐干旱的农作物。这一段路平稳多了，路面像刚铺的一样，比先前走的那一段路宽了双倍，韩华禁不住自言自语："这儿的路好新好宽，先前走的那段路糟透了，能把人颠簸得吐出来。"

"这儿的路是我们矿上修的，维护也是我们矿上，你刚过来走的那段路是乡道，属于国家维护的路段了，拉煤车走的多，压坏了。"李矿长以为韩华问他了，竟然停止和老王的谈话，解释了一句。

又走了一会儿，路面开始变成乌黑乌黑，上面一层黑乎乎的煤面子，路两边的杂草黑不溜秋，仿佛非洲长腿黑人，铆足精力在路边奔跑不停。抬头远望，就看见前面出现一座黑乎乎的山，山上有许多人，许多车，看不清人在做什么，车在山上来回跑。韩华眼睛睁得老大，头凑近车窗想要看个清楚，只听见"当"的一声，额头碰到了车窗玻璃，手忙上去揉。

李矿长笑道："小同学，第一次来？"

韩华道："嗯。"

李矿长道："第一次见露天煤矿？"

韩华惊讶道："那座黑山就是煤矿？"

李矿长道："你爸爸就在那山上干活儿哩！"

韩华道："我问海平哥哥说煤矿跟炭窑有什么区分，海平哥哥就说我看一回就知道了。我想象了好久也没想到煤矿是这样的。"

汽车到了那座黑山底，迎面一个巨大的铁丝网，绕铁丝网行驶一段，有一个豁口，一个宽阔而敞开的大铁门，门口有一小房，小房里坐一个人，靠里一根杆拦着进门的道，司机探出头给门房看了下证件，那根栏杆自动升起，汽车进门，沿着一条斜坡上到半山腰，是一个一个宽阔地带，只听见机器隆隆，炮声轰鸣；只看见汽车穿梭，安全帽忙碌；有手举红旗指挥车辆的安全帽，有半山腰钻炮眼的安全帽，有各种机器前操作的安全帽，有开铲车的安全帽，有开挖掘机的安全帽……

韩华看来，眼前除了黑乎乎的一座黑山、黑乎乎的煤块、黑乎乎的机器、黑乎乎的汽车、黑乎乎的铲车、黑乎乎的挖掘机，再就剩下黄颜色的安全帽了，帽子下的人呢？混在煤中，也成了黑乎乎的人。

韩华站在采坑里四下里张望，终于明白了什么叫露天煤矿。他睁大眼睛，极力找寻，却看不到他的父亲究竟在哪儿。

老王道："华娃，今天你就紧跟着我，我走哪儿，你跟哪儿，别跟丢了。"

这一天韩华没见到父亲，他跟着李矿长和老王检查过之后，老王带他去了另外两个煤矿——白兔峁煤矿和喜鹊窝煤矿。晚上，他们住在喜鹊窝煤矿，董事长办公室里面有套房，套房里有洗澡间，席梦思大床，办公室里有真皮沙发、黑色老板椅、老板桌、黑色茶几。韩华出娘肚皮也没住过这么好的地方，他真开眼了。入夜，韩华先睡了。老王到隔壁矿长办公室谈事，凌晨3点才回房间睡觉。

次日早晨7点，老王叫醒韩华，抹了一把脸，就到煤矿灶上吃早餐，两人急匆匆赶回集团公司。老王把三个煤矿需要进一步完善的工作交给办公室出详细方案，他则召集部下开会，留韩华在他的办公室电脑上玩耍。晚饭后，老王派张向阳送韩华去到林子峁矿区，找李矿长安排韩华明后两天跟上韩贵山下采坑体验生活。

韩华因有煤矿一行，亲历亲见了当煤矿工人父亲的辛苦，心灵受到极大震撼，回到学校，学习更加刻苦，考试成绩一再拔高。

老王为了迎接榆钱市安检局的检查工作，夜以继日在煤矿上辛苦，9日上午，接到榆钱市安检局的检查通知。他为了慎重，9日下午又去林子峁煤矿，吃饭后，一不小心，脚踩进饭堂外的一个黑水坑，恰好韩贵山一只手拉住了他，否则他一定会一头栽进旁边的泔水桶。

老王脚上正好穿着杨巧杏买的白色运动鞋，这下白运动鞋被黑水弄乌黑了，糟糕的是污水进到一只鞋子里面，袜子也湿透了，无奈之下，只好让韩贵山拿了车钥匙到车上取另外一双鞋换上，又让韩贵山帮他清洗弄脏的鞋子。

韩贵山去水房清洗鞋子，左看右看，觉着鞋子好面熟，猛然想起鞋子和他的鞋子一模一样，只是一白一黑的区分，再看里面鞋垫，他疑云顿生，得出一个结论：他的那双鞋子一定也是老王买的，而老王鞋子的里的鞋垫一定是他的老婆——杨巧杏绣的。

一个送鞋，一个送鞋垫。傻瓜也能看出一点儿端倪，别说韩贵山并不傻，还是粗中有细的人。

韩贵山的心情一下子沉重起来，他本来不白的脸更加乌黑了，他看老王的神色也慌张了，仿佛他的心正汩汩地流血，他脸上表现出一种疼痛的神色来。

后来，韩贵山的烟瘾大增，他的语言更少了，不到万不得已，他不与老王接触，不与老王说话，有时他还躲着老王走，尽量不与老王照面，他心里尴尬，总觉得老婆丢了他的脸，让他脸上无光。

除夕前夕，煤矿放假。穷汉脖子没犟劲，韩贵山为了省两个路费，坐了老王的顺车回家过年。

杨巧杏家里不开灶，老王有话，两家人一起过年。王海平的石膏已经拆掉，可以架着双拐走动。王嫂居然可以发声了，说出来的话却含混不清，谁也听不懂。韩华学校放假了，每天跟妹妹到老王家吃了饭，两人又回家学习。

回家第一天，杨巧杏伺候老汉洗脸，洗脚。这是杨巧杏在老王家当保姆学的，之前她老汉是一个受苦疙瘩，腰不硬，加上那短处，在她面前总是矮半截，现在她男人是煤矿工人，一个月挣几千工资，她当然精贵了。

韩贵山享受了首长般的待遇，心里稍宽舒，就上炕和两个孩子耍扑克。杨巧杏却顾不上耍，自己家里的营生必须她找空闲做，再说农村人有扫尘净身的讲究，哪有把脏衣服留在来年洗的道理。她把老式单桶洗衣机打开，把韩贵山拿回家的衣服全部塞进洗衣机。

秀秀不懂大人辛苦，小嘴噘得老高。韩贵山为了哄女儿高兴，把女儿举在头顶，让女儿骑在他脖子上，玩起了“架架楼”。杨巧杏看见，在地下连忙喊：“快放下来，这么大孩子了，那样玩儿，像什么样子。”

韩贵山不理睬杨巧杏，继续逗女儿乐。韩华只好一个人拿着扑克摆牌。过一会儿，韩贵山说他在煤矿学会了“捉老麻”，就教两孩子玩“捉老麻”。

除夕这天有杨巧杏忙的，一天要吃三顿饭，早上炸糕羊肉粉汤，中午清汤杂面，晚上还要摆碟子上盘子，王海平交代要吃十三花。

杨巧杏把一家人的衣服全部洗净，韩华和秀秀已经在后窑睡着了，韩贵山也在前炕睡下了，她上炕刚睡下，韩贵山就硬生生递过来一句话：“过完年把老王买的那鞋还给他，我不稀罕穿。”

八

杨巧杏以为老汉睡着了说梦话，不理睬，兀自躺着，心里却一阵一阵惊愕。老汉怎么看出的端倪？悔不该当初买了两双相同款式的鞋子，引起老汉的误会。

韩贵山听不到杨巧杏回话，又重复：“过完年把老王买的那鞋还给他，我不稀罕穿。”

杨巧杏大感震惊，顿时对老汉的细心刮目相看，同时又难免为他拙劣的推理感到叹惋，疑惑他的脑子出了差错，欲纠正，让他安心穿了鞋子，说那鞋子是自己买的，暗处，另外一个她跳出来警告道：断然不敢说出鞋是自己买的，你和老王原本清清白白，暗地里的思想，你不说，谁又能知晓。

这警告让她立时深感惶恐，她强压住狂跳的心，嘴里却顺着老汉的推理悄声道：“怎么不稀罕穿，你救了他儿子，我又伺候他老婆和儿子，连一双鞋子也换不下吗？别说我还给他绣了一双鞋垫，也把情补了，我们不欠他什么。”

这样的回答，让韩贵山听来，乍一感觉杨巧杏是在强词夺理，细细想来却也不无道理，他略感宽心，刚刚强硬的气势当即弱了下来，又恐及时罢休失了男人的尊严，追问道：“没那么简单吧？”

“你就是不自信，你说怎样复杂？”杨巧杏语带恨铁不成钢的口气。

“睡吧，明天还要早起呢。”

不多时，韩贵山鼾声大作。杨巧杏却一夜睡不熟，思想里翻江倒海，仿佛有许多个她同时出来对话。

次日一早，韩贵山早早起来，挥着板斧在院子里破柴。他穿着并不厚的衣服，脸上却热气腾腾，额头上挂着细碎的汗珠。杨巧杏出院，近前看了老汉一眼，复进门，取出一块毛巾，在老汉额头上擦了一把，把毛巾搭在他脖颈，不无心疼道：“天冷，小心着凉，等华娃和秀秀起来，一起把院扫了，10点过来吃饭，我先过去了。”韩贵山心里一阵暖和，仿佛肚子里塞进一个暖水袋。

杨巧杏进了老王家大门，一眼看见老王挥着扫把扫院，她扬声道：“你扫院啊，一会儿让贵山过来扫。”

老王抬头道：“展筋着不过了，贵山也在扫院吧？”

杨巧杏道：“他天不明就起来破柴，硬柴好就火，还没扫院呢。”杨巧杏说着进了窑。

往年，杨巧杏在除夕早上只做炸糕和酸菜吃，今年算是陪上龙王爷吃贺雨牲。

早上的炸糕羊肉粉汤，韩华和秀秀可劲儿吃了个饱，吃完兄妹俩风一样刮回家耍去了。老王因听了杨巧杏说硬柴好就火，想起后院里堆放的许多椽棍子，也翻出一个生锈了的斧头来，舀了一碗水，蹲在大门外硷畔上的条石前磨斧头。韩贵山看见老王笨拙的样子好生纳闷，正在心里疑惑，见杨巧杏出硷畔倒泔水，他忙别过脸去，装作看王海平摆弄对联，耳朵却一刻没有清闲。

杨巧杏道：“王总，你磨斧头做甚了？”

老王道：“你早上说硬柴好就火，我想磨一磨，破柴。”

杨巧杏道：“快停了，使不得，不中用。”她转头看见韩贵山，又道：“贵山，你回家拿咱家的板斧来。”

韩贵山听说，并不言语，恨恨地转身下了坡。

杨巧杏朝走下坡的韩贵山喊：“对联和窗花贴上再过来，叫两个娃娃两点钟过来吃午饭，把鸡喂了，鸡食在后窑木盆里。”说完，她又对老王说：“不磨了，不磨了，帮海平贴对联去。”

韩贵山回家喂了鸡，贴好对联，拿了板斧，没等老王指派，自顾自进了后院，在一堆椽里翻找出一些比较细小的椽棍来，抡起板斧就开始砍，一直砍到杨巧杏来叫吃杂面，面前堆起山峁一样的硬柴来，吃了杂面，他一声不响又去后院，把那一堆碎柴码放在废弃的驴棚里。

这当儿，老王来过三次后院。第一次，他手上拿块毛巾，对韩贵山道：“贵山，擦把脸，歇会儿。”韩贵山没停手，没接毛巾，没言语。第二次，他端杯水，对韩贵山道：“贵山，喝口水，歇会儿。”韩贵山没停手，没接水，没言语。第三次，他一手拿着毛巾，一手端着水，他看着韩贵山一丝不苟地码柴，心道：这呆傻男人蛮有优点哩，干活儿蛮细致哩。难怪杨巧杏跟了他十几年。现在他这般冷落我，不屑我，是对我有看法了？

想到这儿，再看他酷似包公的黑脸，又想，对于家庭，这种男人应该是绝对忠诚，这也是可爱之处。又想到他枉有一副男人的皮囊，难免又替杨巧杏惋惜，再想到这些日子自己忙于事业，一直没有兑现对杨巧杏的承诺，心就疼得厉害，恨不能立即拉了杨巧杏去私奔。糟糕！该死的心绞痛强势袭来，一阵抽搐，难受得他龇牙咧嘴，背靠住驴槽，蹲了下去。

韩贵山看得真切，慌忙撂下手中的柴，上前扶住他惊道："咋了？咋了？你这是咋了？"

老王忍着疼痛道："药，药，帮我掏掏。"

韩贵山在老王的上衣兜摸到一个药瓶，倒出一粒在盖子里，送入他口中，拿了他手里的水杯，拧开盖子，喂他喝了一口。

老王顿觉舒心，长出了一口气，双眼滴下两点泪水，喃喃道："贵山啊，我心脏不好，好几年了，搭了两个支架。"

韩贵山又去干活儿，并不接话茬。老王稍作停顿，接着道："贵山啊，你是对我有看法吗？还是不想在我家过年？你看我这样子，我也是没办法啊，你的工资不能随便涨，煤矿里好多人哩，人家眼红，过完年，我会给弟妹涨工资，我这家确实离不开她，再说你家里的状况我也晓得，需要钱。"

韩贵山依然不接话，只管干活儿。老王忍不住又道："贵山啊，有时候，我们男人为了家庭，就是要付出点儿啥，我总想，这男人的'男'字，怎么就是一个'田'字下来一个'力'字呢？后来，我想明白了，这男人啊，必须要在田地里卖力了，如果连力气也没得卖了，那还算男人吗？"

这一比喻，仿佛高山上一块石头落地，一声巨响，落在韩贵山的身上，压得他直不起腰来，又宛如一把利剑刺入他心上，他立时感觉血流如注，心碎成数瓣，洒落一地。

韩贵山撂下手中的营生，愤然离开。

年夜饭摆上，王海平要喝酒，老王说心脏不好，不敢喝，只是招呼韩华和秀秀吃菜吃肉。王嫂不需要招呼，只管自己吃。王海平只能敬韩贵山和杨巧杏喝酒，也不说官面面的话，实心实意举杯感谢。杨巧杏自打和老王喝过两杯酒，知道自己喝不了酒，再说韩贵山在场，她更不敢喝，只是在酒杯上闻了一下，装作闻不惯，连连咳嗽，直摆手。王海平不勉强，夹一块块肉放在韩贵山的碗里，满一杯杯酒递在韩贵山手里，大有不把韩贵山灌醉不罢休的势头。韩贵山在煤矿上练得半斤八两酒量，受苦人，饭量又大，加之中午又遭老王嘲笑，心里不爽，借酒浇愁，也不管王海平是否真心，就坡下驴，几杯酒下去，酒兴上来，胆量大增，竟然挽袖划拳，海吃狂饮，面红耳赤起来。杨巧杏起先劝说韩贵山少喝点儿，见不听劝说，也不再管，招呼两个娃娃吃好，打发回家看电视。老王见状，带两个娃娃在院子里放烟花，放鞭炮，直把仓窑里半脚地花炮放完，才放两个娃娃回家，复又回家坐在沙发里看韩贵山和儿子喝酒，看杨巧杏收拾碗筷。

杨巧杏给两个喝酒人留下两个下酒菜，她开始整理剩盘子剩碗，往凉窑里安盖盛肉时，老王跟进，悄声道："巧杏。"

杨巧杏冷不防身后来人，吓了一跳，激灵转身，低声嗔怪道："今个没有李奶奶打圆场，收起你的好意，我心领了。"

老王继续悄声道："你知道我要说什么？"

杨巧杏继续低声道："我不管你要说什么。"

老王继续悄声道："贵山有没有对你不好？我担心你，你摸摸我的心。"老王说着近前一步，挡住要出门的杨巧杏。

杨巧杏继续低声道："求求你，我心慌得难受，贵山喝醉，让他睡你家里，一身酒气，我也不稀罕他。"说完，她侧转身子急匆匆出门，留老王独自尴尬。

半夜，杨巧杏感到一种久违的颤栗，仿佛一个男人的舌头撩舔她的身体，温柔而润滑，她不敢睁开眼睛扰乱这甜美的梦，僵直着身体，一动不敢动。她有种感觉，男人很卖力，仿佛营务一块荒草疯长的土地，热得满头细汗，还不肯停歇；她有种感觉，男人很用心，仿佛面对一件精美的瓷器，生怕撞碎，小心谨慎，亦步亦趋。

第二天一早，杨巧杏醒来，顿觉神清气爽，猛听韩贵山在前炕打着响鼾，一时间以为老汉恢复了男人气概，不好意思明里要自己，酒后性起，半夜和自己云雨，禁不住喜上眉梢，兴奋的小鸟展翅般地飞身下炕，站在地上，俯瞰在老汉脸上，细细端详一阵，伸出舌头，在他乌黑的额头上轻轻一舔。

杨巧杏这一天阳光明媚，走路仿佛踏云一般轻飘飘，说话宛如唱歌一般脆清清，无论对谁说话都和颜悦色，在老王面前更表现出一种昂扬的神态，在韩贵山面前则有一种雏燕试飞的羞涩与拘泥。

正月初一到初三，王海平每天晚上都邀韩贵山喝酒。杨巧杏因有除夕深夜的甜美体会，不再阻拦韩贵山喝酒，甚至还有一点儿想陪他一起回家的念头，又拗不过两个娃娃的纠缠，只好先回家陪娃娃一起玩耍，等娃娃们入睡，静等老汉回家温存。

如此一连三日，总是她睡熟之后，仿佛梦中一般，又出现那种令她癫狂的情境，而天一明，一睁眼，定会看见韩贵山睡在前炕，还在梦乡遨游，鼾声如雷。

她以为黑脸男人多年不做男女之事，突然间会了，脸嫩得羞涩起来，也不挑破，任由他去，安心做好贤妻良母，服侍父子仨安享生活的馈赠，而她内心里难免强烈地自责，自责自己心灵的越轨，思想的出墙。

初四开始，韩贵山带着俩孩子走亲亲拜丈人，两日夜晚都不曾回家。杨巧杏白日里按时去老王家继续着保姆的工作。老王家亲戚多，她势必更加辛苦，日日要盘上桌下伺候一桌子人吃肉喝酒，王海平天天买醉，老王陪客，疏淡了与她说话，也少有帮她打下手的情况，晚上她一个人回家睡觉，夜夜却安稳踏实，她更加肯定，韩贵山已经找回了男人的雄风。

六日晚饭时，老王交代韩贵山，七日吃了饺子要返回煤矿上班。杨巧杏得令，饭后匆匆收拾碗筷，回家给老汉拾掇行囊，入夜，又伺候老汉洗脸洗脚，上炕宽衣解带，拉灭电灯，做好恭迎圣驾的准备。不承想，韩贵山半天没有动静。杨巧杏好生等待，不见老汉任何反应，一时间顿感屈辱，仿佛热脸贴了冷屁股，颜面大损，她抹黑一式坐起，正要发火，却听见韩贵山低沉着声音道："巧杏，我想了好久，这些年，我带累了你，我是几斤几两我知道，你顾全大局我也知道，而我不忍继续让你守活寡，我只有一个请求，这二年你就看在娃娃的脸上，给我一点儿面子，等华娃考上大学了，我们办手续。"

杨巧杏的心，仿佛沉入了冰窟，她一阵哆嗦，双手抱紧光着的上身，泪水滂沱。她不相信一连四晚做了相同的梦，而她又不敢问老汉一连四晚是谁在暗夜里与她温存，给她欢乐，让她销魂。

九

这一夜，杨巧杏是在惊悸与不安中挨到后半夜才渐渐入睡，睡梦里，她站在冬日清冷的天宇下看一个小男孩学放风筝，男孩踩着枯死的小草在地里跑啊跑，身后那风筝沿着地平面飞啊飞，男孩跑顺溜了，脸上出现了欢喜的笑容，手中握的风筝线却断了，男孩懊恼着表情，转身跑回去捡断掉的线头，精心细致地系住，又跑起来。一阵风吹来，风筝乘风飞起来，在空中翻飞，翻飞，不好，男孩没注意，前面出现了一株大树，风筝挂上了树杈，男孩手中的线被扯断了，男孩爬上树取下风筝，再次系住线，再次开始奔跑，再次放飞手中的风筝，风筝终于升上了天空，在高空飞啊飞，飞啊飞，男孩手中线却再次猝然崩断，高空的风筝失去了牵引，失去了方向，在空中飞啊，飞啊，漫无目标，男孩望着那断了线，再也无法牵引的风筝，号啕大哭起来。

公鸡打鸣，惊醒了睡梦中的杨巧杏，梦中的情形清清楚楚在她脑子里回旋，她大悟，那个学放风筝的小男孩，手中牵的那根风筝线不就是她的婚姻吗，已经于昨夜崩断。不多时，她又觉着，小男孩手中的风筝，已经断了线的风筝，才是她自己了，立时，她茫然起来。

杨巧杏有任务在身，否则她今天一定不会起来，她会把自己蒙在被窝里睡到韩贵山离开家，去了煤矿，两个孩子吵嚷着要吃饭，她也不一定有精神起来做饭。然而，今天不行，她有任务在身，一早她要上老王家包饺子，昨晚老王安排好的，现在明显已经迟到了。她用凉水刺激了一下肿胀的双眼，又加了点儿暖壶里的开水，抹了一把脸，扫眼向炕上看去，见韩贵山蒙着头死猪一般，她没撂一句话，来不及擦点儿润肤膏，匆匆出门，跑向老王家。

仿佛太阳从西边出来，老王天不明就起来了，他穿了过红白事情厨师才穿的蓝大褂，挽起袖子，点燃暖气炉子，和起一块白面，擦萝卜，剁肉，剥葱，麻利老到地拌起一盆饺子馅，有模有样地坐在案板前开始包饺子，那神态是春风拂面，那动作是愉悦昂扬，那表情是低吟浅唱，完全就是一个男人获得新鲜爱情所表现出来的扬扬自得。

杨巧杏冷人进了暖窑，满窑的腾腾热气当即把她罩晕，她辨不清东西，立定在门口，等眼睛适应。老王看得真切，两只面手在蓝大褂上擦了两下，近前一把就搂住她，低头把他滚烫的舌头就送了过去。

杨巧杏顿觉云里雾里一般，一连几日，一会儿天上，一会儿地狱，一会儿冰窟，一会儿火炉，她简直心力交瘁，她努力挣脱老王，扬起手掌就扇了过去。

老王一把手抓住她挥过来的手腕，又强行抱住她，在她耳边没皮没脸地低语："巧杏，打是亲，骂是爱，不打不骂不亲爱。贵山给不了你的，我能给，我都能给。"

杨巧杏简直不敢相信，她压住耳朵。

老王拿过杨巧杏的手，继续附在她耳边低语："巧杏，我想了好久，我们都是过来人，做事大方一点儿，不要总藏着掩着，两情相悦又不犯法。"说着他就又上去舔了一舌头。

杨巧杏神色慌张，几乎窒息。

老王继续说着咬耳朵话："巧杏，人生苦短，你我都不能亏对自己的心啊！"

杨巧杏低垂着头，大气不敢喘。

"巧杏，你我相遇太晚，若是七年前你就和我借钱，现在你就不会这么忐忑不安了。"

杨巧杏满脸泪水，一脸惊恐地抬起头。

老王不无心疼，用手揩着情人的眼泪，低声嗔怪道："我的傻女人，如今这社会，咋能让自己在一棵树上吊死；我的可怜女人，这七年你是怎么熬过来的。"

杨巧杏窘得满脸通红，握紧拳头在老王胸口就是一阵捶打。

老王见状双臂用力，搂紧杨巧杏的身体，在她额头亲了一口，嗔怪道："简直不想让我活了，真想现在就开火煮饺子进锅。"停顿一下，又低声道："好了，赶紧洗手包饺子，我都包一半了。"

杨巧杏不相信自己的眼睛，以为看花眼了，忙用手揉一揉，又看，眼前真真切切摆放了一大盖子已经包好的饺子。

老王道："我早早起来就开始做了，当好你的贤内助。"他抬头看一眼杨巧杏又道："其实我好厨艺，祖传的，初出社会时常帮厨哩，后来懒得做，自打见着你，又恋上厨房了。"说完低头偷笑。

杨巧杏心里一阵阵温暖，韩贵山昨夜给她的坏心情一扫而空，她忙系围裙，洗手，移步案板跟前，和老王边包饺子，边拉悄悄话。

"王嫂呢？"

"炕上歪着，你大可不必担心她，我感觉她最近耳朵不好使，要大声说话才能听清楚，指不定哪天真和我拜拜了。"

"海平呢？"

"睡着，昨夜又喝酒了，年轻人失恋了，心情不好。"隔一会儿，老王见杨巧杏不说话，又低声道："那几晚上，你快活不？"话落，看了一眼杨巧杏的反应。

"真有你的，臭不要脸。"杨巧杏转过身，给老王一个后背。

"看把你羞的，你早就是我的人了，还怕甚？"一语结束，见杨巧杏不接话茬，老王就自言自语："海平要喝酒，给我创造了机会；韩贵山喝醉酒，给我壮了胆；我得谢谢他们俩，否则，你这么操劳，我都没机会补偿你，再说这新春就得有新气象，哪能让你脸上不添新色彩，若让你内心里继续委屈，别说会给你留下话柄儿，老天也不会饶我，你应该清楚，男人都以事业为重，忙起来，天王老子不管，闲下来，七情六欲一涌而来。"说到这儿，他张嘴低唱："六月的日头，腊月的风，老祖宗留下个人爱人。三月的桃花满山山红，世上的男人爱女人。"接着他又道："巧杏，多亏你配合得好，当时我想，要是让你那俩小祖宗发现了，我一准儿活不成了，即便侥幸逃命，这往后的脸也没处搁。"老王说得眉飞色舞，抬头看一眼杨巧杏惊讶的表情，又道："当时韩贵山睡我车上正打鼾呢，否则我就亏大了，返回去扶他，他给我吐了一车，害得我天明洗了半天。"

杨巧杏不再接话，顿悟韩贵山所言，她心里暗暗自责：是自己有错在先，不仅心灵越轨，如今又加了红杏出墙，他怎么会是傻子，怎么能心里不难受，一直安守本分，突然间意识到老婆有了外遇，背叛了他，他不伤心才怪，说那样的话也是迫于无奈，是看在她是孩子娘的分儿上。而自己简直就是一个彻头彻尾的弱智，竟然没想到是眼前这个男人，还表现出轻薄女人的嘴脸，刺激憨厚老实的人，真应验了人们所说的“最毒不过妇人心”。

杨巧杏直到包好饺子，两家人都吃完饭，打发老王和韩贵山开着汽车走了，她再没说一句话，她的心仿佛经受着油锅里煎炸的煎熬，一个她为这迟来的爱欢欣鼓舞，一个她又经受着良心上的谴责。

一个车上，两个男人，各种心情，一路无语，一路沉重。

生活就是这样残酷，有时候，总是出其不意地馈赠一些尴尬给当事人，不欢喜？却也没办法不接受。如果说成年人也可以像小孩一样玩过家家，不受诸多约束、限制，那么这个世界就会变得尤为轻松，说不准还能让国家GDP直线飙升。

老王到了公司，忙的是神龙见首不见尾，三个煤矿里来回跑，开会、整顿、表彰，一些企业家辞旧迎新的手段都得用上。韩贵山钻在煤堆里，黑白不分，加班加点儿折磨自己，保证自己对生活有个麻木的感觉。韩华正月初十就返回学校，一头扎进书本堆里，天天唱着相同的三部曲，吃饭、睡觉、学习，周而复始。王海平丢掉双拐，完全可以自由出入了，他肇事的汽车干脆报废在修理厂，去榆钱市里直接开回来一辆当时最流行的越野车宝马X5，之后就忙他的地产项目了，家里连个影子也难见了。

至此，老王家里，白日里，除非秀秀放学回来，叽叽喳喳一阵热闹，其余的时间变得尤为冷清。杨巧杏每天按时完成三顿饭的作业，一有空闲就跑回自己家里，埋头绣着一幅名为“八骏图”的十字绣，偶尔会有红晕跃上脸颊，偶尔又会蹙眉忧思。老王每隔一月半载就回家来一次，回来一次也只待一天两天，有时会开车拉上杨巧杏去黄羊镇备办一回生活的必用品，有时也会拉上杨巧杏去蝉县县城采买一回女人的必需品。老王不在家的日子，一主一仆两个女人过着风轻云淡的日子，主人只管主人的吃饱睡好，佣人只管佣人的忙完做好，她们之间不存在摩擦，不存在吵嘴。王嫂耳聋语痴，也不可能吵嘴。也不知她神志是否清醒？心脏是否良好？也许生活赋予她臃肿的身体，合该她只能享受，不必受折磨，也是人生一大幸事，否则简直让人匪夷所思。

眨眼一年又过去，春暖花开的时节，一日早晨，王嫂在院子里伸胳膊抬腿，锻炼身体，脚下一歪，猝然倒地。杨巧杏一进大门，看到情形，慌得大声喊叫，上去搀扶，感觉不对劲儿，又匆忙跑下坡四下里呐喊人。庄里七老八伤来了一院子，都说王嫂已经死过去了。

十

杨巧杏第一时间把这一消息告知老王。

最先回来的是王海平，他一进家门，看见门板上躺着的母亲，双膝跪地号啕大哭起来，他头埋在地上，双肩一耸一耸，极尽呼天抢地。他内心里检讨着自己，检讨着自己这些年来忙于赚钱，没有孝敬母亲一天，忙于谈恋爱，疏淡了母子感情，就是在家养伤期间，也没有多看母亲几眼，倒是母亲时常过他窑里，他还总是摆摆手，不要母亲打扰他策划项目，而现在，怀他十月，养育他二十八年的母亲，猝然离世，他恨自己铁石心肠，如今哭断肝肠，也哭不活母亲。

门板上躺着的亡人，身体虚胖，体质羸弱，生子血迷，险见阎王，几经抢救，重返阳间，频繁患病；门板上躺着的亡人，遭逢丈夫，心性良善，重视亲情，钱财宽用，照顾周详；门板上躺着的亡人，怀孕一次，生育一子，抚养一子，教育一子，子贵母荣，安享福门；门板上躺着的亡人，虽时常病恙，却一生享福，猝然离世，岁至五十有二。

上面这段话可以浓缩王嫂一生的生平，在庄里人眼里她确实有个好丈夫，好儿子，给她撑起了门面，长足了脸面，只是这猝然离世让庄里人觉着扑朔迷离。

历史上有“成也萧何败也萧何”的典故，这王嫂的死，引出了一个“成也李奶奶坏也李奶奶”的新典故。

李奶奶看到王嫂猝死的第一现场，脱口而出：“巧杏呀，你和石头要做相好，就好好地做，谁还能不理解你的难处，你说你，使这些梗做甚呀？”

坏了，这句话惹下大麻烦了，杨巧杏和老王的事，庄里人到目前为止还没个实质性的证据，只是一些无聊人心里暗暗猜测，摆不上桌面的猜测，再说老王财大气粗，庄里人都仰仗他转运发财奔小康呢，谁会大胆到自己找死？李奶奶呀，李奶奶，你简直是老糊涂了。

李奶奶一句唐突而没过大脑的话，让庄里人大为震惊，随之百般演绎，各种版本，众说纷纭，在最短的时间内传到王海平的耳朵，王海平听后双拳捶地，恨父亲受美色诱惑，当即拿起手机就拨打电话，叫来110，叫来法医，要为亡母伸张正义。

老王和韩贵山在第一时间从煤矿出发，车轮滚滚，超时速赶路，下午三点赶回家，家里的情形让他差点儿断气。

警察已经把杨巧杏控制在一孔窑里，亡人的尸体摆放在院子当院的门板上，一些穿着白大褂的法医围着亡人站着，白大褂身后是里三层外三层的围观者。

老王气急败坏地拨拉开众人，近前一看，他的亡妻，一生被各种疾病缠绕的可怜人儿，死了还不能安然，现在正在经受死亡后的折磨——被法医指手画脚——说要取证。他经受不了这样的打击，就算他对亡妻没有了感情，见到这样的场景，他还是受不了。他的心脏开始剧烈地疼痛，他站立不稳，昏倒在地。

乱套了，全乱套了，尸检还没有结束，现在一个心脏病患者又昏倒了。

亏了韩贵山，这个善良老实的人，他管不了被警察管制的妻子，他帮得了给自己戴绿帽子的男人，他就站在老王的右侧，冷不防老王昏倒，他上去扶，老王人高身大，把瘦猴一样的他扑倒在地，他不顾跌疼的膝盖，不顾众人的眼光，爬起来从老王的上衣口袋里掏出药瓶，倒出药丸塞进老王嘴里，呐喊着快拿水来，有人递来了水，他托起老王的脑袋，喂老王喝了水，而后就让老王的头枕在自己的腿上，静静躺着。

不多时，老王醒过来了。白大褂们用感激的目光看着韩贵山，都竖起大拇指，表示夸奖。老王看见身后的韩贵山，一把抱住，号出声来，号了一阵儿，哽咽道："老弟，我向你保证，巧杏是清白的，她不会害人，她绝不会害人，她那么善良，绝不会害人，老弟，你放心，谁若诬陷巧杏，不得好死。"

韩贵山兀自没有说话。他总是这样，他总是用行动说话，从来不善语言表达。

尸检报告出来了，王嫂死于突发性脑溢血，死亡时间2012年3月9日6时至7时。那个时间段，杨巧杏还在自己家中，她的女儿还没到上学的时间。

虚惊一场。

王海平双膝跪地请求杨巧杏的谅解。杨巧杏大人不记孩子过，扶起王海平，转身回了自己家。

老王事后知道是李奶奶捅的娄子，他站在李奶奶面前。李奶奶筛糠一般抖颤着身体，扑通跪地，抡起双手打自己嘴巴。老王一时觉着李奶奶可恶至极，念及她曾经的好处，转身出门，出门时狠劲儿把门一摞。

安顿了老婆的后事，老王苍老了许多，他满怀心事，整日愁眉苦脸，打不起精神。他内心里洪流湍急，泥沙俱下，他对自己的未来打算迷茫难测，不知下一步该怎么走？这全因老婆的死引起，仿佛一只抛锚的船，面对汪洋大海，四顾茫茫，不知所措。

老婆活着，家是他的大后方，他可以堂而皇之雇佣杨巧杏当保姆，从而达到一种两全其美的完美设计，而不会引起世人的指点，也不会给杨巧杏带来难堪，而现在，老婆死了，他的大后方不存在了，他的家已经形同虚设，他没有理由继续雇佣杨巧杏当保姆了，而他又想与她继续保持关系，从而达到帮助她过上舒心日子的目的。

他是真心爱上杨巧杏了，他对爱的理解，除了要满足她肉体上的快乐，还要给予她心灵上的安慰，甚至要给予她经济上的援助，而这些必须要有一个说得过去的理由，摆得上桌面的做法，雇佣当保姆是个最合理、最能行得通的做法，而现在，老婆死了，这些都不能成立，关键是韩贵山，那个只用行动办事、不用语言说话的男人，曾救过他两次命，他不能做事太不尽人情，他绝不能把韩贵山当真空，他纠结，他愁肠，他寝食难安。

韩贵山，这个被人戴了一顶绿帽子的男人，却做出了一件让人无法理解的事来。他几乎是威胁着杨巧杏跟他一起去县婚姻登记所办了离婚手续，他俩最后达成协议，杨巧杏离婚不离家，继续抚养俩孩子，俩孩子的生活费由韩贵山按月打入杨巧杏的账户，孩子满 18 岁前的监护人是杨巧杏。

杨巧杏起先是跪在韩贵山脚边哭着喊着不同意，说她离婚后，无法面对两个孩子，无法面对世人，她宁愿从此不出院子，守一辈子活寡。

韩贵山撂下一句狠话："够了，绿帽子快把我压死了，你不离，我死，我死了，你直接守寡名正言顺。"说完，他就拿起一个敌敌畏瓶子，仰头就要喝。

杨巧杏一把夺下韩贵山手里的瓶子，乖乖地跟他出门了。

韩贵山第二天就回了煤矿，这是他自从在煤矿当工人以来第一次独自去煤矿，之前都是他前妻的外遇护送他去的，现在他没有脸面坐那个人的车了，他必须独行。

韩贵山的思想是复杂的，他是在内心里经过激烈的斗争才做出的决定，这不是他想要的结果，他不得不这样做，他觉着，这样做，也许是一种明智的做法。他清楚自己没有多大能耐，只会受苦，杨巧杏跟了他就没有过一天好日子，往后更是指望不上他了，两个娃娃逐渐都大了，要让娃娃有个好前程，离不开老王，老王心不坏，他心里明镜似的，之前睁一只眼闭一只眼，全因王嫂活着，王嫂是个挡箭牌，如今王嫂死了，挡箭牌没了，要他大摇大摆戴一顶绿帽子做人，超出了他的底线，他没有那么大的肚量，与其让唾沫点子把他淹死，还不如让杨巧杏和老王内心里感激他，这样对他的俩娃娃有好处，不是他高大上，有成人之美的思想，而是他不得不这样做。全是脸面上挂不住，最关键的是，俩娃娃交给当娘的，他放心。

杨巧杏把自己关在窑里哭了三天三夜。这三天里，她有种天塌地陷的感觉，她又想起了之前做的那个梦，现在梦应验了，她真成了一只断线的风筝。她想起了老王，她想去找老王，想告诉老王，韩贵山不要她了，她离婚了，她想要老王给他出主意，她甚至想到要补了王嫂的缺，即使不是现在，过几年也行，因为她的两个娃娃，身后没个依靠也不行，现在，她觉着，她孩子的爹，那个死要面子活受罪的男人，是彻底靠不上了。

她往老王家走，一路走过去，庄里的婆姨就对她指指点点，说三道四，她听得清清楚楚，却不敢搭茬，她低头直走，心里由不得哭道："王嫂啊，王嫂，你为什么要死？我把你伺候上，你好吃好喝；老王把你养活上，你好活好盛；你不好好活着，你死了做甚去呀？你脚一蹬，凉快了，好受了，可你把我的脸蹬破了呀！这往后，你还叫我咋做人呀？"她眼泪婆娑上了老王家坡，看见大门紧闭，推门，推不开，敲门，没人应，她就软塌塌立在大门上，痴呆呆发愣。

这个院子她非常熟悉了，她在这里有过差不多三年的保姆生活，她对这个院子有了一定的情感，这院子里的男主人，给了她一种新鲜的爱情，让她体会到了做女人的快乐，现在，她成了自由之身，而他，成了单身男人，她有理由想他，她想靠在他厚实的肩膀上坦然地睡一觉，而不是之前的偷偷摸摸，心惊胆战。

老王不在家，他去了公司。那天，他无意间听儿子说韩贵山已经回了煤矿，他就想起去杨巧杏家走一回，给她说句放心话，要她不要害怕。到了她家坡下，却看见韩华站在硷畔上。他不能上去了，他怕引起韩华误会，怕影响到韩华今年的高考。他以为，自己有钱也不能不遮红黑，给杨巧杏坐罪。于是，他就不辞而别，去了公司。

杨巧杏靠着老王家大门呆立到日落西山，没等到老王回来，她拉着绵软的身体往家走。庄里的婆姨们在她身后指指戳戳。她分明看见了，全不理会，仿佛一根鸡毛，在公路上轻飘飘着，没有着落。很短的一段路，她走了很长时间。上了院坡，发现女儿秀秀已经放学，正在院子里写作业。她强打起精神做好饭，看着女儿吃了，又检查女儿作业，给女儿洗了头脸衣服鞋袜。晚上，女儿入睡后，她睡在炕上，脑子里全是老王，想得她心尖尖疼。一连数日，她夜夜思想，夜夜想不到人，她就恨起了老王，恨得咬牙切齿，这个言而无信的男人，她再不要想他了，不要记挂他了，不要对他抱有希望了。她又想起韩贵山，想起那个黑脸男人，不中用的男人，想起他黑水汗脸地干活儿，想起他吼雷一样的鼾声，想起他喝敌敌畏威胁她离婚。这两个男人，她全不要想了，她想儿子，她去看日历，看距离儿子高考还有多少时间。她大吃一惊，距离儿子高考不到两个月了。她想起了儿子即将要成为一名清华大学生，她当即有了精神，精神大振，她把自己的脸狠狠打了一下，心想，再不要沉迷于过往了，再不要痛恨别人了，恨别人光折磨自己，要昂起头，走出去，迎着阳光，好好生活，做好一双儿女的精神支柱。

想到这里，她一骨碌下了炕，马上洗脸，梳头，把自己捯饬得明明亮亮。至此，她的家又清爽了，她的院又干净了，她喂的母鸡也下蛋勤了，她一有空隙就坐在窗前绣十字绣了。

她之前曾有过要送老王“八骏图”的念头，全为感激他；后来，她打消了这个念头，全为老王忘恩负义。老王死了老婆，再也没来找她，已经一个多月过去了，连个人影也没见，别说给她什么说法，男人全不可信，都是转脸不认人的白眼狼。现在她绝不要想那两个与她有过瓜葛的男人了，不想了，她要专心绣十字绣，绣好多，什么琴棋书画、富贵牡丹、清明上河图等，她都要绣，绣好卖钱，供儿子上大学，供女儿读书。她不信活人能让尿憋死，她有一双巧手，有一副好身体，也有好头脑，她更知道，逼上梁山的都是好汉，逼出来的都是真本事。

眨眼就到每年高考的时间。考试前一日，杨巧杏与儿子一同到了榆钱城，陪儿子看了考场，儿子去宿舍休息，她一人走在榆钱步行街，她要找个小旅馆住下，正走着，迎面碰见了老王。

十一

老王去了公司，无非是被三个煤矿的事务缠绕，白日里没时间想杨巧杏，到了晚上，难免想起，想起又有什么用呢？也不能回去找她。他偶尔出去办事，倒是会有纹眉漂唇打扮得像大熊猫一样的、往脸上刮厚厚一层泥子的，靠卖肉吃饭的，直往他身上粘，他全不感兴趣，想办法逃之夭夭。他深知，那些人都是挨不得的。他的集团公司，满打满算人也不多，老婆死后，儿子搞了那么大的动静，公司人去吊唁，难免会听到关于他和杨巧杏的传言。他身处尴尬，装也要装得像些。他本来不记得高考的时间，是采购张向阳提醒了他。

那天，张向阳钻在他办公室的电脑里，查看了半天，拿起电话，对着话筒，叽里呱啦就是一阵命令。他听出点儿名堂，知是张向阳给老婆布置任务，意思要老婆关照儿子休息好，吃好，喝好，不要着凉，不要熬夜等。无非是现代家长面对子女参加高考，皇上不急太监急的瞎操心。他全没仔细听，当时只管看电视上的新闻节目，只是张向阳说话像竹筒倒豆子，嗓门又高，话又长，聒噪进他耳门，他堵都没法堵，仿佛寂静的夜晚一阵破锣敲响，刺耳。张向阳当时挂了电话，又亮嗓子似的感慨一通：“哎呀！我的娘呀！明明是娃娃高考吗，把我紧张了大半年，终于熬到头了。”

老王抬头看了张向阳一眼，不说话。

“哎，王总，我猛然想起个人。”

老王又看张向阳一眼，还不说话。

“就你说的那个准清华大学生，就那谁？谁？”

看着张向阳的激动劲儿，老王淡淡一句：“韩华。”

“对。对。你家保姆的儿子，他学得那么好，不需要他妈操心吧？”

老王随口一句：“还有多久考试呢？”

张向阳道：“7天，6号看考场，7号、8号两天考试，我得请几天假，陪儿子考试去，5号就得去，老婆也要去呢，还得找个店住了，得提前。”

就这样，老王记住了高考的日期。

张向阳的感慨，引得老王大白天就想起了杨巧杏，一种强烈的思念顷刻间就裹挟了他，仿佛他们已隔三秋，而不是三月。张向阳还在办公室坐着，他满脑子里都是杨巧杏。他拿韩贵山和张向阳比较，感觉这人与人区别实在大，都是当爹的，张向阳说话快人快语，韩贵山却三棍子也打不出一个闷屁。这样一对比，他就不由得心疼杨巧杏，心疼她没遇上一个好老汉。他掏出手机来，找出杨巧杏的手机号，刚准备拨打，抬头一看，张向阳正看着他，他又把手机装进兜里。

这人的思想呀，很怪。男女若是普通关系，打通电话，山峁上、沟底下，什么话都敢说，若是心里有个小九九，有了不清不楚的男女私情，就再也不敢大庭广众下给对方打电话了，即便电话里只说一些亮堂堂的话，也怕引起人的误会。其实呀，就是心里有鬼，做事不展趔，本来就不清不楚，还做贼似的心虚，遮遮掩掩。

老王就是这样的心境，他担心秀秀在杨巧杏的身边，担心韩华在杨巧杏的身边，担心庄里其他人在杨巧杏的身边，担心杨巧杏不方便接电话，担心杨巧杏接起电话说出不合适的话。而他这边呢？担心隔墙有耳，担心张向阳猜忌，总之有各种担心，各种顾忌困扰着他。他的老婆死了，儿子那么大了，他现在当着熟人的面，电话里关心一个要参加高考的学生，对学生的娘说一些不应该他说的话，他总觉得不妥，非常不妥。

晚上，老王睡下，心里盘算了一阵儿，决定趁高考的机会去市里一趟，他想趁杨巧杏陪儿子参加高考的机会在榆钱与她见上一面。于是，他就试探性地给杨巧杏的手机发了一条信息：“6月6号下午榆钱见。”他只能试探，之前，他与杨巧杏从来不用这些玩意联系，他直接上门找她。信息发出去半天没收到回信，他以为杨巧杏睡了，第二天再发，还是没收到回信，他就把门关上，给杨巧杏打电话，结果电话打出去传进来的提示音是："你拨打的电话已经停机。"他不甘心，一刻也盛不定，决定去榆钱碰运气，亲自去找。他分析杨巧杏舍不得钱，不可能住大酒店；怕不安全，不可能住小旅馆；最有可能的是住亲戚家，省钱又安全。对呀，上次顺顺说他母亲就在步行街马店上巷10号院租房子住呢！一准儿会去那里住了。他6号中午赶到榆钱，直接去了马店上巷10号院。运气糟透了，三个月前就搬走了，也不知道搬哪里住了？他只好返回到大街上，边走边看，仿佛一只无头的苍蝇，四处乱闯。闯不多时，他突然想到，附近有一处家庭小旅馆，价格便宜，卫生也还好些，说不准杨巧杏会去那里住。他现在没辙了，只能瞎驴碰草洞了，他向小旅馆方向走去。走不多时，果然看见一个背影酷似杨巧杏，跑上去打招呼。人家掉转头，狠劲儿剜了他一眼，骂他无聊，掉头走了。他继续走，又看见一个背影极像杨巧杏的，又担心认错人，遭人白眼，又怕错过，三步并作两步跑过去，一直超过几米，转身站立细看。是她，是她，果然是杨巧杏，这回准确无误了。他顿时激动地浑身热浪巨涌，就想立即跑上前抱住一阵狂吻。大街上人太多，他强忍住，等她走近不到两步远，高声叫道："巧杏。"

杨巧杏熟悉这声音，在她听来，仿佛天籁之音。她看见了他，看见了让她思念、让她恨的人就站在眼前，当即她最本真的小女人情怀骤然升腾，明显感觉眼睫毛上有泪珠滚动，她极力控制，越控制越糟糕，眼泪仿佛房檐上跌落的雨水，连珠成串滚落下来。

话音落时，两人的距离已经近在咫尺，面对面站着，老王看得真切，顿生怜悯，不由得伸手上去拭泪，嘴里问道："怎么手机停机了，联系不到你，再见不到你，我都快急死了，华娃明天考试，你找了住处没？"

杨巧杏猛然想到韩贵山闹离婚时，她把手机摔碎了，好长时间都不用手机了。全因儿子考试，要联系，前些日子才不得不又买了一部新手机。她暗怪自己，人家并非忘恩负义，记得自己，也记得儿子考试。一阵感动，前些日子对老王的怨恨一扫全无，身体仿佛泡入糖水一般甜蜜，每根毛细血管都开始努力扩张，嘴里激动地说不出一句话来，努力摇摇头，表示回答。

老王道："那就好，我有住处，跟我走。"

一语结束，老王迈开腿前面走，杨巧杏后面跟着走，仿佛互不相识的地下党第一次约头见面，暗号对上，一个只管前面走，一个紧紧后面跟。老王横穿大街，二街，一直走到三街银泰大酒店，电梯直达 16 楼，用一张卡片在一间房门上一按，"吱"一声响过，推开半拉门，侧转身，先一把推杨巧杏进门，后自己闪身进去，手伸在背后关了门，不管三七二十一，一阵狼吞虎咽，涛奔浪流。

事完，老王躺在床上抽烟。杨巧杏看着老王，脑子里一个问题就像老王鼻孔里喷出的烟雾，飘飘然飞出来：要不要把已经离婚的事告诉老王？杨巧杏心里矛盾极了，左右盘算，拿不定注意。突然间，她听到老王讲电话：

"向阳。"

"下午 6 点请你们一家子吃饭，三街上榆钱德顺食府。"

"来，都来，叫老婆娃娃都来。"

"我想到了，你儿子有人陪，我叫韩华过来陪，俩同学一块有话说，吃完饭让他们先走，我们拉一阵话。"

"我榆钱有点儿事，不凑巧，人家这两天家里也有考生，顾不上谈事。"

"先不回去了，留两天给俩考生加加油。"

杨巧杏听了，大感意外，惊讶道："你叫华娃做甚？"

老王道："我想给他改善一下伙食呀！明后两天考试，饮食很关键，你不欢喜？"

杨巧杏道："没必要，我和华娃一起吃。"

老王道："你害下什么哩，悄悄地。"话落，老王又拨电话，他道："华娃，做甚呢？"停顿了一下，又道："叔叔给你助考来了，下午我们一起吃饭，你叫上张超一起过来，三街上榆钱德顺食府。"

"你妈妈也来了，那你打个电话，叫过来。"

"来，来，一定叫来。"

"找上不？叔叔过来接？"

"哦，那你和张超一起坐他爸爸的车过来。好的，好的，我挂了。"

不多时，杨巧杏的手机响起，一看，果然是韩华打来的，她接起，听了一会儿道："那你去吃，妈妈不去了，妈妈和你桂芳大姨一起吃呀！"

杨巧杏手机刚挂。老王手机又响了。韩华打进来。老王接起，听了一会儿道："你妈妈不来？你再打电话，一定要她来，就说我找她谈事，谈大事，要不你告诉我，她住哪里？我过去接。"

杨巧杏道："你说什么事？现在不能说，非要和华娃一起说，还当着旁人的面说。"

老王道："有些事必须放在桌面上说，你以为我没事干了，钱多的不行，想请张向阳吃饭吗？我是要疏通张向阳的，关于资助华娃上大学的费用，要在公司账面上走，这些要摆在桌面上，张向阳是我的合伙人，我不能做事大起一码，我要征得他同意，这费用不同于上次那两千，性质不同，傻婆姨，我不会把你当瞎子，赶你跳河的。"

杨巧杏听了暗暗吃惊，幸亏她没有说出和韩贵山离婚的事。阿弥陀佛！她暗暗庆幸自己的英明决定，同时又为自己今生能遇上这么有情有义的男人深感欣慰。

两天考试紧张而过，杨巧杏与儿子韩华坐班车回了家。张向阳一家人开车也回了家。老王独自躺在酒店的席梦思大床上，回味着这两天与杨巧杏的甜美生活，不由得浮想联翩，憧憬未来。他突然间产生了一个大胆的念头，他要学社会上有钱人的样子，做一个大决定——在榆钱买一套房子，等华娃上大学走了，就让杨巧杏住进去。

想到这儿，他立即拨打电话。运气真好！开发区塞纳河小区刚好剩一套三室一厅还没有卖出，他一刻也等不住，立即赶过去签合同。不到两小时，一套房门钥匙就拿到他的手中。他再次上车，拿起那串房门钥匙，放在后视镜跟前，对着钥匙，自言自语："巧杏，这钥匙归你了，等华娃上大学走了，我就接你进去住。"

老王在返回的路上，创造了一句经典名言：谎言变为事实的那一刻同样让人兴奋。

十二

杨巧杏回到家中，跑去前院接回安抚在李奶奶家的秀秀，让两个孩子任意打闹玩耍，她立即烧火剥葱，半个小时后，一盆香喷喷的洋芋、豆角、西红柿、青椒丁丁臊子就出锅了，不多时，两大碗一小碗长长白白的面条也从锅里捞了出来，她站在门口扬起嗓门，脆清清一声叫出："娃娃们，吃饭来。"

接下来一连几天，杨巧杏想法设法给儿子做好吃的。韩华则在每顿饭后倒头就睡，好像他三年不曾睡过觉，要在这几天全找补回来。当娘的自是心疼儿子，有时饭熟了，看他睡的香，不忍叫醒，又怕饭凉了，就把做好的饭里三层外三层用笼布包个严实，恨不得用棉被捂起来。韩华脸不洗，牙不刷，吃了睡，睡了吃，一连过了三天三夜，第四天一早起来，匆匆洗脸刷牙，吃了早饭，就去学校找老师估分。估分回来，心情大好，帮母亲又是扫院，又是喂鸡，几日后，觉着这些生活索然无味，心情便低落下来，想去榆钱找同学玩，又恐母亲惜钱，不允许，仰头倒睡在炕上兀自出神。距离高考成绩出来还剩一礼拜的时间，韩华无聊，捧着闲书看。杨巧杏想打发他去各处亲戚家走走。韩华不肯去，说成绩出来之前哪里也不想去，要等成绩出来，志愿填了，他才有心情去亲戚家。杨巧杏无奈，任由他去，她则一天里把自己的时间安排得满满当当，一会儿家里，一会儿院里。这段时间她开始织一家人的毛衣毛裤，还有韩贵山的。那个黑脸男人毕竟是娃娃的爹，她哪能不管，她心里还没有把他排除出这个家庭。她与老王在榆钱一遇，当时感觉甚是美好，仿佛踏云飞翔一般快乐无比；回来睡在炕上，滋味大变，觉着自己像个堕落的坏女人，心就一沉再沉，有种要沉入海底的感觉，又仿佛隔夜饭有了馊味，吃后胃里总泛出一股酸味；早晨起来，看见儿子，又信心满满，为摆脱夜晚的惶恐，她把白天的时间排满，不让深夜睡眠来临之前留有半点儿空闲，仿佛有一种不安随时会见缝插针。

家里没有电脑，到了高考成绩揭晓的日子，韩华一为查成绩，二为填报志愿，去学校找班主任黄老师。一进黄老师办公室，黄老师立即推开围在身边的其他学生，上前就抱住了他。黄老师热泪盈眶，仿佛登上了世界最高领奖台，接受联合国主席给他颁发的最高荣誉奖杯。黄老师的眼神充满了欣喜、激动、满足、高兴与快乐。韩华真是给他争得了最高荣誉，他在榆钱的教师队伍里声名大振，他赢得众多家长在他未来教学生涯里的追捧与爱戴，他在不久的将来因为突出的教学成绩，晋升为校办主任也是完全有可能的，总而言之，他在榆钱的教育界里会因教出韩华这么一个优秀的学生而永远优秀，成为众多教师学习的典范。

毫不含糊，韩华不失众望，他以699分的高分位居榆钱市一中文科成绩全校第一名，全市第二名，全省第六名。黄老师看着他的得意门生，用异常清亮的声音，高声道："清华，清华，一点儿不含糊，其他学校全不要考虑。"

这真是一个好消息，令无数人无比鼓舞的好消息。杨巧杏顿时泪流满面。

这是激动的泪水，是高兴的泪水，要不是韩华高出她半个脑袋，她一定会抱住儿子的头，在他脸上亲个够，才足以表明她对儿子的满意程度。她顿时神情昂扬，脸放荣光，仿佛是她自己中了状元一般神清气爽。她当即心里有了底气，精神大振，两天两夜几乎彻夜不睡，加班加点赶织好韩贵山的毛衣。韩华后天一早上去塔镇给父亲报告好消息，她天不明起来给儿子打包出行带的东西，新织好的一身毛衣毛裤，几件穿旧了的秋衣秋裤、夹克外套和几条旧裤子以及两双鞋、一沓鞋垫，最后又装了一件旧黄大衣，收拾好一切，看着那一大包东西，禁不住暗暗埋怨：死鬼，你能行往后就再也别回这个家来，我叫华娃把你的行囊都带来，用不了多久，华娃就上大学走了，秀秀还小，她没能力自个来看你。你若不想你的女儿，你就再也别回来，过年也别回来，老死在煤堆里。我不稀罕你那老骨头，我叫你嘚瑟，叫你嘚瑟。华娃以后只亲我，不亲你，叫你活成孤家寡人。她心里埋怨够了，顿觉宽舒，才想起该叫儿子起床了。

韩华夜晚和同学手机QQ聊天到半夜，睡得迟，还在梦中，听见母亲叫他，一骨碌爬起来，脸也来不及洗，拉了秀秀的手去学校。杨巧杏捣炭掰柴，开始做饭，儿子再次进门，她把一大碗西红柿荷包蛋揪面片就递在儿子手上，用一种慈母独有的眼神，看着儿子埋头吃饭，又看儿子喝了半碗面汤，这才打发儿子出发。

韩华过后窑背了自己的背包，过来提母亲给父亲收拾起的包，手一提，觉着死沉死沉，当即放下，惊讶道：“妈妈，怎么带这么多的衣服？”

杨巧杏道：“出门在外，吃饱穿暖不想家，有张叔叔的顺车，顺便带去，免得我再找人捎，天气马上转凉，都会派上用场的。”

韩华道:“之前不是常让王叔叔捎吗？为甚这次要我带了？死沉死沉的。”

杨巧杏解释道：“干吗总要麻烦人家，欠了人家的情总要补，现在又不同以往，当初全为了你上学，害得妈妈总想着补情，自己能解决的问题，就不要麻烦人家。”

韩华不再多言，费劲儿提了东西出门。杨巧杏想起什么似的，站在门口叫道：“华娃，等下。”说话中，她上炕，在窑圪台木箱子里找出两双新绣好的鞋垫，装在一个塑料袋子里，递给儿子道：“你王叔叔是咱家的贵人，将来你学业有成了，领上工资，记得报恩。这次你去了，空手见他，失礼。现在咱家这状况，也拿不出像样的东西来，这两双鞋垫本来要留给你爸爸的，你带去给了他。”

韩华接过鞋垫装在背包里，复提起那一大包衣服，移步去公路上等车。杨巧杏随后跟下坡。

韩华与张超一路有说有笑，到了王氏实业集团公司，车停稳，他俩相继下车，一转身，看见老王蹲在水池边用毛巾正擦洗鞋子，他撂开张超，上前三步，欢喜叫道：“王叔叔我又来了。”在韩华眼里，这个大老板一点儿架子没有，简直就像自己的亲人，有时候胜过父亲对他的关心。

老王站起，笑道：“华娃，看你的表情，一准儿有好消息。”

张超竖起大拇指道：“叔叔，韩华是这个的，我们黄老师都感动哭了，他的高考成绩是我们全校第一，全市第二，全省第六，叔叔你说这消息好不好？”

老王道：“好，好，华娃，给你妈妈长脸了，好孩子，叔叔高兴，叔叔喜欢你。张超，你呢？你考了多少？看气色也不赖吧？”

张向阳抢先回答：“我娃比不上韩华，不过很好了，探上一本线了，我已经很满足了，他妈妈舍不得他来这里，要天天给他做好吃的哩。我娃也争气，听话，懂理，说要来体验生活哩。王总，你说我该不该炫耀？”

老王道：“该，该，今晚给俩娃摆宴庆祝，我做东，等我把鞋擦擦，一会儿就走。”老王扬了一下手中的鞋子。

韩华道：“我帮叔叔擦。”韩华说着就过去接老王手中的鞋和毛巾。

老王道：“不必，不必，很简单，马上就好了。”

老王擦洗的鞋子，正是杨巧杏送他的那双。上次在黑水坑里浸湿，韩贵山当时没有洗净，有明显的黑印留在上面，看着不舒服，他就再没有穿，又舍不得丢，像宝贝一样收藏着，时不时拿出来晒晒，擦擦，尽量不让它坏掉。他觉着这双鞋意义非凡，得珍藏，他准备把鞋子带回榆钱，搁在他将要送给杨巧杏居住的，塞纳河小区的，那套房子里书房的橱窗里。

张向阳近前看老王擦鞋子，道：“又摆弄小情人送你的鞋子了，搞不明白一双旧鞋子，早就不穿了，还珍贵什么？要是我，把鞋垫抽出来，鞋子直接扔掉，免得收拾，浪费时间。”

韩华和张超听了相视一笑。

老王剜了张向阳一眼，悄声道：“你瞎说什么了，小心我当着你儿子的面揭你的黑底。”

张向阳打躬作揖高声道：“王总，今晚我做东，把公司其他人都叫上。”

吃饭时，一帮大人喝酒划拳，大声吆喝，幸亏有张超在场，韩华不至于感到无趣，否则，非被这声音聒噪死。他和张超吃饱后就逃离烟酒熏天的包间，两人站在露台上观看车水马龙的街景。

如果说榆钱是陕北的香港，那么塔镇就是榆钱的香港，塔镇的街景堪称郭沫若笔下的——天上的街市，那彩灯闪耀的楼房，那车灯耀眼的街道，在两个刚刚高中毕业的学生眼里，简直就是《西游记》里王母娘娘的宫殿。

任何庆祝宴席都是吃客找出的由头，为韩华和张超所摆的庆祝宴席，两个主角已经离席，配角却一直尽兴，直到十个参宴者醉倒八个，最后由两个学生护送八个大人，一路东倒西歪，高唱着胜利进行曲，豪情而归。

韩华和张超两人一起睡，他们睡在公司的一间客房里，一人一张床，铺着棕垫子，比起学校的木板床舒服软绵多了，两个男生话不多，加之来时路上困乏，宴席漫长无趣，瞌睡虫袭击，早没了说话的精神，头挨上枕头，不到两分钟，就各自睡熟。

次日一早，张向阳酒醒大半，开车送俩同学去林子峁煤矿。路上车出故障，修理了半天，到了林子峁煤矿，矿长早不在矿区。无奈，只好带俩同学参观矿区各部门，跟各部门领导打哈哈、谝闲串，打发时间过去。下午日落，采坑工人收工回来，韩华去给父亲送东西，与张向阳父子暂时分别。

韩贵山看见儿子带来一大包衣服，禁不住暗自疑问：这婆娘把过冬的衣服都捎来了？她是和老王在一起了？是不让我再回去了？

韩华先给父亲报告了坐等清华大学录取通知书的好消息，继而开始叨叨老王请他和妈妈吃饭，和张叔叔商量资助他上大学一事，他如何到的这里，还讲这三年里，王叔叔对他点点滴滴的好，讲完免不了给父亲慨叹："爸爸，就是你们之前对王叔叔有偏见，我感觉他很随和，一点儿大老板架子都没有，我跟他有一种胜似亲人的感觉。"

韩贵山的心就像尖刀刺伤一般疼痛，心想，傻儿子哟，他是冲着你娘才对你好的。嘴里却道："你王叔叔对你好，你以后要好好孝敬他，孝顺他。"他以为自己的善良之举已经促成了一桩美好姻缘呢。

韩华全没研究父亲这句话，他以为父亲要他吃水不忘挖井人、懂得知恩图报、不能忘恩负义。

矿区的下午饭可以叫黑饭，吃得很迟，吃过饭天就大黑了，恰好是阴天，一片黑咕隆咚，周围没有住户，每隔一段距离有电灯照明，光线不是十分充足，有的不知何故，总是忽明忽暗，仿佛坟茔中的鬼火，胆小的人黑天半夜站立在矿区，一定会毛骨悚然。

韩华和张超今晚不瞌睡，也不敢出去转，睡在床上有一搭没一搭闲扯，扯到半夜，睡意上来，一觉睡到天明。

矿长得知来了两名高中毕业生，又得知将来都是大学生，又知底细，干脆送个顺水人情，每天按实习生一样开工资，要两人下采坑体验一天生活，之后就配合矿上党支部书记搞工作，搞调查、做笔记、编写小故事。韩华和张超听说不仅有钱可赚，而且有新鲜工作，激情大增，一干就是数天，直到估摸着录取通知书快要下发了，才决定返回家去。

中午饭后，张超陪韩华到父亲宿舍取背包。韩华一进宿舍，看见父亲的睡床，衣服乱摞一堆，被褥床单揉成一团，不禁难过，开始给父亲整理衣服和床铺。张超过来帮忙，叠被子，铺褥子，意外在枕头下发现一个红本，翻开一看，惊得目瞪口呆。韩华见状，抢过红本去看，脸色立即变成酱紫。

那是一本离婚证，是韩贵山和杨巧杏一起到县民政所办理的离婚证。韩贵山拿着属于他的那本。

当着同学的面，韩华顿觉颜面大损，他怎么也不曾想到父母已经离婚，他接受不了这个事实，接受不了。

这世间太虚假，虚假到韩华凭他学到的知识无法识别真伪，他满脑子萦绕着近几天听到的一些话语——

杨巧杏说的话“干吗总要麻烦人家，欠了人家的情总是要补，现在又不同以往，当初全为了你上学，害得妈妈总想着补情，自己能解决的问题，就不要麻烦人家。”韩贵山说的话：“你王叔叔对你好，你以后要好好孝敬他，孝顺他。”老王说的话“华娃，给你妈妈长脸了，好孩子，叔叔高兴，叔叔喜欢你。”张向阳说的话：“又摆弄小情人送你的鞋子了，搞不明白一双旧鞋子，早就不穿了，还珍贵什么，要是我，把鞋垫抽出来，鞋子直接扔掉，免得收拾，浪费时间。”

韩华若有所悟，旋风一般刮出了宿舍。张超感觉情况不妙，赶紧给父亲打电话。张向阳惊愣片刻，跑去汇报老王：“王总，张超刚刚电话上说韩华看到父母的离婚证跑了，怎么办？”话落，一脸疑惑看着老王。

老王怎会知道？他压根不知道的事情。杨巧杏又没有跟他说过。老王打发张向阳开车去接俩孩子，要他务必把韩华安全带回。打发走张向阳，他一阵心慌，赶忙吃一粒救心丸，稍作镇定，然后梳理突然间涌来的千头万绪。

这二人为甚要离婚？他喜欢杨巧杏不假，他和杨巧杏搞相好也不假，但他不希望他们离婚，他的老婆死了，他也不曾想过要娶杨巧杏为妻，他以为情人和妻子完全是两个概念，不能混淆。

今天的太阳居然好大，异常炽烈，地面上有种火烧火燎的感觉，老王的心纠得很紧，他担心韩华想不开，孩子若出个什么事情，他不好给杨巧杏交代。他头上的汗水淋淋，直往地下滴，他回房子喝了杯凉开水，继续出外面向大门口张望。过来一个卖瓜的大呐二喊叫卖，他跑出大门，买了几个大西瓜，一个一个抱回办公室，摆在墙角，抱一个最大的放在办公桌上，拿出一把亮光闪闪的西瓜刀，一刀上去，准备切开吃，刀悬在空中又停住，心道：

等孩子回来再切开吃。

他又想离婚证的事情，他暗自埋怨杨巧杏：巧杏啊巧杏，你真糊涂，你为什么要和贵山离婚？为什么？为我吗？巧杏，你糊涂，贵山那么老实的人，你就不该和他离婚，我们要相好，你们不离婚也可以好啊！我都已经设计好了呀！怎么你和贵山离婚不和我商量？你这是为什么？糟糠之妻不下堂，糟糠之夫也不可弃呀！

他转念又想：不对呀！不是巧杏要离婚，巧杏那么善良的女人，绝不会做出这般恶毒的事来，绝不会！是糊脑屃韩贵山想不开，一定是韩贵山。穷人都是犟板筋，没球本事穷争气，死要面子活受罪。不想吃软饭？软得连男人的本事都没了，能硬起来吗？韩贵山你个糊脑屃，就你是要脸的人，你把巧杏离婚了，你就争气了？你就要脸了？让华娃怎么看我们仨？让巧杏怎么在庄里抬头？不叫你命里注定一辈子受苦，没一点儿头脑，把你的脸看那么金贵，顶钱花吗？老王心里暗骂着韩贵山，恨不能立即找到，捶打一顿解气。

张向阳终于回来了。韩华跳下车，仿佛枪膛里射出去的子弹头，“嗖”一下，射入董事长办公室。韩华站在老王面前，质问道：“你是不是要和我妈结婚？”

张向阳和张超随后跟进办公室，猛听到这样的问话，惊愕得万分尴尬，父子俩对视一眼，识趣地退了出去。张向阳也是最近才听说老王和杨巧杏的事，他不曾想到事情发展得这样迅速，这结局太不合时宜，简直出乎人的意料。在张向阳看来，婚外情发展到最后，理想结局应该是各自回归家庭，就像小孩玩过家家一样，只是玩一玩，不必当真；或者是，玩一玩，适可而止。假设没有“玩火自焚”这个成语，婚外情似乎只有不必当真和适可而止才符合当前潮流，符合游戏规则，否则必成笑话。

坏了，坏了，肯定是糊脑屃韩贵山给娃娃说什么了，老王禁不住心里暗骂，嘴里却用慈父般的口气嗔怪道：“华娃，不许胡说，你怎么想出这么一句无由头的话来？你父母是几时离婚的？”说话中，他开始切西瓜。

现在，韩华眼里，横看竖看，老王都是一脸假惺惺。他想，怪不得妈妈把爸爸的衣服全部让我捎来了，她是不要爸爸回那个家去了呀；他想起父亲黝黑的脸庞，消瘦的身体，整日劳作的身影，不堪负重的心灵，再看看眼前这个一脸风光的人，他的心脏仿佛箭穿一般疼痛。

三年以来，他一直以为老王是有着菩萨心肠的企业家，不承想自己一直被谎言蒙蔽，如今谎言被揭穿，他就觉着自己的尊严受到了极大的伤害，仿佛被人生生剥去一张脸皮，许多人还在没有了脸皮的脸上狠狠撒盐，这是一种无法忍受的疼痛。他对这个世界产生了强烈的怀疑，他发觉所有的大人都心怀欺骗，他受不了这种欺骗。他不是一个柔弱的、手无缚鸡之力的女生，女生遇到这样的情形会崩溃，会号哭，甚至会发疯，而他不会那样，他是一个男生，身高已经达到一米七，发育健全，身体健康的男生，他想到的是维护，是捍卫，是用一个学生的头脑守卫他的尊严不被伤害。他不再言语，移步老王身边，用一种迷茫的目光望着老王，仿佛眼前的这个人他从来不认识，是一个陌生的造访者，而他又不得不客气对待，他拿起一块西瓜，双手递了上去，把鲜红的西瓜瓤隔在他们之间，而后点点头。

老王心领神会，停止切西瓜，用双手接住西瓜，惊讶地望着韩华，他猜不透这孩子的心思，他真猜不透，继而，他从韩华的目光里看出了丝丝寒意，仿佛两把寒光凛凛的利刃直刺进他的双眼，容不得他有丝毫躲闪，慌乱的神色趁机爬上他的脸颊，他不得不把手里的西瓜送进嘴里，认真吃起来，从而缓解他内心的慌乱。他大口吞吃，又慢慢咀嚼，他觉着今天的西瓜与往常不同，明明吃进去的是香甜的西瓜，咽到胃里却泛起一种苦涩的味道。恍惚间，他感觉韩华的目光已经穿透他的胸膛，进入了他的心脏，剧烈的疼痛顷刻间向全身急剧蔓延，随之他感觉小腹上有丝丝冰凉，紧接着一股温暖的液体流入裤裆，他瞪大惊恐的眼睛，脸上的肌肉痛苦地扭曲起来，他呐喊了一声："快打 120，快打 120！"话落，他站立不稳，跌倒在地，身体蜷曲成一团。

张向阳父子跑进来，韩华呆呆瞪瞪站立着，目光恍惚，眼神迷离，双臂下垂，右手紧握着一把西瓜刀，红色的液体在刀尖慢慢游离，跌落地下。

三日后，一则惊天新闻爆出——蝉县米家庄今年参加高考，并已被清华大学录取的学生韩华，杀死母亲长达三年的情人，昨日已被刑拘，详情正在调查中。隔一日，社会论坛推出一篇名为"清华学子杀死母亲情人，谁之错？中国教育堪忧！"的帖子，后面跟帖之多，一片哗然。【完】

一稿载于 2012 年《三边文学》，二稿载于 2018《延河》第四期

·短篇小说·

雪天不再冷

引子

大字不识的喜旺爷爷，创造了一句经典名言：人心暖，不怕寒。

一

清河县文广局办公室内，记者黄潇潇一手拿着手机，另一只手手指不停地滑动手机屏幕，她的目光在“清河在线”微信公众号里的帖子上快速浏览着。

“清河在线”微信公众号是文广局办公室负责创办。创办之初，白局长传达上级领导的旨意——“清河在线”公众号是清河县的窗口，内容要正能量，紧跟时代步伐，全力关注当前脱贫攻坚、精准扶贫新动态。

黄潇潇是中文专业，科班出身，一年前分配来这里上班。她的学历在这个文凭不值钱的时代里算不上什么，她的专长却得到了白局长的赏识。她可谓局里的笔杆子，不是写一般的行政公文，而是写具有艺术性、时代性、文学性之类的文章。用更专业的术语说，她写的是能揭示社会各种弊端，能反映当前形势的文学作品。

白局长知道她有这特长后，就委以她一项重任，负责挖掘当前精准扶贫工作中的典型故事。

黄潇潇犯愁了，她天马行空写小说编故事有一套，可是这精准扶贫不能生编硬套。多日以来，她一直纠结，觉着自己怕是要让领导失望。

黄潇潇不是本县人，为追随男朋友，才委屈来到这贫穷小县城。她原本没打算在这久待，想等男朋友对这小县城彻底失望了，与他携手回山东接管父亲的企业。她平时写的诗歌、散文、小说，纯粹就是爱好，是一种闲情雅兴，她不会拿那些玩意儿当饭吃，她也压根儿就没想把自己一辈子固定在这里，她来此只是过渡。

黄潇潇暗自慨叹："谁让自己有写文字的爱好呀？这能怪领导吗？既然成了人家的兵，就听人家安排，且走且看吧。"她移步窗口，看着窗外扯天扯地的雪花，看着雪白的大道，这连阴雪什么时候才能停呢？"迷惘间，手机响起了，是男朋友贺秋红打来的，赶忙跑去厕所里接听。

"潇潇，跟我去采风，给你大惊喜。"

贺秋红在清河县组织部上班，前不久派往一个偏远村庄——喜鹊岭当第一书记。是他自己申请去的，为这个决定，黄潇潇瞪着铜铃般的大眼睛跟他吼道："我妈现在都不同意我跟你来往，担心你缺少教养，说我作践自己，跟你来到这穷地方。你可倒好，县城也不待，还要跑去农村，认什么孤老头子当爷爷，简直不可理喻。掰了。算了。"

两人不欢而散，半个月不联系了。

贺秋红新官上任，忙了一段时间，回头去解释，连吃三次闭门羹，不甘心，录制了总时长达三个小时的音频文件，一通表白加思想训导，直接找了文广局上班的一个朋友，在"清河在线"公众号里推了出去。黄潇潇早上一进办公室，听见贺秋红的声音在办公室里响起，才知同事们把音频文件播放出来。同事们听得目瞪口呆，都给她竖起大拇指，表示赞赏。黄潇潇更是感动得一塌糊涂，当即在帖子下面留言一串"抱一抱"的表情，两人重归于好。

贺秋红是个孤儿，在洋河福利院长大。他能有今天，离不开政府和社会各界人士的帮助。他至今也不知道父母是谁，他的名字是福利院妈妈给起的，他的姓是福利院妈妈随便写了十几个字抓阄得来的。确切地说，他是一个弃婴。他户口上父亲一栏填写着“洋河福利院”，母亲一栏填写着福利院妈妈“宋燕”的名字。后来他考上了大学，上大学期间，同宿舍同学手机充电引发爆炸，宿舍起火，宿舍六个男生，差点儿葬身火海。幸运的是校园旁驻扎着消防部队，消防官兵第一时间赶来救火，六个男生才得救。他至今脊背上都留有一片烧伤后褪不掉的疤痕。救六个男生出火海的消防部队当时的指导员就是喜鹊岭人。

还有另外一个因素，因喜鹊岭的驻村第一书记蔡小平女士逝世，引出一个拒绝接受贫困户待遇的五保户老人，他才得以知道喜旺爷爷和他的救命恩人原来是亲弟兄。喜旺爷爷一辈子含辛茹苦，既当爹又当妈抚养大一群弟弟妹妹，却要面临孤独冷清的晚年生活。于是，他有了想认那个孤老头儿当爷爷的强烈念头。许是出于感恩，许是出于责任，许是他想要一种家有长辈的温馨生活。他说不清，总之他现在是成年人了，有主宰自己命运的权利。恰好单位领导正为喜鹊岭第一书记的突然空缺发愁，他便毛遂自荐，领导就派他到了喜鹊岭。

今天，喜旺爷爷远在外的四个弟弟、一个妹妹都回来了，参加喜旺爷爷举行的认孙仪式。贺秋红可是主角，黄潇潇是贺秋红谈了三年的女朋友，必须露面了。关键是贺秋红也想借此机会给老人一个高兴，给老人孤独冷清的晚年生活，添上一抹温馨的颜色。黄潇潇欣喜道：

“去哪里？”她正闷得慌，一连几天下雪，她没有出去散淡。

“喜鹊岭。你也走，我把你介绍给各位爷爷认识，你顺道看看山里雪景，说不准就有了写作素材了。”

“我上班呢。”

“请假。就说跟第一书记到农村挖扶贫故事去。”

“OK。谢谢老公。”黄潇潇把“老公”两个字说得尤为低，仿佛蚊子声，细细的，连她自己都不能听到，只能心领神会。

“再过半小时，我在政府大门口等你。”

司机来接，黄潇潇和贺秋红上车，才发现是武装部司机小李。喜旺爷爷的三个弟弟在部队里当官，县武装部长派车，正常。

清河县城前街到后街不足两公里，改革开放以来，经济突飞猛进。在原来只有一条街、一条过境公路的基础上，又增加了一条三马路，扩大了不少，但就这，比起市上以及其他富足的县城，也只能算弹丸之地，上班的年轻人互相认识，不足为奇。

小李是军人，车开得好，他们寒暄了一阵，小李就专心开车，不再打扰两个小年轻说情话。

车出了县城，沿着一麻麻白亮亮的公路走了一段，雪停了，太阳出来了，简直应景应情。天空蔚蓝高远，看不到一片云，仿佛清水洗过一般。乡道上，车过得少，大都是浮雪，车轮滚过，向下陷进去两条深深的凹壕，有时会是三条、四条；没滚过处，仿佛铺一层干净的棉花。路两旁也是皑皑白雪，山上的植被全被白雪覆盖。与白雪媲美的是一些奇形怪状的树木、枯蒿，也有披着白纱叫不出名的高秆野草妩媚扭动，仿佛它们也要乘车赶一段行程，不停地招手叫停。

黄潇潇顿觉神清气爽，摇下车窗，深吸一口冷气，又关闭车窗，把头靠在贺秋红肩膀上，让他讲述喜旺爷爷的故事。

二

喜旺爷爷今年 78 岁，一辈子不曾婚娶，没儿没女，典型的五保户老人，抚养四个弟弟，一个妹妹。

喜旺爷爷没念一天书，简直是一个怪才。他说起名字有讲究，喜旺、喜才、喜有、喜顺、喜发、喜秀，听听这些名字多么有色彩，寓意多么好。后来他的四个弟弟和一个妹妹都入了公门，都成了响当当的人物，多亏他给名字起得好。只是苦了他。他的命比黄连还苦。

他 13 岁时死了娘，娘给他撂下碎不拉拉的四个光脑弟弟、一个黄毛妹妹。娘死后，他当上了四个弟弟和一个妹妹的娘。他爹是一个受苦疙瘩，为了养活六个娃娃，没日没夜土疙瘩里挖。

那时，他有种错觉，仿佛他真成了爹的婆姨，五个弟妹的娘。他要给爹送饭，给弟弟妹妹做饭，还要给一家人缝洗衣裳。没有布缝衣裳，他和弟弟夏天几乎精身子、光脚丫子行走，冬天穿着烂裤裆裤子，裤裆露出的破棉絮，仿佛绵羊身下悬吊的羊卵卵。他妹妹却不行，女娃娃渐渐长大，必须遮羞。穷山沟真没好办法来钱，他就建议爹利用冬天农闲，下煤窑掏黑炭，挣点儿血汗钱，给妹妹扯上几尺遮羞布。

他到了 18 岁，邻村一个好心媒婆，给他物色了一个长着 6 个脚趾头的女子。他们一见钟情，商定了过年后春天就结婚。为了给丈母娘两床铺盖钱，他不得不跟爹一同下煤窑掏黑炭。人穷志不短，他不愿给人落话把。

怕处有鬼，痒处有蚤；命不好，喝水也塞牙。父子俩掏炭的小炭窑塌方了，他爹命归黄泉，他的腰被砸坏，落下了久治不愈的腰椎病。他没过门的六趾媳妇知道情况后，立即悔婚，化作一片云烟，从他眼前轻轻飘走，没留下一丝痕迹。

媒人又给他介绍媳妇，人家女子上门看见他家的恓惶状况，掉转身子就走。黄花闺女看不上他，他决定降低一个档次，娶个寡妇进门。寡妇来了看见齐刷刷站了五个光脑后生、一个黄毛女子，也掉转身子，叫上三个娃娃走了，怕她的三个娃娃受苦。

唉！没老子娃娃是娘身上掉下的肉，娘不疼谁疼?

他看着寡妇走下院坡，看着那三个可怜娃娃，一阵一阵难受，心如刀割。他想，只要寡妇能留下，帮他做口饭，缝缝洗洗，他身子骨还强硬，受苦受累也绝不会饿着那短命男人撂下的娃娃。他忍不住叫了一声："桂花，等下。"

桂花原地站立，转身，怔怔望着他。他转身跑回窑里，拿出三个窝窝头，递给三个面黄肌瘦的娃娃。他再不说话，看着桂花，满心希望桂花能留下。桂花泪水直流，给他深深鞠了一躬，掉转身就大刮了，仿佛身后跟着一条饿狼，要把她和三个娃娃叼走吃了，不留一点儿骨头。他望着桂花像风一样刮得没了影踪，不由得面对茫茫的大山一声呐喊，直震得崖畔上传过来的回声在他耳门子里聒了半晌。

他大半天没说一句话，晚上睡在光席子上，不由得又想起桂花。想着想着，他又觉着桂花做的对，否则他要肩负更加沉重的担子。假如他和桂花婚后生儿育女，那么他面对的就不是十张嘴，或许是十一张、十二张。要是跟他爹娘一脐带子生下六个娃，天大大呀，简直不敢想象。想到这儿，他倒感激桂花的英明决定。

他过了婚娶的年龄，做好了打一辈子光棍的准备，媒人再上门，他让老二、老三相亲。开春，他埋头于黄土峁梁，在土疙瘩林林刨挖光景；冬天，他赶着驴车，做起了贩炭的营生，打发光阴；空闲时间，他全力张罗弟弟妹妹的婚事。可是，一年一年过去，眼看老二、老三都逛大了，却没一个能问下婆姨，媒婆也不上门了。他那个愁啊，叫天天不应，叫地地不灵。他到父母坟上号，说张家在他们弟兄手上断后呀。

村里下来征兵的通知，听说当兵能吃饱饭，他四下里求人，让老二当了兵。过一年，又下来招煤矿工人的名额，他又跑前跑后，托人说情，让老三当了煤矿工人。后来，老二拉扯老四、老五去当兵，老三拉扯小妹妹到煤矿上做饭。至此，他才松了一口气。那年，他已经 40 岁。

他肩上的担子终于卸掉了，他顿觉一身轻松，反倒不适应，感觉日子过上没滋味了。适逢村子里唱戏，戏班里缺少个做饭的，当时的村主任叫昌子，建议他去做饭，说还能挣几个零花钱。他千恩万谢，欢欢喜喜地做饭去了。

他 13 岁时开始学做饭，27 年过去，厨艺绝对了得，戏子们都说他饭做的好吃，尤其女戏子们更是在吃饭时黏着他，一口一个喜旺哥，要他勺下留情。三天唱戏结束，戏班老板得知他光棍失业，有一手好厨艺，人长得高大，仪表堂堂，又招女戏子们喜欢，就决定收了他，想让他稳定这群女戏子的心，就找昌子说情。

昌子给他建议，说跟上戏班当了伙夫，又能混饭吃，又能挣钱花，还附在他耳边说了一通咬耳朵话：“喜旺哥，我给你说啊，你已经这么大年龄了，虽说你现在没有拖累了，可你这恓惶的光景，何时才能翻身？你说，谁家的婆姨死了老汉能看上你了？你就真打算一辈子当个童男子，不挨女人了？让我说，你跟了戏班，有你一手好厨艺，还怕哄不下哪个女戏子的嘴，你把她们嘴哄住了，还怕她们睡在半夜不想你？喜旺哥，你说呢？只怕你的桃花运要来了，到时享福了，可要记着小弟对你的好啊！”

他一下子被昌子点活了，又想起这几天女戏子们对他挤眉弄眼，心里一阵痒痒，决定跟上戏班走。

时隔不久，他的桃花运真的来了。

三

喜旺爷爷在戏班里有了一个相好，叫蔡苗。

蔡苗是戏班里的顶梁柱，角儿，戏唱得没得挑，戏班老板像皇后娘娘一般供着她。别的戏子打通铺睡觉，偏偏她睡单间，雷打不动的规矩。戏班里人传言说她一进戏班，就让老板给睡了，老板怕她撂挑子，不得不想办法哄她，迁就她。老板原想用此方法要挟她来着，不曾想到“魔高一尺道高一丈”，反过来让她挟住了老板。

她家在山西，已婚，家里有两个娃娃，一个老汉，山高皇帝远。她是老汉打的跑出来的，当初她唱戏，老汉吹笛子，两个十六七的憨娃娃，没头脑，一个看见一个好，耍着耍着肚子就要大了。女娃娃还没结婚，肚大了，没脸唱戏了，两人回了家，拴绑在一搭过上了日子。两人都回了家，没收入了，又顶了个灶马爷，吃呀吃不饱，穿呀穿不暖，又养下个嫩娃娃，男的就变了个人，白天出去赌博喝酒，晚上回来打老婆骂娃娃，说女人害了他。她身上青一块，紫一块。她受不了，想逃走，可娃娃还不到一岁，肚子里又怀了一个，逃不走，硬挨到第二个娃娃生下，一过百天，她把娃娃偷偷撂给婆婆就偷跑出来了。

因这，喜旺爷爷有了一次机会。

那天下着雨，老板到喜旺爷爷的伙房，打量了半天，笑道：“张喜旺，你到街对面药铺里买点儿退烧药，给蔡苗送去，她发高烧，明天她还要上台挑大梁子了，可不能耽误了，药钱我给你放下。”

喜旺爷爷看着锅台上放下的50块钱，不敢怠慢，淋着大雨去买药，急忙跑回来，像个落汤鸡一样戳在蔡苗的门里。

蔡苗盖着被子，横在炕上睡着，看一眼，生气道：“怎么是你？”

“老板吩咐的，这是找的钱，放这儿，我走了。”

蔡苗的心一下就凉了，知道老板全不放她在心上了，她即刻就对那个可恶的人死了心。她不讨厌喜旺爷爷，往日里为了讨点儿好吃的、好喝的，她总是对喜旺爷爷笑意盈盈，一团和气。喜旺爷爷身材高过戏班老板一个脑袋，仪表胜过戏班老板七分颜色，品质更胜过她家里那个酒鬼赌徒男人，这些她全知道。突然间，她被喜旺爷爷的一脸诚实和尴尬样子吸引住了，又看见喜旺爷爷为自己买药淋得浑身湿透，心里一阵阵感激，女性的柔情上来，就想以女人独有的方式安慰这个光棍男人。只听她换了个人似的柔声道："喜旺哥，看你浑身湿透了，冷坏了，快把门关上。"

喜旺爷爷被这轻声细语吓坏了，呆呆瞪瞪站着，没了反应。他第一次单独面对女人，第一次听女人温柔地说话，他有点儿扛不住了。

蔡苗住一间很小很浅的房子，几乎门一开就上炕，她看得真切，又是一阵软语："喜旺哥，你扶我起来好吗？我一点儿力气都没了，明天我还要上台呀！"喜旺爷爷听得真切，顿觉浑身酥麻。想到蔡苗是老板的女人，忙道："苗苗，我给你喂药。"

他把药包放下，水倒好，伸开双手，就扶就抱，感觉到蔡苗的脊背仿佛红火炭一样烫手，他只感到身体像被电击中一样，从脚麻到头顶。蔡苗抱住了喜旺爷爷，嘴巴附在喜旺爷爷的耳边急促地喘气。

就这样，喜旺爷爷被蔡苗俘虏了。

喜旺爷爷明白闯下乱子了，他吃着老板的饭，挣着老板的钱，却睡了老板的女人，内心一万个不安。他想：我吃不成这碗下眼子饭了，与其被老板刁难打发，还不如我先发制人，挣点儿颜面。于是，他背上背包去跟老板辞职。

他一见老板就左右开弓打自己嘴巴，骂自己不是人。

老板咧嘴直笑，不制止，只管看，等喜旺爷爷打累了，停下了，才阴阳怪气道："我对你好，你还喘上了，竟然动起我的女人了？"没过一秒种，他又笑道："我送给你，我现在不稀罕她了，以后你伺候好她，让她好好给我唱戏，甭让她给我撂挑子。"说完还恶毒地看了喜旺爷爷一眼。

喜旺爷爷猛然间一阵恶心，想要呕吐出来的样子，他彻底清醒，原来他和蔡苗都是攥在老板手里的棋子。立时，他攥紧拳头，牙齿紧咬，恨不能一拳上去就让老板脸上开花。可转念又想，自己没必要和这种无赖较真儿。他强压住怒火，出了老板的房间。

四

他已经跟了戏班一年，摸上一些戏班的门道，他请假离开戏班几天，找到另外一家戏班。戏班老板姓乔，单名一个泰字，打着“陕西乔泰秦腔剧团”的招牌，里面清一色唱秦腔的。他使用三寸不烂的嘴舌，说了“山西梆子”的许多好话，甚至说陕北人尤其喜欢听“山西梆子”，这样才说服团长接收蔡苗过去唱“山西梆子”。

喜旺爷爷找到了下家，才回来说服蔡苗，炒了可恶老板的鱿鱼，跳槽到“陕西乔泰秦腔剧团”门下。

从那一天起，喜旺爷爷成了蔡苗的经纪人，不挣钱，赔钱又赔人。

后来，蔡苗唱红，在剧团站稳脚跟。她大为感动，一日晚上，搂着喜旺爷爷道：“喜旺哥，这辈子遇上你是我的福气，此生不能与你结为夫妻，真是遗憾。”

为这句话，喜旺爷爷死心塌地只爱这一个女人。

蔡苗家里有两个孩子，她是当娘的，她牵挂着两个孩子，她每半年要回家看一回孩子，送一回孩子的生活费。喜旺爷爷护送她回山西，自己找个小旅馆住几天，又相跟上回来。

喜旺爷爷把蔡苗的钱全攒下，让她捎给家人娃娃开支，而他和蔡苗的开支，他一人负担。

18 年后，陕西乔泰秦腔剧团解散，最后一场戏唱完，全剧团人喝酒，都喝得酩酊大醉，仿佛面临生离死别一样。

次日，喜旺爷爷把这些年来的积蓄，留了少一半给自己，多一半给了蔡苗，临别前他抱着蔡苗哽咽道：“苗苗，我会来看你的。”

就这样，他们分开了。蔡苗回了山西老家，他又回到了受苦受难的陕北老家——喜鹊岭。

他家里再无亲人，18 年没回家，如今，他一上院坡，就看见院子里密布着一人高的枯蒿，连他的一只脚也容纳不下。他跑去不远处的邻家院子里拿了把镢头，他有的是力气，抡起镢头砍枯草。他砍开一条进门的路，走到门前，抬眼一看，忙倒退一步，他打了一个冷战。窑檐下简直是天罗地网，数不清的蜘蛛在上面恣意穿梭。他骨子里善良，又知蜘蛛并非害虫，就用镢头轻轻拨开蛛网，露出把门铁将军。他浑身上下掏钥匙，又跑在硷畔上在包里找钥匙，却怎么也找不到。他猛然想起，18年来，跟上剧团东奔西走，颠沛流离，钥匙早已搞丢。他用镢头往开撬锁子，不承想没把锁子撬开，却把门碰坏了，几片细木板，差点儿砸在他本来就坏的腰上。门烂了，他可以进窑里了，却发现多年没住人的窑洞，早已破烂不堪。大黏泥抹过的窑皮剥落了一脚地、一炕，窑顶上露出来大大小小不整齐的石头茬子。炕上的几床旧被子被老鼠撕成一堆刨花皮，还黏附着一堆堆老鼠粪。窑皮下覆盖的席子早潮坏了，拂过泥皮，轻轻一抖，就碎成一堆席皮子。盛水的黑青龙瓷缸被脱落的石块打得四分五裂，黑瓷片上覆盖着厚厚的灰尘。仅有的一只木箱子被老鼠啃咬开无数个洞，只能当一堆柴火烧了。糊窗子的纸被风撕扯成蜂窝状，顽强而没被风撕扯掉的细麻纸上黏附着许多灰头土脸的蚊蝇跳蚤。

他跟上戏班花花绿绿看惯了，一下子回到破败没落的村庄，就感觉回到了从前。他望着破破烂烂的窑，一时间悲从中来，禁不住泪水直流。这时，窑顶上一块泥皮掉在他眼前，惊得他立即向门口退去，转身出了院子。他再看院子里，院子里碎石块垒砌的墙倒塌了半院。猪窝、羊棚、鸡舍都塌得没样了，不知哪儿来的烂柴、衰草、枯枝，横卧在上面。

这全不像个家了，根本没办法住人了。

五

喜旺爷爷正怅惘间，听见有人叫他，出硷畔一看，才知是前峁上住的富贵。富贵看见他，站在硷畔下面拉长声调道：

“叔，你回来是看看呢？还是不走了？”

“剧团解散了，不走了。”

“那是回来常住了？”

“我想常住，窑不能住了。”

“住咱村委会窑里，有一床公铺，冷不着，窑里有炭，能生火。要是叔看不下，就到县城宾馆住。我知道叔这些年走南闯北，挣了不少钱，也能住得起宾馆了，是不是？”

“臭小子，我那叫逃奴揽工，混碗饭吃，人家做生意的才走南闯北了，我怎么看不下？住美了。”说着，他挂上背包，拎上镢头跑下坡。他想起什么似的，又道：“富贵，你刚才说让我住村委会窑里，说这么大的话，看来，你现在当领导了，什么官？”

“叔，你别糟践我了，就一个跑腿的，主任。”

“哦哟哟！富贵呀！你也当上村主任了。哈哈，哈哈。”喜旺爷爷好像蛮瞧不上这个村主任，一点儿也没把他放眼里。

“叔，看你说的，你有多少年不在家，还不允许人家进步吗？”

“允许。允许。我有什么能耐，光棍汉，连个婆姨也问不下。”

喜旺爷爷在富贵家吃了晚饭，天黑了，就到村委会窑里睡觉。不多时，富贵来了，一进门大声嚷嚷道：

“叔，我给你说啊，现在政策上对农民翻新窑洞有补助，你的窑洞要住人也得翻新一下了，要不要翻新一下？”

“要吗，不要憨汉，你这话中听。”他听了大喜，笑道。

“只是你回来错过了时间，咱们村里前一段时间报上去了。”

“迟了你给老子说做甚了？叫老子空欢喜一场，白夸奖你了。”

“叔，我先给你生火炉子，别把你老冻坏了，就成我的罪过了。”说话间，富贵蹲在火炉子前捅炉灰、塞干柴、添新炭，只一会儿，就听见火炉子里噼里啪啦响开了。

“富贵，你小子，卖的什么关子，要我走你的后门？你怎么没像你爹的厚道呢？你这娃娃，老子流浪讨吃，你怎敢这么对老子？就不怕天上的龙抓你。唉！变种了。”

“叔，甭生气，你坐下。你不了解，我们好好拉拉话，我还拿瓶酒着哩，我请叔喝酒。”富贵一点儿不恼，他提起火炉子上的茶壶，在水龙头上接了一壶水，放在火炉子上，拉一把椅子，放在火炉子跟前，把身后的茶几拉近，两只手伸进裤兜一掏，就掏出一瓶酒、一袋五香花生米，又拉一把椅子过来，又在上衣口袋里掏出两个小酒杯，打开烧酒瓶，边满酒边道："唉！我也有难处，我给叔明说，我也有事求叔了，所以才这样说了。"

"哈哈哈！"喜旺爷爷一阵大笑："你不发烧吧？你求我？"

"真求你哩，你答应我，我也答应给你申请一个名额。"

"你说。快说。我有甚本事了？还能帮了你？"

"叔，不忙，这第一杯酒，欢迎叔回家乡，叔先喝了这杯酒。"

他活了半辈子，从来没有人求他办过事，没有人给他敬过酒，听富贵这样说，又见他这般热情，还没喝酒，先飘飘然了，他接住酒，一饮而尽，笑道："富贵，说，什么事？"

富贵又满酒，端酒，继而道："叔，不急，第二杯酒，为叔接风。"

他接住酒，仰头一口喝了，又道："富贵，你能有什么难处了？"

富贵继续满酒，端酒，接着道："叔，第三杯酒，我们互相帮忙，答应我，喝了，我就说。"

他不知道富贵葫芦里究竟卖的什么药，两杯酒下肚，顿觉身体暖和，豪情上来，第三杯，又一口闷了，看一眼富贵，笑道："究竟什么事？别磨叽了。"

富贵自己满了一杯酒，端起一口喝了，不慌不忙道："叔，听说二叔现在部队上都当官了，我家振耀明年高中毕业了，他学习又一般，考大学怕有点儿难，他说想当兵，到部队上考军校。就为这，可把我愁上了，这不，你回来了，倒提醒我了，帮我牵个线，二叔那里要打点谁，我早准备好了。你答应帮我牵这个线，我明个就去镇上找镇长给你要个名额，准不？"

"你小子是假意对我好哇，原来是冲着你二叔。"

"叔，我们这是互相帮忙。"

"准。我一准儿给你牵线。"

"干脆。我明个就到镇上。"

其实，富贵就是卖了一个关子，近两年，政策上对农民一直有翻新窑洞的补助，根本就不需要走后门争取。不过，富贵不说，喜旺爷爷倒确实也不能在回家的第一时间知道有这个政策。

六

开春，喜旺爷爷紧锣密鼓翻新了两孔窑。他的窑洞刚刚翻新好，老二——喜才来信了，他不识字，拿着信找富贵念。

富贵念道：大哥，我计划下半年从部队转业了，我买了房，虽不宽敞，但能凑合。彩芳通情达理，她听说剧团解散了，又知咱家乡条件不好，知你一直有腰椎病，就让我写信，请你过来住段时间。我觉得她说的在理，再说你刚翻新的窑洞怕也潮湿，早了住不成，你收拾收拾，过几天，我正好有事，顺道回家来接你。

富贵念完信眼圈都红了。喜旺爷爷更是泪眼婆娑。富贵突然醒悟了什么似的，急道："叔，二叔转业了，那我家振耀的事怎么办呀？"

"过几天不是回来了吗？就在这里，你摆酒，我陪你说。"

过几天，喜才回来，富贵就在村委会办公室摆开酒场，比上次为喜旺爷爷接风隆重了一万倍，还请来了镇上一些领导作陪。

没承想，喜才如同包拯，秉公无私，不讲情面，他一看场面，知道是鸿门宴，担心镇长会有求于他。他转业的申请已经递了上去，前不久把首长职位都让出了。手里没有了实权，要是中途镇长开口，他若应允，势必要舍出一张老脸去求人帮忙；若不应允，面子上又下不来台。他想，与其将来在部下面前舍脸，还不如现在给一个冷脸，一了百了，免得这次开了口子，将来堵也不好堵，再说这帮人与自己非亲非故，也没必要作践自己。

想到这儿，他酒也不喝了，坐也不坐了，又恐大哥下不来台，面子上过不去，故意道："大哥，我们上坟爬一座大山，来来回回也得一个小时，我根本没时间喝酒吃饭。"继而他转头对富贵道："各位领导，大侄子，非常不好意思，我们当兵的纪律严明，在首长面前不敢有半点儿差池，我在转业的节骨眼上，还指望首长给我找个好去处呢，可不敢得罪。以后各位到了兰州，一定打招呼，我招待，一醉方休！今天失陪了。"喜才碗大汤宽地说了一大堆不打人脸的话，和镇上领导以及富贵握手告别，一把拉了喜旺爷爷的手出了门。

镇上的领导只是请来的陪客，听见要陪的主角说了一番里外不打人的话就要走，只能面面相觑，忙站起来握手，打哈哈告别。

富贵还没来得及说他的事情，贵客就走了，他顿感颜面尽失，恨不能有个地缝钻了进去，又想起事情还没说，管不了面子，忙追出院子。贵客已经走到大门口了。富贵疾跑几步，赶了上去，在大门外抓住喜才的手忙道："二叔，我有事求你的。"

张喜才剥开富贵的手道："大侄子，电话上说，我要赶时间。"

富贵不甘心，看着远去的背影，高声喊道："叔，你记着把我的事仔细说给二叔听，记着我们的约定。"

七

喜旺爷爷在老二家里住了不到半个月就待不住了，他不想住了，他别扭，他在弟媳妇面前放不开。一到晚上，他满脑子都是蔡苗，心像针扎上一般疼。他决定去山西找一回蔡苗，他想她了，想得实在不行了，可他不好意思跟老二说，就说他要回家。

不承想，喜才道："大哥，你要是心疼弟弟，住满半年再回去。半年后，我转业了，你家里的窑洞也晾干了。"

"那么长时间能把人憋死。"

"你在我们几家分开住，一家住一个月，半年很快的。"

喜旺爷爷听取了老二的建议，一家住一个月，看看弟弟妹妹的生活究竟如何？反正翻新的窑洞也潮湿，早了住不成人。

半年后，他回到了喜鹊岭。

富贵的儿子振耀没考上大学，学开车去了。

富贵见了喜旺爷爷冷冰冰的，不再搭理他，有了意见一般，还逢人丧扬喜才死不认乡亲，不算人。

他不在意富贵的眼光，不在意富贵背后说的话，他满心思都是蔡苗，他带了点儿盘缠去山西找蔡苗了。蔡苗给他留的住址拆了，原址上新建了一个大工厂。他打问人，人家告诉他，原住户都迁往20公里远的县城里了。他又去县城找，挨个小区门房打听，果真就在一个小区门房打听到了蔡苗。他登记好宾馆，按照门房给的电话打，接电话的正是蔡苗。他激动万分，刚说了几句，电话被一个后生接过去听。后生在电话里说他妈病了，让他去家里，还说来接他。他信以为真，说了宾馆的位置。结果来了一老一少两个男人，进门就对他拳打脚踢，一阵狂风暴雨般的袭击，搜光他身上的钱。最后扬言说再看见他，就打断他的腿。他知道一个是蔡苗的老汉，一个是蔡苗的儿子后，羞得无地自容，立即逃出宾馆，没敢追问蔡苗半句。

他身上再无分文，不敢报警，也不敢告诉任何一个弟弟，就在山西找了一个饭馆，打工挣够路费，一路辗转又回到了喜鹊岭。

至此，他把对蔡苗的思念深埋进心里，不对任何人说起。晨看太阳升起，暮望夕阳落下，一个人守着两孔窑，日出而作，日落而息，过着与世无争的生活。

八

转眼20年又过去了。

政府开展脱贫攻坚，精准扶贫工作小组进驻喜鹊岭。新上任的村主任虎子来到喜旺爷爷家，要给他一个贫困户指标，说他在政策的范围内，应该享受贫困户待遇。他却道：

“土埋到脖子的人了，不需要。”

“爷爷，你的钱留着点儿，不得动了，雇人伺候。”

“我把我死后埋的墓窑子都挖好了，我的后事都安排好了。”

虎子听了大为震惊，由不得暗自感慨：能想到自己的后事，能把自己的后事都安排好，少有的刚骨人，少有的坚强人啊！

冬日第一场雪后，扶贫小组来村里开展工作。工作组开着车，经过喜旺爷爷家坡下的急转弯时却意外翻车了。不是高崖石畔，只是三米高的一个土台子，坏就坏在路上有一层薄雪，急弯处轮胎打滑，滑下崖畔，导致翻车。

喜旺爷爷当时正在硷畔上扫雪，亲眼看见小车翻车，慌得撂下扫把，摇摆着一身干骨头，仿佛深秋掉光枣叶的干枣棍子，在村道上直颠，四下里呐喊人。

虎子和村民们赶来，才知道肇事车上有县上派来喜鹊岭驻村的第一书记蔡小平女士和另外三名扶贫干部。三名男干部许是因为身子骨强硬，躲过一劫，住院一礼拜后，相继出院，并无大碍。蔡小平书记却因公殉职，年仅48岁，像一颗流星划过夜空，永远消失在茫茫宇宙中。

蔡书记的死，引来了上级领导的高度重视，来村里几度走访。

喜旺爷爷是第一目击证人，接受了众多记者的多次采访。采访中，记者了解到喜旺爷爷竟然不享受贫困户待遇，深感费解，就大挖特挖，结果就挖出了他艰难曲折的人生经历和刚骨刚强的思想品质。记者们大受感动，回家立即撰写报道稿子。以“中国最具风骨人物：七十八岁五保户老人”为题醒目报道，刊登在洋河市日报的头版头条，下面紧跟一行副标题——七十八岁五保户老人强大的内心世界。

此报道同时被各大媒体转发，在“清河在线”微信公众号进行了大篇幅，图文并茂的转载。

与喜旺爷爷相比，蔡小平书记的死，似乎有点儿默默无闻。

蔡小平书记的死，引得喜旺爷爷又想起他的相好蔡苗。为此，他好长时间没有精神，吃不下饭，睡不好觉，整天迷迷糊糊，仿佛黑鬼无常盯上他一般。

他眷恋这个世界，眷恋他的家园，他感觉现在的生活比起小时好多了。他知道生命如草，青葱翠绿后就会走向枯萎，如割韭菜，一茬一茬又一茬，很快会轮到自己了。

而他显然要比短命的蔡书记寿长，他已经比她多活了30个年头。然而，他不甘心，他不想跟上蔡小平书记走，他在坡下汽车肇事的土台子上打烟火，打了一整天的烟火。他向苍天呐喊：为什么好人不能长寿？他在内心里祈祷：祝愿蔡书记在天国里平安无恙，保佑他的蔡苗能健康长寿。现在，他断然不知道蔡苗是死是活，他只是在内心里有一种期许，他抱着一种虔诚的态度，默默地祷告。

九

一个月后，新的第一书记贺秋红到任。

贺秋红在上任的第一天宣布了一个大好消息：喜鹊岭老年人饮食医疗服务中心批文正式下发了，开春后工程队进村开始修建。这绝对是一个好消息，村民们一阵欢呼。喜鹊岭老年人饮食医疗服务中心的创办，必将给喜鹊岭年老以及行走不便的老人解决许多问题，喜旺爷爷的难题迎刃而解。

第二场雪来临。雪刚开始下，贺秋红就去喜旺爷爷家，他自己掏钱买了油、大米、面，还买了一件崭新的黄大衣。他一进门，看见喜旺爷爷正往灶火里塞柴火，火苗上空，爷爷的脸红扑扑的，仿佛寿星爷爷一样红光满面。贺秋红心里早把喜旺爷爷当亲爷爷了，他连个父亲都没有，如果能有个爷爷，也是对他心灵上的安慰。他道：

“爷爷烧火啊？”

“贺书记，老雪地里，擦天滑地，你来做甚呀？”

“爷爷，我来看看你啊！怎么光烧柴火？不烧炭？”

“唉！小年里掏炭把腰砸坏了，恨上了炭，再也没烧。”

“爷爷，你真会说话，柴火火焰不高，不顶暖。”

“人心顶暖，有政府关照，我心里暖和。”

贺秋红突然间被喜旺爷爷的话深深感动，他决定晚上不走了，留下来，陪爷爷住一晚，体验一次回家的感觉。于是，他挽起袖子，帮爷爷和面，揪面片。喜旺爷爷看着这个年轻后生给自己做饭，立时泪眼蒙眬，感慨道：“真是个好娃娃，你爹妈的好福气哟。”

喜旺爷爷的话，让贺秋红立时伤感起来，他眼睛红红，泪水在眼眶里打转，只听他哽咽道：“爷爷，我认你做我的亲爷爷。”

喜旺爷爷哆嗦着双手，疑惑道：“孩子，你？”

“爷爷，我是孤儿，没爹没妈，在福利院长大。”

“孩子，爷爷收你做我的好孙子。”喜旺爷爷老泪纵横，他哆嗦着一双青筋暴突的手上去擦贺秋红的眼泪。

晚上，贺秋红盘腿坐在棉毡上，爷孙俩东沟里上西沟里下，一直拉话到深夜 11 点。喜旺爷爷人老了，早睡惯了，哈欠连连，实在瞌睡得不行了。他有心留年轻人住一晚，却因家里寒酸开不了口。他道：

“贺书记呀，你早点儿回去睡，爷爷实在瞌睡得不行了。”

“爷爷，今晚我不走了，就在这儿睡一夜。”

“唉！我一个孤老头子，少铺没盖，村委会离这儿不远，等爷爷把新铺盖准备好，请你回来住。”

“爷爷，我胆小。”

“爷爷老糊涂了，爷爷给你铺炕。”

喜旺爷爷心里一惊，不再说话。他把褥子给贺秋红铺，厚被子给贺秋红盖。自己盖块薄被，睡在光席子上。贺秋红不允。爷孙俩最后折中了一下，喜旺爷爷睡着棉毡，盖了厚被子。贺秋红铺了褥子，盖着薄被子。睡下，喜旺爷爷道：

“年轻人睡习惯软绵铺盖了，只怕你睡到半夜会硌醒来。”

“不硌，我身板硬，扛得住。只怕爷爷睡到半夜会冷醒来。”

“人心暖，不怕寒。有孙子给爷爷驱寒，雪天不再冷。”

喜旺爷爷语气中满满的幸福，这一段话，说得尤为漫长。话落，爷孙俩沉沉睡去。少顷，粗细不同的两种鼾声，仿佛古老的乐器，奏出高低不同的两种乐曲，回响在温暖的石窑里。

夜，穿上一袭洁白的睡袍，安然地蜷缩在喜鹊岭恬静的怀抱里，进入了甜美的梦乡。

十

车快进入喜鹊岭，贺秋红停止了他的讲述。小李意味深长地道：

“喜旺爷爷说得多好，简直名言，‘人心暖，不怕寒。’常县长听了也会感动。”

贺秋红道：“现在我给你俩介绍我们喜鹊岭。”

黄潇潇道："喜鹊岭到了？"

贺秋红道："马上，转过前面的弯。"

果然，车转过一个弯，路两旁的村庄大不一样，尤其在雪中，更是一幅素雅风景画，唯美、清新、雅致。洁白的梯田台，整齐的窑洞，明亮的玻璃窗户，袅袅炊烟。窗棂子上挂着一串串鲜红的辣椒，窑腿子上挂着一串串金色的玉米棒。透过玻璃窗，依稀可见窗台上垒放的大黄南瓜，有牛羊叫声传了过来，又见气派而古朴的大门，路两旁还有高高的灯杆。

车到一宽敞处，贺秋红叫小李停车，三人下车。他指着眼前一个小山峁道："明年开春，我们就在这里修建'喜鹊岭饮食医疗服务中心'。"停了一下，他们又上车，走不多时，前面一座二层小洋楼，当院高杆上竖着一面党旗，大门口挂着牌子，写着喜鹊岭村委会。再走三五分钟，在一条扫开雪的水泥路下面，贺秋红叫停车。黄潇潇道：

"秋红，爷爷家就在这坡上面？"

"嗯！我们村里凡是在家住户都是水泥硬化路。你们看，爷爷家窑洞亮堂堂，院子平展展，硷畔上这青砖砌成的花墙，都是爷爷的手艺。他无师自通，全是自己摸索而成。垒这花墙，小工是他，工匠也是他。厉害吧？"

小李和黄潇潇连连点头，竖起大拇指点赞，心里早感慨无语了。

还没进院子，一股羊肉香味传了过来。黄潇潇深吸了两口，她有点儿馋了。

刚进院子，黄潇潇一眼就看见窗子上贴的金色对联和大红窗花；一孔窑的脑窗里正往出冒着白气，袅袅娜娜，仿佛超凡脱俗的仙女，飞向蓝色的天际；硷畔上烟囱里正往出冒着蓝色的青烟，缭缭绕绕，酷似一位多情的女子，舞着宽大的水袖，扑向大地，亲吻一地洁白。

黄潇潇顿时被这景致吸引，不由得掏出手机，不停地拍照。

村主任虎子，正专注地看着仨后生俩姑娘装扮一个雪人，其中一个穿着学生装的女孩用一支软笔，蘸着颜料往雪人脸上涂抹，只一刻工夫，喜旺爷爷的相貌跃然雪人上。

只听见虎子连声叫好，直夸女孩画得好。窑里的人听见叫好声都走出院子，围着雪人赞不绝口。喜旺爷爷最后一个走出了院子。

喜旺爷爷今天穿了一身唐装，清瘦的身材更显矍铄。他看见了贺秋红和黄潇潇，一脸兴奋，颠跑过来拉住贺秋红的手道：

“亲孙子，这是我的孙媳妇？”

贺秋红笑道：“爷爷，我们还没结婚，我女朋友。”

喜旺爷爷道：“那也差不离。”继而他拉起黄潇潇的一只手道：“爷爷知道你来，是个俊女子。爷爷给你俩都包好红包了，一会儿爷爷介绍你俩认识咱家里的亲人。”

这时，窑里一个男人撩起红门帘高声喊道：“虎子，虎子，招呼大家回来吃饭。”

黄潇潇看着这和和美美的一大家子人，突然间，不顾众人的目光，跳起在贺秋红脸上亲了一口，欣喜地说道：“秋红，谢谢你！有了，有了。”

黄潇潇一句话惊得院子里的人把目光刷一下都投过来，用一种惊奇的眼神看着他们。贺秋红知道他们理解错了，窘得满脸通红，连连解释：“误会。误会。她是我女朋友，叫黄潇潇，县文广局上班，记者，负责撰写脱贫攻坚方面的稿子，我带她来转转，寻找写作素材。她是说有灵感了。”

黄潇潇为自己的用词不当早羞得满脸通红了，双手捂着脸。

喜旺爷爷露出缺少一颗门牙的笑容，上来一左一右拉了贺秋红和黄潇潇的手，随着人们进了窑里，指着一屋子人依次介绍。喜旺爷爷介绍完在座的亲人们，一个叫振华的哥哥说道：“贺书记，黄记者，我暂时这样称呼你俩，以后在我们家里全要兄妹相称，不能带帽称呼。一会儿，我把你俩拉在我们家人微信群里，群里还有你俩没见面的伯伯、伯母、哥哥、弟弟、姐姐、妹妹们，过会儿介绍你俩认识，以后我们就是幸福的一家人，和和美美，团团圆圆。好不好？”

贺秋红和黄潇潇异口同声道：“好！太好了！我们是幸福的一家人！”话落，不知谁的手机里播放出刀郎和云朵的《一家人》，一大家子人就都跟上唱了起来。

歌声停，紧挨着喜旺爷爷坐的喜才爷爷讲话了，他道：“贺书记，我们今天太高兴了，可爱的孩子，你是我们大家的孩子，我们坚决支持你的工作。有什么计划，有什么打算，只要我们能帮上，大家携手共同建设我们的家乡，把我们的家乡建设得漂漂亮亮。”

接下来便是喜旺爷爷认孙的繁冗仪式，一笔带过。

认孙子这件事，是喜旺爷爷活了 78 岁，在家里办的一件最大、最热闹的事，比普通人给孙子结婚娶媳妇都喜庆、热闹、隆重。

返回县城的路上，贺秋红喝大了，一路上，头枕在黄潇潇的腿上迷迷糊糊睡着。黄潇潇把羽绒大衣脱下盖在他身上，用手环抱住他的身子，仿佛抱婴儿一样，生怕他颠簸下座椅。她今天被喜旺爷爷一家人深深感动了，她更被怀抱里的这个大男孩感动了。

她禁不住慨叹：一个缺少父爱母爱的大男孩，用自己的体温去温暖一个五保户老人冷清的晚年生活，这是多么可贵的品德啊！此时，她心里有了新决定，明年开春，她要和贺秋红举行婚礼，婚礼仪式就放在喜旺爷爷家。

一稿载于 2018《文学陕军》，二稿载于 2018《榆林文苑》第四期

生命树

引子

我不曾想到，扑在抗洪抢险第一线的我，却要面对死亡，险象环生的是，一棵树救了我的命。

“咚咚咚”凌晨两点，我被一阵急促的叩门声吵醒，侧耳倾听，外面喊声此起彼伏，是很多人在喊：“起床！起床！不敢睡了！”我捕捉到不同人的喊叫声和“咚咚咚”的敲门声。

7月25日下午饭后，几个朋友邀我喝酒，还说雨天干不成别的，正好喝酒。我当时一人待着也没事，就随朋友去了。正喝着，一个朋友的老婆打来电话说惊雷不断，风狂雨骤，孩子吓得一直哭。

朋友生了二胎，孩子还不满周岁，接了老婆电话，说要离开。当时，我们喝得都不尽兴，其他几人还想喝。我看见外面天空黑云滚滚，暴雨倾盆，便提议早点儿收场。于是我们各自回家。回家后，我冲了杯蜂蜜水，边看电视边喝，一杯蜂蜜水还没喝完，突然停电了，只好躺下睡了。

“快开门，洪水要把房子淹了！”

又听到喊话声了，我彻底清醒了。不，确切地说我是被惊醒了。“快开门，洪水要把房子淹了！”这句话我听得格外清楚，我匆忙翻出那双买来还没来得及穿的防水运动鞋，待我穿好鞋，把门打开，洪水就涌进了门，漫上小腿。门外站着两个红马甲异口同声地说：

“快往公路上面跑，有没有老人娃娃？”

我是从来都不流泪的人，但那一刻，我的眼泪奔涌而出。

“没有，没有，就我一人，我会游泳，我参加过抢险救灾，我加入你们，这一块我熟悉。”我立即意识到发生了什么，想也没想就脱口而出。让我坦然的是，妻子和儿子回老家母亲那里避暑了，他们要住到儿子开学才回来的。

两个红马甲二话没说，拉着我的手中法进雨幕里。

我带着两个红马甲跑向住户。

张大爷夫妇都70几了。李大婶家里住着她娘家妈妈，也快80岁了。李二妮的孩子才3岁，丈夫不在家。韩老师的婆婆80多了，而她本人平时还腿疼。张六一家五口都在，新添的一对双胞胎刚满月……

暴雨太大，冲刷起大理河沿岸的泥土滚滚流向河道。

城区地皮紧张，一次次扩建，使得河道到了城区这块非常狭窄。

河道容纳不下太多的洪水，洪水从几条道路倒流入城区，形成严重的城市内涝，房屋被淹，牛羊被卷入洪流中，无数儿童老人被困。救援，刻不容缓。

洪水已经漫上膝盖了。

漆黑的雨夜，全城断电，好在有无数红马甲的头顶灯照亮。雨夜抗洪抢险，我是平生以来第一次，好在我经常游泳，经常锻炼，要是一般的人，看见这咆哮的洪水，吓都吓死了，更严重的是天空依然惊雷不断，暴雨瓢泼。

我把第七拨，21个乡亲转移至安全地带的时候，时间已是黎明。光线很暗，仔细看去，建筑物的轮廓依稀可以辨清，我住的这片地处公路下边低洼地带的平房无一幸免，全部泡入洪水中了。它们成为洪水淹没的典型，面对灾难，无力挣扎，无力反抗，只能默默地承受。水位线一直上升，已经漫至平房的窗台了，那一片住户房子里的所有陈设都成了洪水的殉葬品。

灾难来临，除了生命之外，别的都成了浮云。

我的家园被无情的洪水毁了，我无家可归了。

在我返回帮助第八拨人脱离险境的时候，脚下一滑，身子失去平衡，站立不稳，一个洪浪打来，我就被卷入洪流中。还好，我反应及时，否则一口泥糊子灌嘴里，呛都能呛死。

阿弥陀佛。我憋了一口气，让身体找到平衡后，赶紧把头露出洪水面换气。

我隐隐约约听见人们在呼救，但洪流湍急，旋即我就远离了呼救的人们。

誓死也要与洪水搏斗到底，我想要靠近某处建筑物，但身不由己，一个毛头浪打来，把我掀起老高，最后又把我狠狠摔下低谷。

我想自己是死定了，自古洪水如猛兽啊！

在洪水里搏斗，远比在清水里游泳费体能，况且之前我帮助21名乡亲脱离险境浪费了不少体能。

乡亲们肯定在哭我，他们一定以为我死了。

我自以为水性良好，自以为能安全脱险，但是任凭我怎么努力，总是无法靠岸。

又一个大浪打来，我的身体再次被推向浪尖，我有一种被托上云天的感觉，觉着自己的身体轻飘飘的，好像一根羽毛飞向了蓝天，旋即，又像一块小小的石头被抛出老远，继而在洪水上空急剧而下，落入水里的一瞬间，我的身体与洪水接触的一瞬间，我听见自己的耳边“啪”的一声巨响，身体没有一处感觉不到疼痛。

接二连三的浪涛袭击，使我失去了方向，我辨别不清自己所处何方了。我的眼前没有任何建筑物，视力触及的除了洪水，还是洪水。而洪水里，除了孤独漂流的我，还有数不清的动植物尸体以及无法辨别清楚的小轿车。

我似乎进入滔天的黄河了，巨大的浪涛声快要把我的耳朵震聋了，但我清楚这不是黄河，这只是大理河，是愤怒了的大理河。我努力把自己的头抬出水面，我尽量让身体保持平衡，我不能做无用的搏斗了，我彻底清楚自己低估了洪水的威力，在洪水里我如同一只蚂蚁，随时可能死亡，我只能借助水的浮力顺流而下，祈求上苍保佑我逢凶化吉。

我被洪水吞噬了，我被洪水俘虏了。就在我的意识快要混沌的时候，我看到一棵树向我漂来。

那棵树我看着好眼熟，它的身体是我熟悉的，它的外貌是我熟悉的，直立的树杆上有三根粗大的杈，两根大一些，一根稍微小一些。它像极了家乡母亲院子外硷畔下我栽的那棵榆树，前些日子回家乡，分明见它就这么高大了。它是被洪水连根拔起的，树根上长长的根茎错综复杂，上面粘扯着许多河柴烂草，树冠上的树枝折断了许多，断痕处树骨裸露，树枝上的叶子已无绿意，在泥河里扑腾挣扎得遍体鳞伤，血泪斑斑，而一些河柴烂草以及庄稼的茎蔓却不失时机地拽住它。

我像遇见救星一样张开双臂抱住了榆树，而后又把身体慢慢挪至树杈之间，让我的头尽量离污浊的洪水面高一些。

这下好了，我可以把树当成船，把自己当成乘船人，我可以放松一下神经了，我甚至坦然祈祷雨早点儿停，祈祷洪水早点儿退去。

而事实上，雨一直下，洪水一直咆哮，水面依然在涨，更多的庄稼被淹了，更多的猪羊漂进了河……

看着猖狂的洪水与惨不忍睹的漂浮物，我意志的大厦顷刻间就轰然倒塌，大脑空白，思维混沌，真以为自己即将和这些漂浮物一样，甚至死无全尸。

洪水面直抵高速路桥底面。我的榆树要撞在桥墩上吗？我死定了。我让身体挂在树底，憋气闭眼，全身没入洪水里。阿弥陀佛，我安全通过桥洞，我的榆树又浮出水面，我又翻身出了水面。

我开始庆幸自己昨夜喝酒了，酒精的热量还在起着作用，我虽然身处洪流中，身体却并没有感到寒冷。但我有种预感，今天在劫难逃了，难言的悲哀立即裹挟了我。

人在死亡来临之前，思维是异常活跃的。有一种说法，这叫交代身后事，完成未遂愿。身处险境，我感悟颇深，我彻底明白什么才是人生最重要的，谁才是我最牵挂的。然而，我是断然不能与家人相守一起了，我只能在回顾反思自己短暂的人生之余，想想我最牵挂的人。

我不知道家乡有没有遭此劫难，我不知道他们是否安全，我在生死攸关之时，只牵挂我的亲人，我在内心深处祈祷观世音菩萨保佑他们安然无恙。妈妈、老婆、儿子，你们一定要相信我，我一定能渡过难关。儿子，我还要和你一起填高考志愿呢，爸爸一定能坚持下来的，你安心与妈妈、奶奶在家等着，爸爸脱离危险后，第一时间回家看你们。

牵挂亲人，成了我活下去的力量，成了我的蓄电池，成了我意志的支撑源。

酒精的热量不知何时从我体内消失了，我的身体开始冰凉，我浑身发抖。好在我的神志又清醒了，好在水位线开始下降，洪水域逐渐变窄。我看见被洪水淹没的房屋、猪舍、高秆农作物露出了洪水面，它们如我一样瑟缩在洪荒中，无助，无力。

至此，我深深地感悟到，任何生命在灾难面前都脆弱得不堪一击，生死早已置之度外。

我实在无力与洪水抗衡了，我把自己的生命也交给了老天，我能做的只是听天由命。

我的短裤不知何时已经不在我的腿上了，还好裤头还在，否则我死后……不敢想象的羞怯。

裤头是妻给我买的，紧身的，莫代尔面料，穿着特舒服。

我的妻，我的爱人，我将要与你永别了，我走后，你不要哭，你还年轻，另外找一个对我们儿子好点儿的男人过日子，让儿子偶尔给我的坟头点张纸，我不会怪你，我永远爱你。

人在死亡来临之前，思维是异常活跃的，最起码我是这样的。我想这是人的本能而致，是对生的希望，对死的恐惧而致。

我也恐惧死亡，我明显地感觉腿上剧烈地疼，用手摸下去，黏糊糊的，举起手一看，满手泥糊糊的血，是碰在刚刚擦身而过的一个小轿车侧叶子板上划破了。那是谁的小轿车？我一路漂流，遇见了无数的小轿车，它们的主人都还好吗？会不会有人和我一样倒霉？

我自认为自己平日里不做坏事，自认为父母祖先都是善良厚道之人，怎么上天要我遭此劫难？我死不足惜，可我来世上一回，任务尚未完成，这无情的洪水，难道要我抱憾终身吗？

我明显地感到胸口紧缩，心脏抽得生疼。这种感觉和我横渡马六甲海峡身体到达极点时的感觉一样。

我明白，能有这么明显的感觉，说明我还活着，一时半会儿还不至于死亡。我之所以有这样的感觉，感觉这么的难受，是我体内已无糖源供我消耗，但是求生的欲望支撑着我活下去；我想，只要挺过极点，我是完全可以战胜洪水的。

我开始盼望救我的榆树能搁浅在某个角落，那样的话，我想我完全可以凭借我坚强的毅力爬出河滩，爬上路面。

可是，该死的雨还在下。

我生平最不爱诅咒，现在我想诅咒，诅咒那些不尊重生态环境的人，要不是他们无休止地砍伐树木，开采地下资源，那水土就不能这样厉害地流失，暴雨也就不会引发这么大的洪水，房屋也就不会被淹，牛羊猪鸡也就不会被推，农作物也不会被漫，我也不会遭此劫难。

黑云还在头顶压着，雨依然下着，不怎么大了，淅淅沥沥，像怨妇的眼泪。我想，武则天也没你厉害，没你心残，没你绝情。你究竟要夺走多少人的家产？要夺走多少人畜的生命？你究竟要多少人无家可归？又要多少生命为你殉葬？要多少财产为你陪葬？你的怨气早消除了吧？你还委屈？我才委屈呢。但是有一个巨大的声音从邈远的天空穿透厚厚的云层飞进我的耳朵：“你有何理由怪天？人说，天灾人祸，天灾是果，人祸是因，天灾八九是人祸，都是因为你们人类不爱护生态环境造成，你敢说你不曾有过破坏生态的行为。”是天在反驳我。

我满脑子搜寻，我想起自己曾经在一个煤矿里入股分红，也想起自己住的平房曾经就是一大片树林，是一个开发商买了，砍伐掉所有的树木而修建的。

我尚存一丝微弱的气息，我想，死也要紧紧抱住树身，千万不敢让身体沉入大理河底，搁在某个犄角旮旯，永远出不来。我想，即使死，也要随洪流进入无定河，再进入黄河，从而实现生由黄土来，死到黄河去的二黄传奇经历，也不枉来人世一遭。

为何说生由黄土来？母亲生我时，撮来一簸箕黄土，揭起席子，倒在炕上。我从母体里呱呱坠地就掉在一堆黄土里，故有此一说。

我真的要死了，我的眼前一片模糊，模糊……

我感觉周身发热起来，眼前也明亮了许多，意念里，姥姥张开她瘦弱的双臂紧紧搂住我，她温热的体温传给我，我便在她温热的怀抱里舒服地死过去了。

那一瞬，一点儿都不痛苦。

待我睁开眼睛的时候，看见妻站在我的面前。她的眼睛肿得像核桃，她看着我痛哭流涕，大声地喊叫：“唐凯，快告诉医生，你爸爸醒来了！”

随着妻的声音落下，病房里一下子涌进来很多人，我仔细看去，他们都是我转移出去的灾民。

儿子挤开人，跑在我身边，他叫了一声“爸爸”，然后停下来看我。

我想说话，但嘴张不开。我想用手拉儿子的手，手却抬不起来，浑身一点儿力气也没有。

儿子看见我没有任何反应，他泪流满面，嘴里不停地“爸爸、爸爸……”一声连一声地叫着。

“医生，医生，快来呀，快来，我老公醒了，可他不会说话。”妻见此情景，推开了儿子，哭喊着跑出病房。

很多穿白大褂的医生鱼贯进入病房。

他们看着我对妻说：“奇迹，真是奇迹。”接着很多医生轮流给我检查，检查后，其中一个又对妻说：“病人还没有完全清醒，你看他的四肢还是僵硬的，他要彻底清醒估计还要3到6天时间。现在基本脱离危险，生命无碍，细心观察，随时叫我们，但不要大声喧哗，尽量保持安静，最好用双手轻轻抚摩他的身体和四肢，这样有助于早日唤醒他的肢体知觉。”

天不灭我，我被抢救过来了。

我是第四天彻底清醒过来的。

医生说我心脏的强大，在医学史上实属罕见。

我怎么能死，我眷恋我的亲人啊！我清醒后迫不及待地问妻：

“妈妈家里好吗？妈妈住的房子好吗？”

“妈妈很好，我们都好，妈妈家里一切都好，妈妈硷畔上栽种起来的那一排高大的树木就像铜墙铁壁一样保护着我们安然无恙，只是你栽在硷畔下靠沟口的那棵榆树被洪水连根冲走了，为此妈妈哭了几天。”妻说。

我心里咯噔一下，旋即就如释重负。

母亲英明啊！

母亲一生爱树，房前屋后全栽满了树。我那时尚小，不懂母亲栽那么多树做什么，母亲就给我讲了一个故事。

民国 8 年下过一场大暴雨，大理河水位暴涨，洪水淹没整个大理河川道，大理河沿岸的人畜死伤无数，母亲的姥姥和姥爷就在那次洪水中死亡的，而母亲的妈妈，我的姥姥之所以能活下来，是她的父母在洪水中把自己的裤子脱下，撕成布条，把她绑在水中漂流下来的一棵大榆树上。洪水退去，那棵榆树搁浅在大理河下游的河滩里，我的姥姥被人发现才幸免于难。

民国 8 年距今约一百年了，母亲的妈妈，我的姥姥，在那次大水推川的洪灾中，她得救于一棵榆树。而如今的我，也有幸遇到了一棵榆树。

我的姥姥也爱树。姥姥曾说，民国 8 年那场洪水中，要是遇不到那棵榆树，纵然她的父母多么爱她，多么聪明，也绝不可能让她脱离险境。姥姥还说，她死了要变成一棵榆树，给榆树延续香火。

写到这儿，我便坚信是姥姥真变成了一棵榆树，来搭救遇难的我了，否则，我怎么恰好就遇上和自己栽起来的一模一样的榆树呢？

我突然间想起洪水中救我于险境的榆树，当时的确有明显的热度，而那榆树皮上分明镌刻了一张像姥姥一样饱经沧桑的脸。

这时，我断定救我的那棵榆树就是我栽的那棵榆树了。

12 岁那年，母亲手把手教我栽的第一棵小树就是妻子所说被水冲走的那棵榆树，它就长在家乡母亲小院外的硷畔下面，我记忆犹新。

17 岁那年，我读高二，暑期，我的女同学第一次来我家，她就是站在那棵榆树下叫我。我欣喜地跑下硷畔，带她参观我家院落。她看见我家房前屋后的高大树木，非常惊讶地说：“你家环境真好，世外桃源一般，要是我将来能有这么好的地方住，那该多么幸福啊！”

我一点儿不傻，那天我把女同学介绍给母亲，母亲很高兴，留女同学在家吃饭，并且留宿一晚。

女同学走后，母亲对我说：“她是一个好女孩，只是缺少母爱，一晚上蜷缩在我的臂弯，像我的亲女儿。”

听母亲这样说，我暗暗欣喜，微笑着不言语。

母亲又说：“我可以收她做义女吗？”

我瞪着惊讶的眼睛望母亲。母亲疯了吗？她是我的女同学啊！

女同学就是我的初恋，后来成为我的妻子。20世纪80年代，我们读初中，贪玩儿不好学。那时，307国道两旁有好多高大茂盛的柳树、槐树、榆树，我们每天上学、放学的路上都在树荫下经过，而不会被火红的太阳暴晒。那时，大理河两岸也有高大茂盛的柳树、槐树、榆树，下午放学回家后，我们背英语单词，总是相遇在河畔的树荫下。

我不敢给母亲说明我的想法，而事实上，我已经心有所属了。

母亲看着我，似乎有所察觉，她又说：“我知道你喜欢她，所以我才想收她做义女，妈妈没有女儿，就你一个儿子，提前收她做女儿，也是为了以后我们更好地相处，况且她是大女孩子了，她爸爸又是个粗人，有些情况妈妈指点她更合适，最关键的是她很依恋妈妈，所以妈妈想提前给她母爱。”

我如释重负，上前就给母亲一个深情的拥抱。

我认为我的母亲是全天下最智慧、最聪明、最善良、最伟大的母亲。很多家长都反对子女早恋，而母亲却能正面引导我们健康地交往。

此后，每遇假期，女同学就来我们家度过，直到我们大学毕业，她和我一样称呼我的母亲为妈妈，称呼我的父亲为爸爸。

我俩虽然是同学，恋人，后来又成为夫妻，但她对我的父母比我都孝顺。她总是在我面前强调：“我不仅要尽一个儿媳的义务，还要尽一个女儿的义务，我的身份是双重的，所以我的付出也必须是双份的。”

妻现在回家乡去看母亲，根本不需要我督促，每次都是她提议，是她提醒我。

写到这儿，我就想，洪水中我身处险境，内心里肯定有过一股强大的力量，意念深处也肯定给自己加油打气过，要自己挺住，因为贤惠的妻还在家中等我，我还欠她很多爱，我不能丢下她和儿子不管。

我的儿子刚刚初中毕业，被榆林中学择优录取了。

灾前一礼拜，妻对我说：“儿子到榆林上了高中，半个学期不能回家看奶奶，我与他一起回去住半个月，半个月后他就要去学校报到了，你说呢？”

我当然同意了。但是儿子当时却歉意地说：“半个月时间留爸爸一人在家，又要上班，又要自己做饭，多辛苦。”

儿子多懂事啊，他学习优秀，还能体谅大人辛苦，他从不像有的孩子那样乱花钱。有这样的儿子，我骄傲，我幸福。

我突然间有了个大胆的决定，以后每年清明前一定要栽树，要让儿子也学会栽树，栽许多的树。要儿子也教他的儿子栽树，栽许许多多的树。要教育我的子子孙孙学愚公精神，世世代代地把栽树当作人生要务传承下去。

后记

灾后重建，很多人看着流经子洲县城区的大理河段，窃窃私语：这狭窄的河道，不来暴洪它是一道优美的风景。来了暴洪，它就成为一条血泪河，汇聚农民血泪的一条河，淹没城区街道的一条河。

灾后重建，看着一片狼藉的县城，满目恓惶的农田，内心深处的悲悯情怀油然而生，哀愁便爬上了眉宇。有多少人因这场洪灾流离失所，有多少人因这场洪灾哭断肝肠。

灾后一月自驾车去西安，从子洲出发走低速，到魏家楼上高速，发现307国道两旁多年前上学时所见的那种高大的树木少的可怜，而瞩目的树木只是一些低矮的景观树。大理河两岸的河堤上，竟然连低矮的景观树也没有，那高大的槐树、柳树和榆树也是十里路上才能遇到有数的几棵，还都是一些不成材的歪脖子树。

故而有此短篇小说的诞生。

载于2018《子洲文艺》第一期

叶晓晓扶贫记

叶晓晓说，扶贫干部要有爱心，而所谓的扶贫，就是用爱心解决问题。

一

叶晓晓，1991 年生人，未婚，大学毕业，清河县财政局下设单位企财所工作。她在同一个村里帮扶三户贫困户。第一次下乡搞摸底工作，意外发现其中一户居然是崔晓明的父母。她简直惊诧不已，当即血液上涌，晕头转向起来。

她不想接受这个事实，崔晓明是她的男朋友。

他们是大学同学，他们的恋爱期长达五年，他们关系很好，只是目前还没给双方父母公开恋情。她有顾虑，担心父母不同意。

她的父亲是清河县文广局的一把手，母亲是清河县中学教师。而崔晓明的父母却是农村人。明显的门不当户不对。她怎么敢告诉父母，怎么敢公开他们的恋情？

她真心爱着崔晓明。

她除了不清楚崔晓明的父母是贫困户之外，别的情况一清二楚。

崔晓明有一个妹妹，一个弟弟，算是一个大家庭了，她不在意这些。崔晓明家里有两处宅院，一处是老宅，一处是新宅。老宅是三孔旧石窑，新宅是三孔新砖窑，都是合法合规，村委会批准修建的。崔晓明告诉她这些的时候，搂着她的双肩，给她描绘未来——平日里，我们住在县城，你每天都可以见到妈妈，吃到妈妈做的美味佳肴；到了酷暑，我们就回家乡避暑，靠老山的新砖窑冬暖夏凉，是避暑的绝佳圣地，我们还能吃上环保无公害的绿色蔬菜。

村主任带着她到了崔晓明家的三孔旧石窑院子里。院子里到处堆放着捡回来的破纸箱、空塑料瓶子，旧窑简直破烂不堪。

村主任朝窑里呐喊了一句。过了小一阵儿，崔晓明的父母才走出门来。她细细打量起未曾谋面的未来的公婆。

那两步走就看上去很干练，很麻利，全看不出那种窝囊没本事的样子，两人却各穿了一身极不合体的衣服。她开始询问，在笔记本上登记。

崔晓明的妹妹叫崔晓倩，年前大学毕业，现在是大学生村官，也搞扶贫工作；崔晓明的弟弟叫崔晓晨，目前上大学，享受着国家的扶贫贷款。

她问到家里再有没有住处时。老两口却说没有。村长没吱声。

她回到县城，找到崔晓明，说出了心里的疑问。

崔晓明说出秘密，村主任是他亲二舅。

她愕然。反问道："凭心而论，你认为这贫困户的指标还应该留着吗？"

崔晓明的头一低，悄声道："你就不能睁一眼闭一眼吗？留着肯定有好处。"

她再也不能容忍，低吼道："你有没有替我父母想过？你不打算提亲了？你想和我拜拜了吗？"

崔晓明心里一怔，抬头惊道："那你说咋办？"

"我记得你说过爹娘好厨艺。正好你们学校食堂里招小吃厨师，你给我母亲推荐推荐。如果爹娘的手艺真的不错，他们一定会在学校食堂站稳脚跟。到时候嘛！你说呢？"

崔晓明大为感动，一把拉起叶晓晓的手，放在嘴边一阵亲吻。

半月后。

叶晓晓接到母亲的电话，晓晓啊，今天下班来学校吃饭吧，学校里新近又雇佣了乡下厨师，能变着花样做各种小吃哩，都是你小时候喜欢吃的。

又过一月。

叶晓晓正与崔晓明一起散步，她的手机突然响起，又是她母亲打来的，她接起，听见母亲在话筒里讲道——晓晓啊，妈妈跟你说，我们学校食堂崔师傅的儿子崔晓明也跟妈妈在一个学校哩。妈妈私底下替你了解了一下，晓明人很不错，官眉大眼，个子也高，做事干脆利落，在学校里表现优秀，教学成绩突出，现在已经是年级组组长了，如果好好发展，将来肯定大有作为。

叶晓晓听着听着，摁下手机免提键，看一眼崔晓明，示意他不要说话，静静听。

“晓晓啊，你在听吗？”

“在，在，我在听，妈妈你说。”

“晓晓，妈妈想啊，你就别挑三拣四了，也别听你爸爸讲什么门当户对了，人家农村人做事还实诚、厚道。晓晓，妈妈托学校的王阿姨给你们介绍一下，你们处处，好不好？”

“嗯。我听你的。”

说完，她看一眼崔晓明，莞尔一笑，旋即，又低下了头。

二

叶晓晓的三个帮扶对象里，其中一个是光棍男人，名叫嘎子，年已 40。

叶晓晓知道嘎子是光棍时，产生了千万顾虑，千万难为。她当即有了懈怠情绪，想撂挑子不干，站在半道上止步不前。

想想，她是一个未婚的大姑娘，帮扶对象却是一个光棍男人，这领导是怎么分配任务的？

村长心细，察言观色一阵，委婉道：“叶领导，你的顾虑我晓得，你放心，往后去他家，我一准儿跟着你，保你平安。”

无奈，她只能移动脚步。

她本以为嘎子不是二流子，就是憨汉，要不就是有毛病的窝囊疙瘩，否则怎么能 40 岁还打光棍？好在单位一同来的同事照顾她是未婚姑娘，要村主任陪着她去搞工作，否则她真不知道这头一天的任务怎么交差了。

到了嘎子家院子，她却得出另一条结论——这村主任简直胡闹，这么好的人家怎么能是贫困户？是不是沾亲带故？

嘎子住着三孔出面子石窑，窑面像新处理过，新勾出的白灰缝清晰可见；新换的玻璃窗，亮亮堂堂；土院子方方正正，平平展展，干干净净。

紧挨嘎子窑洞的是两孔快要坍塌的老旧小石窑，窑门前黄蒿长到膝盖，一个石碾子，一盘石磨，一棵歪脖子枣树，一棵高大的正开着白色槐花的槐树俏立在新旧两个院子分隔处。巨大的树冠下，旧院那边是一块大石床，新院这边是一块小石床，石床两侧支两块青色条石，绝佳的夏日饭桌，绝佳的写字桌，绝佳的纳凉所在。

新旧石窑的硷畔用统一的薄石片斜插加固，浑然一体，从坡下往上看，绝对不失古韵。

嘎子家与别的庄户人家唯一不同的是，院子里看不见任何牲畜窝棚，整个院子干净利索，全不像农家小院，倒像城里人在农村特意购置的一套避暑住宅。

村主任说旧院是嘎子父母活着时住的，新院是嘎子后来修的，为了问婆姨，却一直没问下。

叶晓晓看腻了城里的高楼，被眼前这精致的小院吸引，她干脆不进窑里了，一屁股坐在青色条石上，对村主任道："李叔，你进去叫，我们就在这里工作。"

村主任听说，原地站立，扬声道："嘎子，嘎子，快出外拉话来，县上扶贫干部来了。"

窑里没人回应，也不见动静。

村主任紧跑两步，到了门前，撩起门帘一看，见铁将军把门，遂恨声道："二杆子，亮红晌午哪可兰？"他掏出手机拨号："嘎子，县上扶贫干部来了，亮红晌午，你哪可兰？快往回走。"

不多时，坡底走来一个男人。男人穿着背心，露着胳膊，裸露在外面的皮肤呈古铜色，臂弯挎着筐子。筐子里装有一些杂七杂八的蔬菜。

村主任朝着坡下喊道："嘎子，亮红晌午不家里盛，害的人等半天。"

嘎子扬起头回道："还不到11点嘛，要是在工地上，我这会儿正上料呢，人家扶贫干部也没嫌等，你倒嫌起了。昨黑夜，我梦见今日有贵人来，一早起来我就跑地里了，看小瓜熟了没，还真熟了，我就摘了几个，我给洗洗，吃个新鲜。"

说着话，嘎子走上坡来。

村主任左右上下看几眼嘎子，笑道："嘎子，你行啊，学的油嘴滑舌了。"

叶晓晓看两人打趣，抿嘴微笑。

嘎子不理村主任，看一眼叶晓晓，微笑道："哎呀！这么俊的女干部呀！还没结婚吧？唉！"嘎子长叹一口气，继而道："女干部，你只要给我介绍个婆姨，就等于扶贫到位了。"

村主任道："二杆子，把你日能的来来，真会想美事。"

嘎子道："哪有？我只是要给我介绍婆姨嘛，这才是我真正想要的呀！不能说吗？"他顿一下，又道："你们等我一下，我进去洗小瓜，一下下就来。"

叶晓晓感觉这光棍汉也并不是多差劲儿，突然间就萌生了给他说婆姨的念头。萌生了这念头，就想到要看他窑里的摆设。于是，她自言自语道："我进去看看。"

嘎子听见，忙转身拦住叶晓晓，急道："别介，就这儿等着，家里忒乱了。"

叶晓晓打着官腔："请配合，我在搞工作。"

叶晓晓先站在门口朝里瞭。前窑里大衣柜、小斗柜灰尘落了一层，衣服炕上乱撂了一堆，锅碗瓢盆锅台上乱放一堆，红砖铺成的地板倒显得比较干净，不至于脚没有站处。她看一阵儿，随后跟进，又进了后窑，她大吃一惊。后窑居然装扮得像城里的婚房一样，一张大大的原木床，大红玫瑰花床罩。她撩起床罩一看，居然是簇新的铺盖，红床单，红被子，红枕头。

嘎子端着盛有洗好的小瓜盆子，跟进后窑，手拿一个小瓜递给叶晓晓，嘴里道："先前说了好几个，人家都要县城里的楼房，我哪能买得起，我们乡村也不差呀，蔬菜无公害，空气又新鲜，谁跟了我肯定不会受罪。"

叶晓晓明白了，此人的确需要个女人。

嘎子在兄妹里排行老小，两个哥哥分门单过，一个姐姐远嫁外地，他之前跟父母一起过，5年前，父母相继去世，就剩他一人生活了。

叶晓晓返回县城，脑子里翻江倒海回想离开嘎子家时，嘎子偷偷说给她的话："叶领导，我光棍不假，需要婆姨也不假，我真心没想要当贫困户，我一直在县城建筑工地打工，村主任把我周调回来，说给我一个贫困户指标，要我帮帮全村，你说我帮还是不帮？我请假回来的，要扣工资的，赶明一早，我还回工地上哩。"

次日，叶晓晓和干事小张聊起嘎子，说了自己的想法，没承想，干事小张却说正好掌握一个年轻寡妇——胡月月的资料。胡月月也想寻一个男人，只是她带着一个6岁的女孩。

叶晓晓和小张两人一合计，就想到给嘎子和胡月月牵线。

嘎子听说胡月月比自己小了7岁，能勤俭持家，也无所谓县城里有没有楼房，唯一的条件是对方能疼爱她的女儿，不让她的女儿受气，他当下心动，答应接触接触。

胡月月听说嘎子是个青头男子，本人心灵手巧，不染肮脏，又在县城打工，家院还收拾得齐整干净，唯一的条件是不想上门，心里暗暗欢喜，当即答应见面再议。

于是，俩小年轻就给俩成年人约了见面的时间与地点，任由俩成年人交往发展去。

3个月后，叶晓晓和小张正在单位填表，两人的手机突然同时响起，两人怕影响其他人办公，都跑出办公室接电话。不多时，两人又同时回到办公室，互相对望一眼，异口同声道："成了。"

办公室里其他人皆四眼大瞪。两人又异口同声道："告诉大家一个好消息，我们保媒成功，3日后要去乡下参加结婚典礼，当证婚人去哩。"

办公室里的其他同事惊得目瞪口呆，少顷，大家齐刷刷拍手，叫起好来。

婚礼上，嘎子和胡月月分别给叶晓晓和小张呈上一份退出贫困户的申请书。

三

叶晓晓帮扶的另外一户贫困户是个跛子，叫崔伟，36岁。

他命不好，婆姨生下儿子，还不满一个月，就撒手人寰，给他撂下一个不足月的娃娃。幸亏有父母亲帮他拉扯，儿子才得以成人，刚满6岁，取名崔景浩。

他父亲是农民，年近古稀，有严重的关节炎，天一下雨，腿就疼。他母亲66岁，一个很朴实的女人，山里沟里，能挑能背，家里拿轻扛重的生活，基本上全是她伺弄。

其实，他原来并非跛子，他之前在清河县建筑工地干架子工的苦力活儿，一次搭脚手架时，不慎从三层楼高的架子上跌落。幸亏他命大，捡回了一条命，却从此成了跛子，也失去了架子工的营生。那年，他才31岁。

有人说小景浩命太硬，克死了妈妈，又让爸爸成了跛子，他却不那样想，值金贵宝。

有人给他说了个寡妇，他拒绝了，他担心寡妇待儿子不亲，他宁肯既当爹又当妈。

他办了残疾证，买了一个三轮，天不明就起来，把地里的蔬菜摘下，拉到清河县城里卖；卖完又返回家里。

他的菜是自己种的，苦力不算本，菜卖的便宜。他原本想价低快出手，早点儿回家。没承想，其他卖菜的户说他破坏规矩，伙同城管欺负他，欺负他残疾人没力气干仗。

一个好心的大爷看得眼热，偷偷给他建议，让他每天傍晚来小区后门卖菜，说有些城里人怕晒太阳，傍晚都出来跳广场舞，顺带就把菜买了。

城里人命贵，健康理念强，得知他种的是绿色蔬菜，加上大爷的好心宣传，他终于在城里站稳了卖菜的脚跟。然而，卖菜是季节性生意，到了秋天，时菜下架了，他就没事做了。多亏了国家的政策好，又遇上正气的村主任，他拿到残疾证后，就吃上了低保，后来又评上了贫困户，这才不至于冬天喝西北风充饥。

叶晓晓心地善良，听着听着，眼眶就湿润了，内心里由不得担忧起这老弱病残的一家人来。

从评选贫困户的严格意义上来说，崔伟才算得上真正意义上的贫困户。

有理有据、有因有果的贫困户才能博得人的同情，也能获得帮扶干部的重视。

叶晓晓了解情况时，小景浩一直站在她身边，翻看她放在锅台上的杂志，嘴里还念念有词，挺认真的样子。小家伙儿居然认得字，念出了声。那是一本清河县的文学刊物，里面有叶晓晓写的一首诗歌。而那小家伙儿，正是念那首诗，奶声奶气，一字不差。她当下纳闷，张口就问："今天不是礼拜天啊，小景浩怎么没上幼儿园？"

"唉！"小景浩的爷爷长叹一声，继而道："村里没幼儿园，离这里最近的幼儿园也在20公里之外呢，老婆子不会骑自行车，我又腿疼得骑不成，没办法。"

"这怎能成呢？再苦再难，也得让娃娃念书啊。"

"念、念，肯定让念的，崔伟说了，等娃娃能上一年级了，我们就去县城租房子住，供娃娃念书。之所以没让娃娃上幼儿园，崔伟说我能教了，也放心我先教着。忘记给你说了，我小年里也当过民办教师。"

"噢。"叶晓晓恍然大悟。

"我没有耽误娃娃，娃娃可好苗苗了，灵动，听话，认识好多字，百以内的加减法都会呢，都是我教的。你考考，一准儿难不住他，就是这娃娃语言少，一般情况下问不响。"小景浩的爷爷说到他的孙子异常兴奋，话一下子多了起来。

大人说话的时候，小景浩始终看着那本杂志。

叶晓晓把杂志从小景浩手里拿过来。小景浩仰起头看着她，祈求的眼神。叶晓晓真开始考他加减法。小家伙儿果然聪明，他不掐手指，黑眼睛仁转动两下，眉头一抬，答案就出来了，两位数的加减混合运算，无论怎么考，都难不住他。

叶晓晓心生怜惜，暗暗喜欢上了这个聪明的孩子。

小景浩面貌一点儿不亲，脑袋看起来前凸后翘，像个混血儿，额头很高，眼窝很深，眼睛明亮，算起题来，黑眼珠滴溜溜转。用农村的话说，这孩子长大了一准儿是个出跳跳。

小景浩见漂亮姐姐不说话了，居然仰起头，怯怯道："姐姐，我想到学校念书。"

叶晓晓一听，眼泪顿时滚下，她道：

"学校联系好没？"她脑子里刹那间就闪出要帮小景浩到县城上学的念头。

"什么学校？"小景浩的爷爷似乎没听懂，他反问。

"你们不是要他到县城上一年级吗？学校联系好没？"叶晓晓解释。

"没呢，听说年龄限制在7周岁。"

"这么聪明的孩子，早点儿上学更好，你们不用管了，我回县城给想办法。"

叶晓晓绝不是说大话，她心里已经有谱。她想，她的母亲可以帮这个忙。

她的母亲却一口回绝了："不可以，一天正规学前班都不上，直接读一年级，没有先例，再说我在中学，哪能给小学校长发号施令，我没那么大的权。"

叶晓晓扑了一鼻子灰，心情大不高兴，一下午眉头紧锁，一点儿笑影影没有。晚上，她早早进了卧室，拿一本小说翻看。正看着，却听见母亲和父亲在客厅里嘀嘀咕咕。

"你女儿上辈子不知欠了多少债？这辈子年纪轻轻就开始还债。真是个爱操心的命。"

"那还不是遗传了你的菩萨心肠吗？她又给你出难题了？"

"可不。她说一个娃娃没了娘，娃他爸又是个残疾人，卖点儿时令蔬菜，光景不好过，娃娃6岁了，还跟着爷爷奶奶见天在黄土堆里刨土土。唉！"叶晓晓听见母亲说中，长叹了一声，又继续道："你说这农村吧，现在连个学校也没了，那些没能力的人，为了娃娃上学，还要到县城里租房子住下，误了种庄稼不说，待在城里又费钱，而手头里又没有足够的钱，你说这不是难为乡下人吗？最关键的是他们待城里也难有来钱项，这不难为死他们吗？"

"唉！凡人多，只能顺流而下。"

“晓晓说那娃娃少有的精灵古怪。”

“命硬的娃娃往往精灵，把大人的智慧与才智都吸走了，这种娃娃将来一准儿有出息。”

“那你帮帮呀，是女儿的工作。”

“说得轻巧，我又不是孙悟空。”

“你是玉皇大帝。”

“我想想。”

“现成的就有，我听人家说实验小学要盖新教学大楼了，肯定要雇佣看大门的。”

“还是你点子多。”

叶晓晓听到这里，立即冲到客厅，连连道：“太好了！谢谢老爸！谢谢老妈！只要小景浩的爷爷奶奶能看上大门，小景浩就有条件来县城上学了。”

转眼三个月过去，到了学校开学的时间，叶晓晓手牵着小景浩的手到清河县幼儿园去报名，她身后，紧跟着小景浩的奶奶。而此时，小景浩的爷爷已经在建筑工地门房上班了。

四

半年后，清河县扶贫工作验收小组到各贫困村验收工作。

年底，全县扶贫工作表彰大会上，叶晓晓站上了领奖台，她获得全县帮扶干部“最年轻”奖、帮扶成绩“最突出”奖、帮扶能力“最优秀”奖，她一人抱了红艳艳的三本荣誉证书。

大年后，刚刚工作一年半的叶晓晓，被县组织部看中，借调到组织部搞扶贫策划工作。

2018/6/6 于榆林静雅斋

飞哥在后面跟着

两小无猜的异性玩伴，也许才是最适合托付一生的伴侣。

——作者题记

引子

城墙根下住着两户人家，一家男人养着驼队，做着生意；一家男人当着教师，教书育人。养驼队的家里有个男孩，当教师的家里有个女孩，男孩比女孩大了两岁，俩孩子常常一块儿玩，亲兄妹一般。

女孩：飞哥，带我去看长城。

男孩：走吧！

女孩：飞哥，长城很长吗？

男孩：长城像一条龙。

女孩：飞哥，你看，长城还像一只虎。

男孩：那是烽火台。

女孩：飞哥，我累了，走不动了。

男孩：上来吧！哥背你。

女孩：飞哥，让叔叔给你买两个翅膀吧！

男孩：为何？

女孩：有了翅膀你就能飞了，背着我去看龙一样的长城。

男孩：哥现在也可以飞。

女孩：飞哥骗人，你没有翅膀。

男孩：我用胳膊飞，你抓好了。

女孩没抓好，掉地下了，“哇……”哭出了声。

男孩：哥叫你抓好的。

女孩：你的胳膊一飞，我就抓不住了。

男孩：不哭了，哥不飞了，哥背着你回家找好吃的。

一

女孩就是我，我叫杜媛媛，乳名媛媛。

飞哥是邻居家的男孩，叫乔辉。我为何不叫他辉哥呢？

小时候，我有木舌，说话发音不准。我开始学说话时，辉总是拿着棒棒糖让我叫他——辉哥。我为了吃棒棒糖，每次都欢喜地叫，可是这俩字从我嘴里出去后就变成了——飞哥。他说我叫的不对，不给我吃了，我便大哭不止。每每这时，阿姨就来调和。阿姨来了，我当然就能吃到棒棒糖了。后来，辉习惯了，任由我叫，“飞哥”便成了我对他独特的称呼。

我和飞哥一块儿玩耍，一块儿上学，直到大学毕业，这期间，他总惹我生气。我生气的时候，揭他的短处，叫他“病秧子”，或者“吃货”。

先说“病秧子”——

别看飞哥比我大，可他的体质却大不如我，打从记事起，我就知道他经常进医院，还不如我经得起风雨。有时候我还得像姐姐一样保护他。

再说“吃货”——

飞哥命里注定是有钱人家的孩子，他的父母都做着大生意，他一出生，家里就很有钱，他在吃喝和玩具上从来都是“要星星就星星，要月亮就月亮”。在这种情况下，飞哥始终都是胖乎乎的脸，臃肿的身材。

在我眼里，飞哥更像猪，吃了玩儿，玩儿了睡，不帮大人干任何一点儿零活儿，养尊处优，零食不离口。不过我跟着他沾了不少光。

我不善交友，从小学到大学毕业，认识的男生也不少，却从没有跟别的异性同学相处过。飞哥除外，我搜肠刮肚也想不出生活中还有谁和我比较要好，还有谁我比较喜欢，还有谁我会给他讲掏心窝子的话。

上小学和初中，我是飞哥的尾巴，总是屁颠儿屁颠儿地跟在他后面，追着他玩儿，分享他的好东西。到了高中和大学，飞哥成了我的尾巴，总是屁颠儿屁颠儿跟在我后面，说是保护我，怕我吃亏。

大学毕业后，我有了自己的思想，有了一种少女的懵懂情怀。尤其是读了那些优美的诗文后，会产生想谈恋爱的念头，也会在夜深人静时想起飞哥，想他对我的好，想他胖胖的身材，想他弱弱的体质。我以为，飞哥就是我的哥，只能是我的哥，不可能是别的什么。于是，我把自己想谈恋爱的想法，傻不唧唧地告诉了他。他望着我韵味悠长道：

“那就谈啊。”

“和鸟谈吗？”说完，我笑得前仰后合。

他的脸色旋即变成绛紫。

我不能评定自己是否漂亮，飞哥却说我绝对好看；我不能确定自己是否苗条，飞哥却说我绝对是窈窕淑女。可他在我眼里越来越没形了，他一米七四的个头，体重竟然快一百公斤了。我也不是傻子，不是不懂他对我有意思，但我没有办法让自己爱上他。他越对我好，我心里越难受。我无论如何也不可能把他当作我恋爱的对象。相反，随着年龄的增长，我开始讨厌他。

一段时间，我以为他跟着我，会阻碍我与其他异性接触的机会，会影响我恋上其他男生的正常思维，我开始刻意躲着他，仿佛甩掉尾巴一样，想办法甩掉他。

二

一个傍晚，我读到一组诗，伤感、婉约，有浅浅的情怀挂在里面，有淡淡的幽怨埋在其中，甚是打动我。我仔细一看，作者叫秦方，是报社的新闻采编。

读秦方的诗，给我一种错觉，似乎每首诗都在传达、倾诉一种凄美的情感，让人不自觉地进入诗中，感受清风拂面的舒爽，甘汁润肺的舒畅，小桥流水的欢畅。

特别特别享受，那是我从来不曾有过的新鲜感觉。

我开始关注秦方，关注他的诗。他的诗，让我对爱情有了渴望。

一次偶然的机会，我与他相遇了。单位开庆功会，邀请报社的人来做采访，负责接待的人是我。当他站在我面前介绍自己的时候，我的心就开始激动不已，仿佛身上每一个毛孔都在欢欣愉悦地歌唱。

秦方大我 4 岁，有种成熟男人的沧桑感，健康的肤色，健美的身材，潇洒的举止，幽默的谈吐，伶俐的口齿。

他富有磁性的声音以及他浑身散发的那种阳刚之美，让我胸腔内的爱情火苗，在那次庆功会后熊熊燃烧起来。

通信的便捷让我很容易了解秦方的兴趣爱好。

秦方除了每天的工作——做新闻采访、写报道稿件之外，他的业余爱好是跑步和写诗。

写诗，我学不来；跑步，我完全可以。

为了与秦方增进友谊，不，是拉近距离，我也开始跑步。我要喜欢秦方所喜欢的，爱上秦方所爱好的。

我的肺活量小，刚开始跑步，跑不了多远就气喘吁吁。但是，为了能与秦方接触，我暗中下功夫，独自练习跑步，甚至在夜晚苦虐自己，从而提高肺活量，提升跑步速度与身体力量。为了引起秦方的注意，我也到秦方晨跑的植物园晨跑。

秦方在我的眼里越来越帅，越来越酷，因为他的诗，因为他的跑步。市内举办的一次越野跑活动上，秦方彻底颠覆了我的意志，我变成了单相思。

那次越野跑活动，秦方获得了男子职工组冠军。

看着他站在领奖台上，一手举着红色荣誉证书，一手举着亮光闪闪的奖杯，我不由得欢欣愉悦，仿佛站在领奖台上的根本不是他，而是我本人；我不由得拿起手机，把他阳光灿烂的笑脸留在我的手机里，并且设置成手机墙纸。

下午，飞哥来家里小坐，他拿起我搁在茶几上的手机，端详着手机显示屏上秦方的照片，惊道："谁？"

"跑友。"我轻描淡写道。

"我认识他。"

"知道。"

"每天跟你一起跑步的是他？"

"那是。"

"少和他接触，明天开始我陪你跑步。"

"你？拉倒吧！就你的身体，就你这块头还跑步？别拿命搏了。"我压根儿不相信他能跑起，会陪我跑步，他连快走的精神都没有。

次日一早，我刚到植物园，恰好遇见秦方绕着植物园的跑道从我眼前跑了过去。我选择了反向跑，这样跑的好处是，我能迎面看到秦方，方便和他打招呼。

植物园曲曲弯弯两公里的跑道，秦方跑两圈，我只能跑一圈。

就这样，一日，两日，一个礼拜，两个礼拜，一个月，两个月。慢慢地，我跑步的时间延长了，速度也提高了，我和秦方的关系也由陌生变为熟悉了。

其间，飞哥始终像跟屁虫一样在我后面费力地跟跑，有时他会气喘吁吁地追上来提醒我——累不累；渴不渴；渴了，停下来喝点儿水再跑；累了，走一阵，缓一缓再跑。

一日，飞哥跟我一本正经道："你跑到哪里，我跟跑到哪里，我愿意借坚实的肩膀，宽厚的胸膛，让跑累的你，靠上去休息。"

倘若这诗意的语言由秦方对我说出，我会感动得一塌糊涂。然而，这话语从飞哥嘴里说出来，仿佛一股穿堂风，从我左耳进入，从右耳立即出去。

飞哥越来越像一个爱叨叨的阿婆，让我除了耳烦，只剩心烦。为了不让他跟着我，我故意不理睬他，也不喝他递上来的水，每日跑步结束也不和他打招呼，仿佛陌路人一般。

全因他跟着，我想和秦方多说几句话的机会都没有。

一日，秦方看到我时，居然转向和我并排跑起来，还放慢速度，和我边跑边交谈。我身后两米远，飞哥正吃力地跟跑。

仿佛我心里装着的小秘密被秦方发现一样，我的心脏旋即狂跳起来，脸颊旋即发热起来，以至于头发根冒汗，呼吸也开始错乱，跑着跑着便气喘吁吁起来，仿佛六月天里，红红的大太阳下，过分干渴的狗，大张着嘴巴呼呼喘气，却又不愿停下奔跑的脚步，唯恐错失了与意中人的交流机会，身体宛如定了发条的摆钟一样，任惯性向前匀速移动。

“看你累的，我们走走。”

很能体谅女生的感觉，秦方说话时伸出手拉了一下我的胳膊。仿佛得到强制指令一般，我立即由跑步变为走步。

我们一起走到植物园最里面的的一块空地上。秦方教我做拉伸运动。我却心不在焉，做出来的动作超级僵硬，超级搞笑。

飞哥也不跑了，他也跟到距离我们不远处，甩胳膊，踢腿。

“你认识他？”秦方看着飞哥问我。

“嗯。”

“把身后的目光挡住，还一片清净之地，让心无拘无束。”秦方一边压腿，一边自言自语。

“你在背诗吗？对了，你知道吗？我是你的粉丝，可喜欢你的诗歌了。”我为有机会说出这句话感到莫大的欣慰。

“不是，我问你话呢。我的意思是要不要让他离我们远点儿，留我们两人一块儿说话，我发觉他就像你的尾巴，他为什么总跟着你？你喜欢他跟着你吗？”秦方解释。

听他这样说，我甚感欢喜。

秦方连随便说话都能这么有诗意，如果他能为我写一首诗，那不知又会是如何让人心荡神驰、醉意绵绵呢？

于是，我回他道：“我们是邻居，发小，我叫他飞哥，我们还一个碗里吃饭呢。没事，你尽管说。他听见也没关系。”

“那我说了。”他又强调。我点点头。

“我们可以处朋友吗？”他说出了我想听的话。我点点头。

“可我感觉他就像你的尾巴，别让他总跟着你。”

"我叫他哥哎，我怎么好意思明说，再说他是为了保护我呀。"

"以后让我保护你，好吗？"说完，他眉头一抬，似乎要我立即表态。

"你保护我？八字还没一撇呢！"我是淑女，纵然万般喜欢他，也要装出一副矜持的姿态，这是处世之道。

"怎么说呢？你不是答应和我处朋友吗？怎能让邻居哥哥跟在后面？究竟还是小女孩子，没谈过恋爱。"他一本正经道。

"你经验丰富哟！"

"那是，比你多吃好几年盐呢。"

"你谈了几次恋爱呢？"

"嘿嘿，也没几次。"

"教教我怎样谈恋爱，我当你学生。"

"你说的，不反悔？"

"有拜师还反悔的吗？"

"那我给你上第一课，你认真学。"他看着我，眉毛又上抬了一下。

这个动作调皮，挺招人欢喜。我点点头。

突然，他旁若无人一般，一把揽住我的头，开始吻我。

我佯装反抗，极力挣脱。他反而抱得更紧了。我乘势闭了眼睛，身体也酥软在他的怀抱里。

我以为爱情就这样骤然降临了，仿佛九霄云外的狂飙，顷刻间，把我的心整个带往深渊。

然而，就在我陶醉的时候，猛然间感觉到，我们被人强行分开了。

我睁开眼睛，只看到秦方仰面倒在地上，鼻子和嘴里全是血。飞哥怒睁着两眼，凶神恶煞地瞪着秦方。我看见倒地的秦方，心疼极了，我抢上前，扑下地，跪在秦方身边，掏出纸巾为他擦嘴角和鼻孔四周的血。飞哥却一把拉开我，向我吼道：

"你怎么这么贱？别人占你便宜，你还这样，自爱点儿好不好？"

飞哥太不懂我了，他的话让我义愤填膺，我握紧拳头，朝着他一拳打了过去。飞哥一把抓住我打过去的拳头，怒吼道：

"你还打我，歪好不分啊！知道这是为你好吗？"

我把满心的怨气化作两行眼泪，使出吃奶的力气，声泪俱下地向飞哥吼道："你说什么啊？谁占我便宜啊？我喜欢他，我爱上了他，我和他谈恋爱，我将来要嫁给他，我的事不要你管，以后别总跟着我，我讨厌你，你离我远点儿，我再也不要看到你了。"

飞哥欲言又止，怔怔望着我，转身离开了。

秦方过来安慰我，他掏出纸巾为我擦泪。顿时，我有种感觉，仿佛自己已经被他融化成一摊春水。

"还疼吗？"我问他。

"不疼，一点儿都不疼，反而感觉这里特舒服。"他说着用右手按住左胸。

"对不起！都怪我，害你挨打。"

"不怪你，真的不怪你，你太可爱，太实诚，我更喜欢你了。以后，我一定会对你好，一定好好保护你。"

我点点头。

"你刚才讲的是气话还是真话？"

我先摇头，继而又点点头。

"今天中午我请你吃饭，庆祝我们迈出恋爱的第一步。"

此后，我和秦方确立了恋爱关系，但我没有告诉父母，我怕父母阻止，因为秦方是外地人。

我完全沉浸其中，不能自拔。我和他一块儿跑步，一块儿参加活动，一块儿郊游，一块儿吃饭。他给我买跑步装备、女士皮包以及一些精美的小玩意；他给我写诗，朗诵诗，唱歌；最让我陶醉的是，他每次出差回来，总给我带小礼物。

三

一日，我和秦方参加一个情侣跑活动。具体环节是，情侣并排站立，绑住中间两条腿，两人配合跑完一百米，取用时最短的前八名予以奖励。

我总以为我和秦方会配合默契，顺利完赛，没想到，我们没跑几步，就双双摔倒在地。我满脸窘迫。秦方一脸尴尬。秦方不来关心我，也不问我摔疼没有，更不怪自己没有配合好我，反而埋怨我道：“你怎么这么笨？连这么点儿默契感都没有，我们被淘汰了，拿不到奖了。”

他竟然看奖比我都重要。

我怏怏不乐，参加活动前欢喜而激动的心情立即化为乌有，随之而来的是悒悒不乐，幽幽伤感。我不由得连连问自己，他怎么会这样？他怎么这样？

我和秦方被淘汰出局，我们要退出场地。负责后勤的志愿者解开我和秦方的绑腿。秦方一脸阴沉，退出赛场，坐在草地里兀自观看别人跑步，却没来搭理我。我站起来时，猛然感觉到一只脚腕剧烈疼痛，竟然站立不稳，又跌倒在地。志愿者大概看到我要哭的表情，马上用喇叭喊医护人员过来。

飞哥从观众里跑了过来，他一把抱起我，飞一般地跑向救护车。只见飞哥脸上飘过一阵又一阵焦急的神色。

我惊呆了。飞哥哪里来的力气？竟然抱着我，还能健步如飞。

飞哥的脸瘦了好多，黑了好多，显出了陕北男儿特有的健康与阳刚，我在他宽大的怀抱里感到了一种特有的安全和温暖。

我不是单纯的崴脚，可能伤到某个部位了。单纯的崴脚经救治后，歇缓一阵，完全可以走路的，而我却疼得不能站立，整个脚腕都肿了起来。

医护人员要带我去医院做进一步的检查。

我是多么希望秦方能陪我同去，我需要他的安慰，哪怕只是一个温柔的目光。然而，我在救护车四周的跑友里面却没看到他。是飞哥跟我到了医院，是飞哥抱我坐在轮椅上，是飞哥推着我去做检查。

医生说我的脚腕肌肉严重拉伤，得静心休养一百天才能完全恢复。我急坏了，冲着医生问：

“怎么那么长时间？我以后上班怎么办啊？”

“伤筋动骨一百天，想让自己变成残废，也可以像拐子一样走路。”医生是个凶巴巴的男人，说话一点儿都不友好。

“上什么班啊？请假。”飞哥嗔怪我。

“去办理住院手续。”医生撂下一句话走了。

事不凑巧，母亲在我脚伤的前一天刚好跟着老姐妹们组团去旅游了，少说也得一个礼拜才能回来。父亲任教的学校距离家远，周末才回家来。这样一来，在医院陪护我的重担又落在飞哥身上。飞哥在医院里，跑前跑后，跑上跑下，而我的脑袋，仿佛被驴踢了一样，满脑子想的全是秦方。飞哥毕竟取代不了秦方。

秦方在第二天终于出现了。他手捧一束花，向我道歉，祈求我的谅解。他说那天之所以不来，全因他肩负着采访的工作，他必须等活动结果出来，才能离开活动现场；他还说看见飞哥抱着我上了救护车，他心里就踏实了，全因飞哥对我的好带有亲情的成分在里面，他最能放心。我在表面上不屑于他的解释，对他一脸冷冰冰，但心里却早就温暖如春了。

此后一连数天，中午下班，飞哥来医院陪我，给我买药，打洗漱水，买饭；下午下班，秦方来医院陪我聊天解闷。

出院后，我要去上班，飞哥又担负起了每天早上送我到单位的义务。他从家门口搀扶着我，一步一步从五楼走到一楼，穿过院子，下到地下车位，扶我上车后，开着车先把我送到单位，才去他自己的单位。我的单位在城市的西南角，飞哥的单位在城市的东北角，我们两个单位之间相距 15 公里。飞哥每天要早起两个多小时，才能挤出护送我上班的时间。这期间，我知道了飞哥正在参加马拉松医疗救护员培训班。

秦方的单位距离我的单位不远，刚好那段时间，他开始了考研前的复习，他把出去采集新闻的任务调换了出去。下午下班后，秦方带着我吃遍榆城的风味小吃，唱遍榆城的卡拉 OK。

偶尔，我和秦方坐在公园里林荫下的石凳上，看人来人往，听鸟鸣婉转，观儿童嬉戏，滔滔不绝地讲单位里的新鲜事；偶尔，秦方会把车开在一个风景优美的地带，享受爱情中独有的宁静和尘世间特有的祥和。爱情中的日子过起来，仿佛云飘一样，轻快而曼妙，舒心而愉悦，不知不觉，我的脚伤彻底恢复了。

四

秦方给我说，两个月后，市里要举办大型赛事了，是古长城沙漠马拉松越野赛，他已经报名。为了秦方，我当然要报名参赛了。于是，我恢复了跑步，每日早晨，在植物园里，又与秦方肩并肩一起跑步了。我们一起吃早点，一起出现在各种场合，甚至出现在飞哥面前。

越野赛如期举行，秦方报了50公里的挑战赛，我报了10公里的体验赛，飞哥已经是一名专业马拉松医疗救护员了，他的角色是跟着参赛选手跑，发现参赛选手出现意外，第一时间进行救助。

开赛了，鸣枪后，来自全国各地的跑步爱好者，如潮水般漫上了榆城毛乌素沙漠里，古长城沿线，新开辟出来的沙土路。

大太阳早早就出来了。

大太阳下，跑着跑着，我就感觉体力不支，但我用意志坚持着，我想跑到终点，想在终点的烽火台上与燃放狼烟的古战士合影留念。

与燃放狼烟的古战士合影留念，是这次越野赛的亮点。

然而，跑到5公里处，我的右腿开始剧烈抽筋，小腿肚上的肌肉仿佛拧麻花一样，拧到大腿根上。身体不由我控制，脚一趔趄，整个人立马滚倒在沙土路旁的沙柳林里。沙柳林里有刺刺草，身体滚倒后，宛如刀割一样，裸露在外面的腿、胳膊和脖颈，顿时火辣辣地疼了起来，随之天空也开始旋转。

恰在这时，飞哥从天而降了，降临在我眼前。他抱我到赛道边没有植物的空地上，解下背上的急救箱，在一个瓶子里倒出一粒药丸，用随身带的矿泉水，喂我吃了；又在另外一个瓶子里倒出一粒盐丸，喂我吃下；最后，又拿出一瓶喷剂，喷洒在我肌肉痉挛的腿上；之后，他细致认真地按摩起来。飞哥的手看起来笨拙而奇大，手法却娴熟有力。只一小会儿，腿上的肌肉痉挛骤然停止，随之而来的便是酥酥麻麻的舒服感。

我跌倒的地方是一段平缓的沙土路，是赛道每200米一个志愿者的中间部分，前后的志愿者恰好不能及时顾及，还好飞哥正好赶到，否则我就要倒大霉了。

飞哥怎么就正好跟在我后面呢？他是我的真命天子吗？是巧遇？还是飞哥特意安排？我得好好问问他。

“你没去跟挑战赛跑？”我轻声问。

“好点儿了？”飞哥答非所问。

“好多了。你现在懂得真多。”

“懂得再多有甚用？你还不是不喜欢我，叫你的诗人现在来救你。”飞哥一边按摩一边说，话语里含着醋意。

“你是我哥啊！这么小气？”

“开玩笑的。”

“怎么这么巧？”

“你的眼睛又没长在后脑勺。”

“哼，也不叫我一声。”

“别说好听的，你稀罕我和你一起跑吗？你的诗人怎么不陪你一起跑了？”

“小气鬼。”

“爱情中的女孩子真娇贵啊，又中暑又抽筋，之前你在我面前坚强得很，你忘记了？”

飞哥在挖苦我，我偏不接他的话，让他无趣。

“我看见沿途的补给点，你也喝水了，怎么真就这么娇贵了呢？”

我心里清楚得很，他吃秦方的醋，他这样，我心里很不是滋味，我不要他按摩了，谁让他那么爱吃醋。想到这儿，我又道：

“好了，我得继续跑，谢谢你！回去我好好写篇文章，登报表扬你。”说完，我一势坐起，可是肩膀和后脖颈却火辣辣地疼起来。原来刚才跌倒时被荆棘划破了。我也搞不清自己怎么真娇贵了，竟然“噢哟！”叫出了声。

“又咋啦？”飞哥问我。

“可能划破了。”

“哪个部位？我咋没看到。”

“后脖颈，肩膀后面。”我用手指给他看，又问他：“有没有创可贴，给我贴两张。”

“不亏。叫你逞能。跌倒时划破的吧？哦哟！好几道红印子哟！那会儿你怎么没喊疼？怎么才有反应了？”

飞哥就像一个阿婆自言自语，他说话一点儿不影响工作，很快，他就麻利地给我贴好了。这下正式可以开跑了，我蹲下来，系了系鞋带，做好开跑的准备。

“你还能跑动吗？老实坐着，等收容车过来。我得走了。”飞哥说完，跑走了。就是爬，我也要撞过终点线，我要与古战士去合影，我要完赛纪念奖牌，这机会太难得了，我都跑7公里多了，怎能临阵逃脱？我才不当逃兵。我跟在飞哥后面也跑起来，可是没跑几步，我又不行了，我感觉自己喘得厉害，小腿沉重，一步也迈不出去。我看着已经跑走的飞哥，挣扎着高声叫道：

“飞哥，你等等我行吗？”

飞哥转身，看见我蹲在路边，又折转回来，凶巴巴地吼道：

“你连命也不要了，等收容车，好不好？”

“我想要那牌牌。”我弱弱道。

“不要命，要牌牌做甚？”

“就要。”

我一脸懊恼。我搞不清楚，不知是因为他的吼叫而难受，还是因为不能跑到终点而遗憾。他瞪着我，良久，他转过身，背对着我蹲了下来，低沉道：

“上来，我背你到终点，让你拿到牌牌。”

我怎么好意思让他背着我跑，我绕过他。他一把拉住我，把急救箱递到我的手里，强行把我背起来。我在他的背上摇晃，要他放我下来。他置之不理，只管向前跑，而且两只手紧紧搬住我的两腿。仿佛断线的珠子，我的眼泪连珠成串掉了下来。立时，我的脑子里出现了一个儿时的画面——我和飞哥一起玩耍，我瞌睡了，不想玩了，坐在地上蹬着两腿直掉泪。飞哥看见我哭，他慌了，好吃的拿出来哄我。我还哭。他问我：“你说话呀，你要什么？”我哭着说：“我瞌睡了。”他拉我的手站起就走。我却拽住不走，继续哭。他看看我，便蹲下来，给我他的脊背。我顺势就趴上他的背。他费了好大的劲儿，才从地上站起来，继而左摇右晃地走起来。想到这些，我的眼泪更多了，一滴一滴滴落在飞哥已经湿透的T恤上。飞哥头发林里的汗水也更多了，一滴一滴从头发林里滚落下来，沿着脖颈，流淌在他的湿透的T恤里。我低下头，绕过他的侧脸，伸出舌头，把挂在他耳垂上的一颗汗珠轻轻舔在我的舌尖上。一种咸咸的味道就在我的舌尖上回旋，回旋，最后回旋出一种甜甜的感觉来。

飞哥背着我跑的过程中，很多跑友都超过了我们。他们掉转头，竖起大拇指，喊着：

“加油，帅哥。”

“帅哥，超级棒。”

“帅哥，好运会伴随你一辈子。”

飞哥听到这些赞美声时，他会抬头看一眼对方，以示答复，然后继续奔跑。他一直背我跑过了9公里的路标，在一个拐弯处，放我下来，然后用手抹了一把脸上的汗水，甩进沙土里，对我道：

“拐过弯就到终点了，我们走过去，可以赶在关门时间内完赛。”

“你后来锻炼得不错呀，体质杠杠的。”

“这得感谢那臭小子，他刺激了我。你们现在怎样？何时结婚？”

“你不恨他？”

“恨他做甚？只要他对你好就行。我后来想开了，你做我长久的妹妹，我们能一直这样下去也好。”

“他的50公里还早，今天回去，我请你们吃饭，和他和好，做朋友行吗？”

“改天吧，你到了终点，自己玩儿一会儿，我还有任务，要迎接50公里返回来的选手。”

临到10公里终点，飞哥提醒我跑起来，继而我们分路。飞哥沿着50公里的赛道跑走了。我举起双手，欢欣鼓舞地撞过10公里的终点线。

秦方在这次越野赛中没有获奖，但他并没有之前没有获奖后的落差感，反而在完赛后，异常兴奋地感慨了许多：“我得了奖才不正常。这是一场高级别，高标准，高亮点的赛事，你知道参赛的都有什么人吗？十几个国家的哟！这次赛事男子前三名都被埃塞俄比亚人包揽，第四名和第五名是肯尼亚人，六七八名才是我国选手，我连菜鸟都算不上，只算充数的。”

三天后，榆城古长城沙漠马拉松越野赛的航拍视频在腾讯网推了出来。视频开始，镇北台就像一只猛虎，昂首仰卧在一片苍翠里，而那古长城则宛如一条长龙盘旋在毛乌素沙漠里，一个个墩台却像闪耀在龙身上的灯盏，耀眼而光芒四射。那是壮观而震撼人心灵的画面，那是我想吸进眼睛的画面。我正看着，视频里突然出现了飞哥背着我跑步的画面。一阵感动又漫上心扉，禁不住泪眼婆娑起来。

我正感动着，秦方的微信过来了，他写了一段话——你受伤了？赛后怎么不给我讲？他背着你跑了那么长的距离，挺让我感动的，我想请他吃饭，对他当面道歉，你帮我约下。可以吗？看到回消息。

周末，我把飞哥和秦方约在一起，屁股还没坐热，秦方却以记者的身份要采访飞哥，却被飞哥拒绝。

“媛媛是我妹子，关心我妹子是我的责任，有什么好说的。”

飞哥撂下一句话，便离开了。留下我和秦方，半天都回不过神来。

五

入冬后，父亲单位的接送车与别的车相撞，车上六人受伤，父亲万分不幸，正好在其中，他的一条腿骨折，被拉进榆城医院治疗。

母亲承受力极差，她看见父亲的一条腿全打着石膏，竟吓得哭哭啼啼起来。医生也不讨人喜欢，尽说一些夸张的话，害得母亲更是神经兮兮。母亲以为父亲从此会变成残废，情绪变得忧虑难安。我便整天医院、单位、家里不停地来回跑，仿佛一只不知疲倦的陀螺。飞哥知道后，每天中午和下午下班也往医院跑，他开导母亲，安慰父亲，帮我买饭、买药。

我打电话给秦方，希望他能及时出现，给父母留个好印象，也趁机把我们恋爱的事情向父母公布。但我的电话打过去，秦方却说他在外地出差，要半个月才能回来。我心里顿感失落，禁不住暗暗问自己：怎么每次需要他的时候，他总不能出现？

半个月后，父亲出院了，出院当天，飞哥把父亲从医院病房一直背到楼下，然后开车到我们小区，又背父亲从一楼走到五楼。父亲和母亲看在眼里，喜在心里，言语上对飞哥极尽满意，偶尔背过飞哥，又提醒我关照飞哥吃喝，还让我以后一定好好对飞哥。

天呀！这该怎么办呀？我得向父母摊牌了，否则误会更大了。然而，没等我摊牌，父母先和我摊牌了，他们要我和飞哥尽快确定关系，以免好女婿被别的女孩抢走。

我面露难色，不知怎样跟父母解释。此时，我已经和秦方发展到水乳交融，不分彼此的地步了。

父亲等不及，又追问："你究竟怎么想的？我们是看着辉长大的，这些年，他对你的好，对我们家的照顾，我们看在眼里，我和你妈都喜欢他，诚实本分，不要心眼，如果你们真能在一起了，我们肯定欢喜，肯定高兴。"

我对自己突然间没有了信心，感觉自己和秦方的恋爱似乎变成偷情一样，见不得阳光。我不敢把秦方的名字说给父母听，也不敢把已经恋爱的事情披露出来。面对父母的追问，我不能正面回答，只能搪塞他们。我轻描淡写道："我的事不要你们操心，过段时间给你们答复。"

再不能隐瞒父母了，必须让秦方出现了。恰好，秦方打来电话要见面。见面后，秦方先跟我道歉，之后又温柔地，体贴地，暖心地安慰我，仿佛一阵微风，拂走我对他的丝丝不满，又宛如给我灌了一杯蜂蜜水，阵阵甜意漫上心扉。临别时，我要秦方跟我去见父母。他却又说晚上的飞机，说他要去省城参加研究生考试，说等考试结束一定陪我见父母。等他从省城回来，我再约他，他却又说有采访的任务。后来，单位每天都要加班，我忙了起来，便把邀秦方见父母的事情搁浅了。

两个月后，榆城国际马拉松赛鸣枪开跑。

秦方报了男子组全程马拉松（42.195 公里）。我报了女子组半程马拉松（21.0975 公里）。飞哥依然是以马拉松医疗专业救护员的身份参赛。

开赛当日早晨，榆城的天空瓦蓝透亮，街道干净清爽，体育场里更是彩球悬挂，彩带晃眼，人头攒动，一派热闹的气氛。扩音器里播放着节奏明快，旋律高昂，让人热血沸腾的音乐。领操台上，一男一女穿着紧身的运动衣，带领着前来参赛的运动员，跳着劲爆的热身操，那姿态优美而张扬，那体态健美而匀称，那模样，男的酷帅，紧身衣里的肌肉像要蹦跳出来一样有弹性地弹跳着；女的标致，修长的双腿，白嫩的胳膊，挺立的胸脯，上翘的臀部，激情四射，魅力动人；领操台下，前来参赛的运动员，上身穿着宽松 T 恤，下身穿紧身的压缩裤，脚上蹬着跑鞋，前胸佩戴号码布，腰里系着运动腰包，手里拿着手机，跟着领操员，在音乐的伴奏下激情地跳着，欢喜地叫着，高兴地自拍着。领操音乐停了，主席台上，主持人出现了，拿着话筒开始讲话，但是，参赛运动员太多，导致台下的说话声淹没了台上的讲话声，只看见一个个器宇轩昂的男人，穿着正装，从侧台鱼贯登上主席台；主持人又开始讲话，讲话声依然听不清，紧接着话筒转移到另外一位手里，一会儿又转移到下一位手里。高高的起点拱门下，正中间悬挂的计时钟上，此刻时间显示7时59分。这时，主裁判登上主席台。台下的运动员们已经做好了开跑的准备。台下突然不吵吵，静悄悄了，运动员们在凝神等待。话筒又移到主持人手里，主持人又讲话。主持人的话声落，主席台上枪声响。顿时，枪声被欢呼声淹没了。

人如潮水，涌向前方，熟悉的歌声《让我们跑起来》随着人流，在空中响了起来：

让我们跑起来如风一样，迅如闪电追逐健康。让我们跑起来如鹰一样，翱翔天宇穿越海洋。让我们跑起来如水一样，拥抱欢乐丢掉暗伤。脚步在大地上舞蹈，信念在胸膛里奔放。嗨一声霸气传九州，幸福的汗水在荡漾。

让我们跑起来如风一样，追求光明沐浴阳光。让我们跑起来如鹰一样，咏唱和平抒发激昂。让我们跑起来如水一样，荡涤烦恼寻找吉祥。脚步在大地上舞蹈，信念在胸膛里奔放。嗨一声霸气传九州，幸福的汗水在荡漾，在荡漾。

我跑得很顺利，几乎是一路狂奔，我并没有感觉到累，并没有感觉到任何不适。然而，就在我撞过半程终点线，志愿者马欢给我挂上完赛纪念奖牌的时候，我突然间感觉到自己头晕目眩，胸口憋闷，眼前一黑，我便什么也不知道了。

当我再次醒来，便发现自己在医院里，我床边站着志愿者马欢。

马欢看见我醒来，当即就哭了，她哭着给我讲了，我撞过半程终点线后，兴奋过度，猝死而又被抢救回来的全部经过。

阿弥陀佛！我家祖上真积了大德，福报降临在我头上了。

马欢第一次面对马拉松运动员猝死，她吓哭了，吓呆了。

马欢负责给完赛运动员发放完赛纪念奖牌，她第一次经历这样的赛事，她根本不懂什么医疗救助，看到我手举奖牌，欢呼跳跃，随之晕倒的那一刻，她根本没想到什么猝死，她以为我只是普通的晕倒。但当她要扶我站起的时候，她看见我口吐白沫，眼睛大睁，便尖叫一声，接下来只有浑身哆嗦了。

半程终点的负责人跑向我，摄影师跑向我，完赛运动员跑向我，人们把我团团围住，却没有一个人懂得怎么抢救。就在这时，飞哥从绿化带外跳了过来，他当时正帮一个完赛后小腿抽筋的运动员做按摩，他听到女孩的尖叫声，撂下那个运动员赶过来抢救我。绿化带太宽太高，飞哥一次没有跳过来，右脚在公路辅道与主道之间的绿化带里垫了一下，绿化带的植物在他的右小腿上划下几道红印印，往出渗着血；他跳落在那群人跟前的时候，左腿膝盖先落地，在柏油路上蹭掉一块皮，鲜血直流。他顾不了自己流血的伤口，拨开人群扑向我，他放平我的身体，让我处于仰卧的状态，用手掏出我口里的白沫，接着给我做人工呼吸和胸外按压。

其实，半程终点停着救护车，但救护车掉头，往过来开，得耽误一些时间。多亏了飞哥，否则我真就与世长辞了。飞哥赶到我身边是两分钟内，而救护车赶过来已经是四分钟了。

组委会派马欢跟到医院方便照顾我，飞哥的膝盖和小腿都需要清洗包扎，也跟着救护车到了医院。

我被抬上救护车，现场留下两摊血，一摊是飞哥的膝盖流出的，一摊是我下身流出的。

参赛选手和现场的观众都窃窃私语，说我不要命了，月经期间怎么还跑步？

出事的是我，马欢却成了新闻采访的对象，她只好语无伦次，反反复复，仿佛老师考学生背诵课文，学生一时想不起来，磕磕绊绊地翻过来倒过去地复述。

马欢正给我学说，飞哥提着保温饭盒，带着衣服包进来了。马欢见飞哥进了病房，她给我打了声招呼，就跟飞哥告辞，回家去了。

飞哥的脸色雪白，几乎没有一点儿血色；他的右小腿肚和左膝盖上缠着纱布和绷带；他的眼睛通红，里面有泪花打转；他和我的目光对接片刻后，嘴角上扬，牙齿露了出来，分明在笑，眼泪却像断线的珠子掉了下来。

我第一次看见飞哥哭，是笑着哭，有点儿难看，有点儿可爱。飞哥的眼泪，滴落下来，叩击着我的心扉，震撼。

当天下午，秦方来医院看我。他一见我就问：

“你怎么在妇产科病房里？”

我当即惊得六神无主，灵魂似乎离开了我的躯体，升上天一般，我呆呆地望着他，没了反应。我怎么知道自己在妇产科病房？谁也没有告诉我，我醒来看见的人除了马欢，就是飞哥了。他们谁也没有告诉我。若不是秦方问我，我还不知道自己在妇产科病房呢。

我无法回答秦方的问话，我和他四目相对的瞬间，我发觉他的眼神略带焦虑与不安。我读不懂他的眼神，他为什么看见我没有一点儿欣喜的表情？也没有想要拥抱或者上来亲亲我的举动。“你怎么在妇产科病房？”我脑子里始终回旋着这句话。这句话让我无地自容，让我尴尬万分，如果有个地缝我真的想钻进去。我还没有结婚，就住进了妇产科病房。那时，我真不知道一个女孩住进妇产科病房，能有几种解释。我唯一能想到的是我可能……天呀！我不敢想下去了。倘若果真如我所料，那么飞哥也知道了。母亲也知道了。或许更多的人都知道了。他们会用怎样一种眼神看我？而接下来，我会面临什么？我不敢想。我最不能面对的是母亲。她一直教育我要洁身自好，要学会自爱，而我现在……她的脸面是不是让我丢尽了？

“你受苦了，我去问问医生。”

我拽住了他，没有让他去。我突然间怕他知道更多。

“我没能在第一时间出现在你身边，非常抱歉。”

他能来，我已经很高兴了。

“我是听到你出事消息的第一时间跑过来的。”

我完全相信，他刚跑完 42.195 公里，看起来还非常疲惫，脸上的汗痕和盐粒都明显可见，而他平时是非常讲究的人，这充分说明，他还是替我担心的。这样想的时候，我的心情稍微好些了。

“你饿了吗？想吃什么？我给你去买饭。”

我摇摇头。飞哥让医生叫走了，他已经把饭带来了，只是没来得及让我吃，估计他快来了。

“你生我的气了吗？早知如此，说什么也不该让你报名。”

我摇摇头。这是他来看我之后，我做的第二个表示回复的动作。其实，我可以用语言表达的，但我不想说，好像我刚刚挣脱死神，灵魂还没有完全附在身体上一样；又像是有思想左右着我，要我像珍惜生命一样珍惜自己所说的每一句话。最关键的是，秦方的那些话语好像打动不了我，引不起我的共鸣。在我看来，秦方那些话极其轻飘飘，没有一点儿分量，宛如抽烟人口里吐出的烟雾，飘飘出去，便没入空气里，变成了雾霾。

“我得告诉你，我考研通过了，为期两年，两个礼拜后，我就要到北大报到。”

这消息难道他是刚刚知道的吗？昨天见面他还没说呀。他为什么在这节骨眼上说呢？仿佛被针扎一般，我的心感到一阵一阵刺痛。是因为他要离开我吗？我简直不可救药了。

“走之前，我必须确定我们俩的关系，你是不是有了？”他说了一半，停住了，接着又说：“怎么就不告诉我？”

飞哥进来了，他看一眼秦方，不打一声招呼，径直走向我，把床摇起来，让我处于半卧状态，继而打开保温饭盒。顿时，小米米汤喷香的味道便满房子弥漫开来。我端起，狼吞虎咽地喝了起来。飞哥看我喝得香，把秦方叫出了病房。一刻钟后，飞哥一个人又进了病房。我纳闷，秦方怎么没回来？我向门口张望了几眼。飞哥似乎察觉出我的心思，他恨恨道：

“什么东西，我揍了他一顿，他走了。”

“为什么啊？”

“傻妹子，今天若不是我，你真没命了。”

“与他有关系吗？”

“关系大了，没有他，你会这样吗？太危险了，我一直担心你活不过来呢，现在好了，过去了，让我们都忘掉过去。”

“为什么？我不明白。”

“我不好意思说。”

“说。”

“你流产了。”

“啊？”这消息太雷人了，我半天没了反应。我不知道自己以后应该怎么面对飞哥。但是，飞哥也太不替我考虑了，他怎么能打秦方呢？这事情也不能怪秦方一人啊！一个巴掌咋说也拍不响，如果没有我主动喜欢秦方，秦亏又能把我怎样？唉！飞哥呀飞哥，你说你把秦方打一顿，把他打跑怎么办呢？想到这儿，我又怪怨道：

“那你也不该打他呀。”

“是你的终究是你的，我能打跑吗？如果他那么不经打，一打就跑的话，你也没必要留恋他。”

飞哥说的也对，是我的，怎么能一打就跑了呢？想到这儿，我又觉得飞哥做的没错了。我最担心的是母亲知道后是什么反应，我得探个底。

“我妈也知道了？”我问飞哥。

“没有，我没有告诉她，她不会知道。别怕，没多少人知道，都以为你是猝死，现在抢救过来了，都高兴还来不及，别的事情都不算事情。”

“那我什么时候能离开医院？”

“晚上。出院手续我一会儿去办。本来是要住几天的，我担心有人来医院看你，住妇产科不好，就极力要求让你出院，我谎说我也是医生，他们才答应给你办理出院的。”

“谢谢哥！”

“媛媛，以后别跟哥客气，你得请半个月假，安心休养，正好有我给你打掩护，好瞒过阿姨，瞒过领导，瞒过同事。”

“我妈真不知道？”

“真不知道。我怎么能告诉她。你也不能说漏嘴。你转妇产科之前，我把阿姨支走了，我让她回去熬小米粥。”

出院后，我就像鬼抽筋一样，又开始想秦方。每天晚上，我都对着微信发呆，好想看到秦方给我发来问候的信息。但是，一个礼拜过去了，他却连一个字都没发来。我不停地发微信，却始终没有他的回音；我又发手机信息，也没有他的回音；我又打电话，语音提示“你所拨打的电话无法接通”；两个礼拜后，再打电话，手机却成了欠费停机状态；我不甘心，每天打他手机，却一直停机；一个月后，再拨打他的手机，他的手机号码变为空号。

我们失联了。

夜深人静，我把自己关在房子里，整夜抹泪。我满脑子里都是秦方，想我们一起温馨的画面。他怎么连手机号都换了？怎么不联系我了？他把我抛弃了吗？他要抛弃我们的感情吗？我不敢往下想，我不知道自己的未来会怎样？但我必须要争取，必须要抢救，就像飞哥抢救我的生命一样，我要抢救我们的爱情。

第二天，我请假去北大找他，临走，我对母亲谎称要去北京出差。

到了北大，进了校门，几经询问，终于打听到了秦方的宿舍，但宿舍里却空空如也，一个人也没有。正要离开，却遇到一个男生，打听后，才知道是周末，学生们都出去玩了。

站在北大校园里，四顾茫茫，失落便涌上心头。

既然来了，那就逛逛校园，重温下校园生活。

我在校园里四处溜达。校园真大，有公园，有假山，小桥流水，木椅回廊，景色优美。

现在，秦方在哪里呢?

一天的火车奔波，我真有点儿累，还是明天再来碰运气吧，我得赶紧回宾馆休息一会儿。就在我准备离开北大校园的时候，在一棵合欢树下，我看到了秦方。他就像一个和尚一样在树下闭目打坐。我立即欣喜若狂，就要喊出他的名字了。我身后一个女孩声音却抢先了一步："秦方，我来了，我们就在这里庆祝吧！"女孩说话时，已经跑到秦方跟前，在秦方脸上亲了一口。

我立即呆愣，同时，我也全明白了。我的天空已经塌陷，倒塌的废墟快要将我掩埋。

"你怎么来了？"

秦方看见了我，丢下他的新女朋友，追上来。我满脸泪水，一句话也说不出来。他拽住我的胳膊，自顾自开始说话：

"你的飞哥没有告诉你?他说我若爱你就最好离开你，他说我是你的灾星，他说我差点儿让你丢了命。媛媛，我也细想了，他说的话真对，你说自从我们开始交往，你总是受伤，而你每一次受伤，都与我脱不了关系。媛媛，我害你受苦，而那次马拉松，差点儿害你丢了命。媛媛，现在想起我都后怕，倘若没有你的飞哥，你说不准真死了，若真是那样，我会后悔死。媛媛，你真傻，为什么不告诉我自己怀孕了，你若告诉我，我一定会阻止你跑步的，再说孕妇根本不能跑步。媛媛，现在说什么也迟了，我们的孩子没了。那晚，我想了好多，觉得飞哥的话不无道理。媛媛，你不觉得吗?飞哥真如你的真命天子，每一次你出事，他都能让你化险为夷，脱离灾难。我想，也许他才是那个最适合你的人。媛媛，现在我当面请你原谅我，饶恕我，我知道对不起不值钱，而我也只能……”

他说个不停，我却没心思听下去了，他的话没有说完，我挣脱他拽我的手，跑出了校园。

六

我拖着疲惫的身体漫无目的地行走在路边，路上的车好多，急速飞驰，接连不断；我脆弱少力，似无着落，仿佛一根羽毛在狂风暴雨之中打转，毫无方向。我无力前行，驻足四处张望，蓦然发现飞哥在我的身后跟着。我再也不能控制自己，趴在飞哥的肩头痛哭流涕起来。

飞哥带我坐上了回榆城的火车。路上，我仿佛一只受伤的燕子，蜷缩在座位上，不言不语。飞哥给我买来各色零食，我却连看也不看一眼，颦眉蹙頞，黯然神伤。

回到家，在家里连睡两天，等到假期满了，才上班，每天下班回家，我就再也不愿见人，躲在自己房间里反省。飞哥每天下班，都来家里看我。他敲我的房门。我不开。他就推门。门在里面反锁着，他推不开，也不说什么，和母亲寒暄几句又离开。

一个月后，我终于想开了。飞哥再来，门就轻易被他推开了。飞哥进门后，他看看我，没说话，又转身走了出去。

一会儿，微信响了，打开一看，是飞哥的，他要我出去走走。我下了楼，到了公园，找到飞哥。我们面对面坐在木椅上。我不说话。他也不说话。

晚上，我又收到飞哥发来的微信：

媛媛，哥的乖妹妹，你是哥亲眼看着长大的妹妹，你已经是哥生活里的一部分了，哥的世界里不能没有你，哥知道你痛苦，难受，哥等你，哪一天你能走出来，哥哪一天向你求婚。爱你的飞哥！

看着飞哥的信息，想起了近两年来自己对他的刻薄和伤害，同时也想起了他对我做的一切，想起他总是在我最需要的时候出现。想到这儿，我幡然醒悟，他才是值得我托付一生的人。于是，我在微信里回复：

“飞哥，帮我报名参加马拉松赛道专业救护员培训班的学习，好吗？”

“好啊！哥明天就给你报，然后陪你去上课，好不？”

“好。谢谢哥！”

“乖，晚安。明天见。”

次日下午下班，我正式加入了马拉松赛道专业救护员培训班的学习。我要做一名如飞哥一样合格的马拉松医疗急救员。飞哥在我的眼中已经不是简单的邻居大哥了，在我内心深处，已经把飞哥当作我的丈夫。

是啊！试问有哪个丈夫能做到如此呢？能包容妻子的过错，能在妻子最需要的时候出现，能给妻子指明生活的方向，能让妻子有一种安全而踏实的生活。我的飞哥能，唯有他能。

两个月后，我的马拉松赛道专业救护员结业证拿到手，我也加入了马拉松赛道专业救护协会，并成为其中的一名会员，跟着飞哥并肩作战在马拉松赛道上。

次年秋天，榆城国际马拉松赛又开始报名了。

开赛前一个月，我约了飞哥一同到烽火台下转。在烽火台下，我们背靠着背坐在烽火台下温热的沙漠里，观望着蓝天白云下的美景。一对蝴蝶突然翩翩飞了过来，飞落在我眼前一簇格桑花上。我拽拽飞哥的袖子。飞哥转过身子，他的目光正好先看到那对蝴蝶，他看着蝴蝶，又看看我，感慨道：“看它们多幸福！”

突然间，我就想给飞哥唱一首歌，唱一首自己填词的歌——《最浪漫的事》。于是，我悄声道：“我给你唱一首歌，要不要听？”

“要啊！”

我开始唱——

背靠着背坐在沙毯上 / 听听音乐聊聊愿望 / 你希望我越来越健康 / 我希望你放我在心上 / 你说想送我个浪漫的梦想 / 谢谢你带我找到坚强 / 哪怕用一辈子才能完成 / 只要我讲你就记住不忘 / 我能想到最浪漫的事 / 就是和你一起慢慢奔跑 / 一路上收藏点点滴滴的欢笑 / 留到以后坐着摇椅慢慢聊 / 我能想到最浪漫的事 / 就是和你一起慢慢奔跑 / 直到我们老的再也跑不动了 / 你还依然把我当成手心里的宝

飞哥听完我唱歌，一把抱我站起，在沙地里旋转起来，转着，转着，我们双双滚在软绵绵的沙子里。

我和飞哥年龄都不小了，早已超过了法定的结婚年龄，我想结婚了，想和飞哥结婚了。我要给飞哥设计一场别开生面的婚礼，我要给跑友们讲述我和飞哥的惊险恋情，我要让所有跑友见证我们的爱情。我们把婚礼日期定在榆城国际长城马拉松越野赛开赛的那天。

开赛那日，上午 8 时整，鸣枪开跑后，飞哥穿着运动新郎装，我穿着运动婚纱，我们手牵着手，踏上赛事组委会特意给我们准备的红色计时感应毯跑出彩色拱门。刹那间，身后传来一片欢呼声。

载于 2015《府谷文苑》

两只小白兔

引子

小白兔，白又白，两只耳朵竖起来；
爱吃萝卜和青菜，蹦蹦跳跳真可爱。

白小黎就是一个吃货，她退伍回家的哥哥用猎枪在山上打回家的野兔，出锅后，她一个人能吃一只。

上大学后，她的身体开始横向发展，变成了一个人见人厌的肥妞。眼见着别的女孩都和心仪的男生出双入对，她却孤零零地，独来独往，不招人待见，已经读到大二了，却还没有一个男生正眼瞧她。

一日，她可能受了刺激，在宿舍里大哭一场后，便把自己捯饬成一个运动女，去田径场上跑步。

她心里也清楚，如此这样贪吃不运动，将来不单单找不着对象，还有可能摊上一身毛病，到时候那就是悲催加要命了。

田径场上跑步的多是苗条的女孩，健美的男孩。起初她跑步，那跑姿酷似一只母鸭子，要多难看就多难看，很多同学见她跑过去都窃窃私语，不乏议论她，嘲笑她的人。她听见后，尴尬得脸红，又没有了勇气，便停止了跑步。

同宿舍的女生给她出主意，让她节食减肥，并在网络里找到减肥的方子。她采纳了，一天只吃一颗鸡蛋，一根黄瓜。半个月下来，她饿得一点儿精神都没有，硬坚持了一个月，结果昏倒在教室里。同学们把她送到医院，医生检查后说她营养跟不上，差点儿饿成胃穿孔。

天大大呀！她胖得跟牛似的，怎么会营养跟不上？

医生是个有涵养的老头，询问她的病情时，知道了她为减肥才节食，导致成如今这般光景，便建议她跑步减肥，但不可节食，并且给她提供了一份食谱，要她严格按食谱进食。

于是，她再次踏上了田径场，但自卑感促使她把跑步的时间改成早晚跑，就是在同学们都还没有起床，都已经休息后，她才开始跑步。

第一次夜跑，她就幸运地偶遇了学校慢跑队的队长李小白。

李小白高白小黎一届，已经读大三了。出乎意料的是李小白一点儿都不小看白小黎，居然带着白小黎跑了 5 公里，并且给白小黎讲了许多跑步的要领。白小黎深受感动。跑步结束免不了感谢。李小白就建议白小黎参加学校的慢跑队。

李小白，英武帅气，健美标致，他屁股后面总跟着许多女生，而且个个属于窈窕淑女。这让白小黎心里又感不爽，但看在李小白的脸面上，她勉强留下了，但她依然采取早晚跑。

白小黎还是蛮有恒心的，她居然把夜跑坚持了下来。

三个月过去，同学们就开始对白小黎刮目相看了，又两个月过去，白小黎坚持不懈地跑步，硬是甩掉了身上的 40 斤赘肉，她也变成了苗条女孩，一米六六的身高，体重由原来的80公斤变成了60公斤，绝对一个体育女孩了。

白小黎加入慢跑队半年后，慢跑队员由原来的一百多人，增加成一千多人。队长李小白为了便于管理，把慢跑队分成若干组，一组 50 人，一组选一个组长，白小黎有幸成为其中的一个组长。

一年后，青城要举办马拉松赛，李小白召集全体队员报名参加马拉松赛。

隔几日，李小白争取来一件让队员们备感鼓舞的好事情——青城马拉松赛，70 名配速官兔名额由青城学员慢跑队全权负责选拔。

同学们纷纷报名要当配速兔，大家太喜欢当配速员了。配速员可谓马拉松赛场上最拉风、最亮丽、最绚丽、最出彩的风景了。若带着配速员的彩色氢气球跑在赛道上，要多么抢镜，就多么抢镜；要多么抢眼，就多么抢眼；要多么抢风，就多么抢风。说不准一场马拉松赛下来，还能收获到意想不到的爱情呢。

收获爱情，才是大学生的主题。

报名要当配速员的学生居然有 200 多名。

悲催啊！做什么都要竞争，就连当个马拉松赛场上的配速员都要竞争。好多同学为了竞争到配速员的名额开始大动脑筋。有的想请李小白吃饭，有的想请李小白看电影，有的给李小白写起了诗歌，有的干脆跟李小白开口要。

李小白心里有个总主意，他把 200 多名报名配速员的同学集中到学校大礼堂，给他们上了一堂课。李小白在课堂上讲道——

马拉松赛场的配速员也称官兔，分布在全马（42.195 公里）的项目里，按照一定的完赛时间，需要全程匀速地跑进，完全要抱着放弃自己的成绩，起到带领与其同等配速的选手安全完赛的作用，也就是充当参赛者参考移动活坐标的角色。例如“400 官兔”，就是限定在 4 小时完成 42.195 公里，且需全程匀速。兔子的存在有两种意义，一是帮助第一次参加全马或半马的跑者顺利完赛；二是让有一定基础的跑者更好地实现自己的理想成绩。在马拉松的赛道上，兔子分为 7 个组别，每个组别负责一个完赛成绩，如 600 兔子主要帮助初次参赛者在 6 小时完成比赛；310 兔子是最快速的组别，可达国家二级运动员达标水平，想挑战这个完赛时间的跑者，310 兔子便能帮助到他们。

李小白理性的讲述，同学们都不爱听，有人竟然小声说开了话。他不理睬悄声说话的同学，把音调提高，继续道：

作为一名过来人，必须提醒有意报名“兔子”的跑友，兔子跑完全程要比按照自己的配速跑完全程累很多，根本不是你们想象的那样；很多跑友按照配速员定下的配速，跑完赛程后，会出现脚底板巨疼，全身疲乏，腰腿酸困现象，希望大家想好。

讲这段话时，同学们居然不再交头接耳了，全都竖着耳朵认真地听起来。他继续道：

一名合格的兔子不是说按照规定的时间跑到终点就可以了，而是需要沿路一直给参赛者做指引，体现赛道关怀。我最终选拔的兔子也要具备这种精神与情怀。插播我当兔子的经历，希望各位跑友学习，我每当一回兔子，上赛场时，我的背包里总是准备 35 根可以提供给跑友的能量棒、盐丸、藿香正气水、创可贴、凡士林等，凡是我能想到的，我都在背包里装着，有的赛场水站供水不足，我每次经过水站都会拿两瓶水，以便随时可以提供给路上有需要的跑友。而我每次准备好的这些物资后来确实都派上了用场。我一直提示自己要对跟着自己跑步的跑友负责，要让他们安全完赛，如果跟我的跑友都安全完赛了，我也就觉着自己的兔子任务圆满完成了。我深深理解兔子的付出和努力。你们别以为当兔子很潮、很酷、很好玩。其实当兔子就是一个字——苦，兔子需要放弃自己舒服的跑步状态，按照精准的配速完成比赛，带领、激励跑者创造他们的最好成绩。兔子的准备工作也比普通跑友多很多，赛前几天就需要做好配速计划表。比赛当天还需要提前 4 个小时起床做准备，提早到集结点领取物资，开赛前还要预留时间进行团队交流。虽然兔子的职责是全程匀速，但并非完全不变速。因为需要预留一些进水站和上厕所的时间，通常兔子配速会比标准配速稍快 10–20 秒。

李小白的课刚上完，一位美女站起来问："李队长，请问到目前为止，你总共跑了几次全马？"

"十多次吧。"

"都有哪些？"

"北京、上海、厦门、大连、重庆、兰州、太原。北京年年都跑。你问这些做什么？"

"李队长，我是新闻系的，我要写报道，约个时间，我要单独好好采访你。"

李小白连连摆手，走出了大礼堂。

这时，另外一个女生追上去，拉住他的胳膊，大声问道："李队长，你有女朋友吗？"

李小白转头看女孩一眼，又掉头走了。

白小黎的心脏在那一刻狂跳起来，她想那女孩怎么那么蠢？那么露骨地表白呢？她绝不会那样，她要像练跑步一样循序渐进。

结果，一堂课下来，近 50 名同学自动退出竞争。

这是白小黎万万没有想到的，她觉着是李小白说得太玄乎了，把同学们吓退缩了，她哪里想到自己就是个瓜，什么都不懂，根本不懂当一名合格的兔子所要具备的素质，所要担负的责任，所要起到的作用。

这一点儿不奇怪，白小黎之前连马拉松赛场都没上过，别说兔子，这在她的大脑里是个新鲜的叫法。是啊！现在是规范化时代，领跑也讲策略，讲战术，并不是抬脚就跑那么简单。

李小白后来把留下来的 150 多名预备配速员拉进一个微信群，择日进行第二轮拉练跑筛选，优胜劣汰。

说来奇怪，白小黎居然通过了第二轮拉练跑筛选，进入第三轮配速跑筛选。

最后的结果让李小白都惊讶，白小黎居然又选上了，她的耐力绝对厉害，成功入选 600 关门兔。

经过配速员的层层选拔，白小黎对李小白的崇拜大大增加，她感觉李小白住进她的心里，成了她的男神，成了她未来人生路上的精神支柱，她更加注意他，想办法挤出更多的时间与他一起跑步，一起探讨当一名合格配速员的修养与素质。

李小白带着他选好的配速员进入备战青城马拉松阶段，他一早带着配速员跑步，晚上临睡前上微信，在微信群里答疑解惑，或者讲一些规范化跑步的常识。

三个月后，青城马拉松赛圆满举办，青城学院 70 名官兔圆满完成任务，而李小白还在领跑途中抢救过来一名疑似猝死的跑者。他的英雄事迹一时间在学院里乃至整个市区都传得沸沸扬扬，他成了电视台焦点访谈里的焦点人物。

青城马拉松赛结束一个月后，李小白召集 70 名兔子开了一次会，他宣布了正在筹备成立青城学院赛道救护团的消息，并希望同学们能支持他。最后他又特别强调，他现在要物色一名责任心强的同学管理配速团，全因赛道救护在马拉松赛事中要比领跑更重要，而学院的赛道救护团现在还不成熟，需要更多的精力，更多的时间去投入，抚育其成长。又说担任配速团的管理者必须要热心，要有奉献精神才可以胜任，全因这毕竟不是有利可图的事情，只是一种正能量，所以他很明白地说不强迫同学们，若有甘为他分忧解愁，能与他同甘共苦的同学，他热烈欢迎，并非常感谢。

同学们你看我，我看你，面面相觑，都不说话。

白小黎的目光从始至终注视着李小白，她发觉他开始热情高昂，信心百倍，眼睛里都光芒四射，但等他的话说完，听不到同学们的回应，他眼睛里的光芒逐渐暗淡了下去，到最后竟变成了极度的失落，似乎有眼泪在眼眶里打转。

白小黎的心便感觉到丝丝疼惜，她不理解，怎么会出现如此尴尬的场面？她奇怪 70 个同学里，竟然没有一个有担当的人出现。她原以为会有很多同学抢着举手，而她在那一瞬间也想到要举手，但她又觉着自己跑龄太短，分量不够，且是女生，心里产生了三分胆怯，所以只是矜持地坐着，竟也没想到举手。

李小白身子朝后仰去，他的脊背靠向椅子靠背，他闭上眼睛，两只手放在头上，似乎用劲儿揪扯着头发，而他的下颌牙关紧咬，仿佛再与自己较着劲。这样的局面，太让他失望了，太让他难堪了。他对同学们彻底失去了信心。

与此同时，白小黎的心，也像针扎一般难受。

她坐不住了，仿佛有一根棍在她屁股下猛然一撬，她噌地站了起来。扬起声音高声道："同学们，大家是客气呢？还是礼让呢？李队长已经把话说明白了，不必客气呀，我们都是正能量满满的人啊！"

白小黎带了个好头，她的话刚说完，屁股还没坐下，一个男生又站起来说："再有一年，我就毕业了，我要回家乡，在爸爸公司上班，跑步当兔子，原本只是玩玩而已，哪里能把跑步当作正经营生？"男生说完，坐下了。

又一个女生也站起来说："对，对，的确是正能量的事情，好事情，我起初跑步是为减肥的，后来有幸当了一回兔子，纯粹是一种不服输的心理在支撑，不过也是为了挑战自己，磨炼自己，再有一年，我也大学毕业了，我想考研，想把更多的精力投入到学业里。实在抱歉啊！”女生说完，欠欠身子，也坐下了。

又一个男生站起来，扯着高嗓门说：“我天生不是做官的料，不怕你们笑我，我就好比算盘上的珠珠，有人拨才动，否则连想都想不到动有啥作用，要管理这么多人，我真不行，我将来的工作都是老爸替我联系了。白小黎同学，我看你也不要煽动其他同学了；李小白，你也不要难过，不是同学们不支持你，你应该清楚，大小的官也都算官，没能力、没勇气、没魄力的人是做不来官的。我以为白小黎同学就很合适，最起码她人阳光，乐于助人，我看领跑团这团长非她莫属了，我第一个支持她，同学们说呢？”

雷鸣般的掌声响了起来。

顿时，李小白的身子坐直了，眼睛睁开了，他望向白小黎。白小黎也望向李小白。两个人四目相对。白小黎的目光是坚定的。李小白的目光是欣赏的。旋即，李小白站了起来，他转过身子，双眼噙着泪花，撂下一句话：“我去下洗手间，马上回来。”走了出去。他并不是去解手，他是去洗脸。两分钟后，他进来了，头发上和脸上，就都挂上了许多水珠。

看见李小白落座，白小黎又站了起来，她探着身子，隔着前面的几个人，给李小白撂过去一包湿巾纸，随即，她干脆道：“李队长，你看我能胜任吗？”

李小白撕开白小黎丢在手边的湿巾包，他抽出一张，一边擦着脸上的水珠，一边微笑道：“能，一定能，谢谢你！”继而，他站起来宣布：“同学们，那从今天以后，领跑团就由白小黎同学负责了。散会。”

同学们陆续走了。白小黎却没走，她想，李小白一定有话说。果然，李小白走向白小黎，悄声道：“下午放学后，陕北小吃店，靠窗的小桌，我等你。”说完，不等白小黎回话，转身离开了。

白小黎的爱情要降临了吗？

那一刻，她竟然是一副受宠若惊的表情。

一个月后，在李小白的努力下，青城学院马拉松赛道救护团正式成立了，第一批吸纳会员 200 名，其中与领跑团共享好多会员，但 200 名会员大都是青城学院卫生医疗系的学生，他们加入马拉松赛道救护团，名正言顺，最合情合理。

白小黎在李小白的影响下，顺其自然，成了名副其实的正能量人。暑期，她连家也没回，跟着李小白不是参加马拉松赛，就是搞公益活动。其时，李小白已经成了学院的名人，他的名字，他的照片，他的事迹，在学院的名人视频墙里滚动播放着，而领跑团成员的合影，马拉松赛道救护团成员的合影也在视频墙里不时露脸。

眨眼间，李小白就面临毕业，他顾不了社团组织的事情，好一段时间都跑上跑下跑工作。

白小黎心里万分担忧，她担忧李小白离校，担忧失去刚刚萌芽的爱情。然而，让白小黎始料不及的是李小白居然留校了。是院方领导慧眼识珠，感觉他是个人才，找他谈了三次话，才决定留下他，而他是学院有史以来所有留校生里唯一一名从农村的大山里走出来的学生。为此，领跑团和马拉松赛道救护团，两个团的所有会员，在学校里举行了一次盛大的庆祝李小白留校的运动会。

那天，他们除了举行各种项目的跑步活动，活动结束后，又AA制聚餐，吃烧烤、喝啤酒、K歌、蹦迪，他们玩得很嗨，很开心，而李小白因此喝得酩酊大醉。醉酒后的李小白在白小黎毫无准备的情况下，当着很多同学的面，向她求婚。而白小黎也被同学们簇拥着走向李小白，靠近李小白。李小白便酒壮屃人胆，一把搂住白小黎，把他满是酒气的嘴吻在白小黎的唇上。

李小白和白小黎恋爱了，他俩的爱情被中文系的同学编成故事，写成文字在校园里传播着，传颂着，不经意间，他们恋爱的消息传进了陕北的山沟沟，在白家大院里炸开了一锅粥。

于是，白小黎的父亲就像法海一样，拿着他的降妖钵盂，在白小黎毕业前夕赶来学校，像捉拿妖怪一样，来李小白的住所捉住了白小黎。

白小黎的父亲气血冲天，他在李小白的办公室里大声咆哮，他不能容忍两个小年轻没经大人的许可就住在一起，他觉得女儿给他丢了脸，给老白家脸上抹了黑，他全不听两个年轻人的解释，掏出一沓钱甩在李小白的办公桌上，说是作为精神补偿，而后，就用他的一双大手，要把女儿捉拿走。

白小黎的父亲，是个教过几天小学生的乡村老教师，死脑筋，不开窍，半辈子缺钱缺怕了，适逢他的学生开窍，会做生意，赚了不少钱，成为家乡举足轻重的企业家，又喜欢上了他的女儿。故有，他挥金如土的豪爽举止。他的本意是要女儿回家与家乡的私企家举行婚礼。

白小黎被她的父亲气炸了，当着李小白的面，跟父亲发起了脾气。李小白惊讶地望着白小黎，他反而出来劝解，打圆场，他给白小黎的父亲连连道歉，并且给白小黎暗暗使眼色。白小黎与李小白心有灵犀，她当然心领神会，为了息事宁人，答应跟着老白先回家。

离开李小白的住所，白小黎就拽住老白的胳膊，一阵撒娇，一阵要横。老白只认死理，必须让女儿回家。他摆出成年人的大道理教训女儿道："你从小养尊处优，不缺吃不缺穿。现在是我养着你，你感觉不到什么，等以后过上日子，要钱处多着哩，他能有什么出息？整天跑步，跑步能赚来几个钱？你就是太年轻，想问题欠考虑。人家小张是身家过亿的老板，能看上你，是你的福分。远的不说，就拿咱家里，你姐夫大学毕业，他又有什么出息，做出了什么景致，你姐那日子照样过得紧紧巴巴，穿舍不得穿，吃舍不得吃，一套房子就把全家人的底气给按住了。而你哥哥只是初中生，他现在身价没谁高，没谁吃得香。再说你这位李同学根本就是不务正业。你说他一个大学毕业生，不好好研究专业，整天跑啊跑的，能跑出什么名堂，将来能当了校办主任还是学院院长？"

老白简直苦口婆心，他抱着慈父的好心肠，站在过来人的角度上，把大道理如同春蚕吐丝一样，扯得是丝丝相连，环环紧扣。白小黎插不上言，只是竖着耳朵静听。

老白说的话当然在理，毋庸置疑，这是天下父亲为了子女能过上好日子的一片好心，但他没有站在女儿的角度思考问题，他没有考虑到女儿的感情，女儿的爱情以及女儿和私企老板是否有共同语言。

白小黎何等聪明，她不怪父亲，也不和父亲正面冲突，现在没有李小白在身边，只能凭她一个人的智慧应对了，她想到用一种巧妙的办法支走她父亲。她假装答应父亲回家，但要求父亲先在市区转了几天，毕竟父亲很少进城，她想给父亲和母亲各买一套衣服，表表孝心。老白欣然答应，于是先跟女儿逛街买衣服，四处逛景点，游玩了三天，在女儿的陪同下，一起去火车站。老白身材高大，步子也跨得大，只一小会儿，就把碎步走的白小黎落在身后老远。白小黎故意放慢脚步，她目视着老白上了火车，悄悄躲在站台的水泥柱后静观其变。

老白发现女儿没上火车，着急地四下里张望。

白小黎却淡定得很，她直等到父亲掏出手机，在拨打电话了，又担心父亲给她打过去，抢先一步把电话拨出去，让他父亲打不进来。不好，她突然看见父亲拿着行李要下火车了，她立即把电话给父亲打了过去。她不能让父亲下了火车，她既要稳住父亲，又要他安心离开青城。

老白接起电话，立马就听见女儿的声音："爸爸，你给我打电话了，我刚刚和李小白通话了，他马上就到站台了，他来给我送落下的东西，我等他一会儿，马上就上来，你安心坐着。"老白听见女儿这样一说，便又转身上了火车。

出乎白小黎的意料，李小白真的来站台了，他气喘吁吁地立定在白小黎眼前。

原本只是白小黎给她父亲撒的一个谎，现在谎言变成事实了。

两个年轻人就像久别重逢，在站台上深情地拥抱在一起。白小黎的父亲在车窗内看了个真实。

李小白要陪白小黎一起回家，他要和那个私企老板竞争，他信心满满。他们手牵着手，一起走向车厢。白小黎刹那间就和李小白意见统一了，她也渴望李小白能陪她回去，给她挣回面子。但就在他们到达车厢，车厢门要关闭的前一分钟，白小黎又变卦了，她拽住李小白，硬是没有随父亲一同回去。那一刻她有个担心，担心李小白说服不了顽固的父亲。

火车徐徐启动了，白小黎拨通她父亲的电话。老白看着两个相拥一起的年轻人，摇摇头，无可奈何地把头转过去。白小黎连续拨打三次电话，在第三次拨通时，老白才接起了电话，电话里传来了女儿的声音："爸爸，原谅我！我们结婚的日期定了通知你和妈妈。"他什么话也没说，他握着手机，在火车"哐当，哐当，哐当……"的伴奏下，呆瞪了小半天，最后按了挂机键。

次年。

青城马拉松再有一个月又要开赛了，白小黎和李小白投入到开赛前的一切准备工作中，训练配速员和培训赛道救护员成了他们俩的重中之重。两人商量，一致同意，把婚礼日期定在青城马拉松结束后的第二个周日。

开赛那天，青城学院的配速员和赛道救护员简直成了马拉松赛道上的两道靓丽的风景。70名配速员，身穿紧身健美的跑步衣，头顶上空飘飞着赤、橙、黄、绿、青、蓝、紫七种不同颜色的氢气球，仿佛五彩缤纷的花朵，给赛场增添了一抹轻松愉快的颜色。他们在安检区外，分七列站成一个方阵，等待白小黎最后的发号施令。

其实，也并不需要白小黎多说什么，她无非是嘱托他们一些注意事项以及量力而行，和随时聆听自己身体发出的声音，一切以安全完赛为主。

那200名赛道救护员，他们的臂膀上也佩戴着红十字协会特殊的标识，他们每人背着一个标有红十字的白色急救箱，他们同样摆成一个方阵，在安检区外接受他们的团长李小白的训话，他们就像全副武装的战士，做好了一切准备，等待首长下达最后的开拔命令。在开赛前一小时，其中100名定点救护员跟随组委会的大巴车到各自的岗位了；其余100名时段救护员，在李小白的带领下列队进入安检区。

鸣枪开跑前半个小时，赛场上的气氛达到了高潮，所有的参赛选手都在高昂而激情的音乐伴奏下，跳着开跑前昂扬的热身操。

70名配速员和100名赛道救护员，他们都是年轻的、漂亮的、帅气的、活泼的大学生，他们个个神采飞扬，脸上洋溢着不服输的霸气，胳膊上挥舞着赶超一切的朝气，脚上踢踏着跑遍全球的锐气。他们成了摄像头的焦点，成了新闻采访的对象。他们在摄像头下摆着优美的pose，唱着励志的歌曲，他们完全陶醉于开跑前激情昂扬的欢快气氛中。

白小黎是领队，她没有给自己安排具体的领跑。李小白也是领队，也没有给自己安排特定的任务。两个年轻人要携手跑完42.195公里，他们准备用一种最新潮、最浪漫的方式步入他们的婚姻殿堂。白小黎特意准备了两个像章，一个写着新娘，一个写着新郎。开跑前，白小黎和李小白互相把新娘和新郎的标志像章给对方别在胸前。

组委会考虑得真周到，竟然让两个年轻人领跑整个赛事，并且让他俩踩在一块红色地毯上开跑。

鸣枪了，两个年轻人率先冲出拱门。

两个年轻人跑至 28 公里与 29 公里之间，一名选手超过他俩，却在跑离他俩将近 200 米远处突然昏倒了。职业的习惯让两个年轻人像约好一样，在反应过来的一瞬间同时飞跑起来。他们紧握的手像接到命令一样，突然间松开了。

“快拨打 120。”

李小白丢下一句话，抢先几步跑了上去。临到选手晕倒的地方，他一个健步，腾空而起。不好，李小白腾空过高，身体失去重心，落地时脚下一歪，身体便摔在柏油路上，鲜血流了一地。

白小黎追跑上去，看到一摊鲜血，当即大声呼救。她从来没有面对这样的事情，乍一看见，除了惊慌，更多的是心疼。她全忘记了那个昏倒的跑者，扑上去询问李小白长短。

李小白满头满脸的汗水，面对白小黎的关心，置若罔闻，反而吼道：“我没事，不要管我，快去看昏倒的选手。”

恰好选手昏倒的地方，向前 500 米处设有医疗站，医护人员及时赶到了。

李小白和昏倒的选手同时被送往医院抢救，昏倒的选手只是中暑，生命并无大碍，身体也没有受伤。而李小白左腿膝关节严重受损，却面临终身残疾的可能。

听到这样的结果，白小黎的脑袋便晕了，便糊了，嗡嗡直响，连她的意念，也成了一片空白。

命运怎么这么捉弄人？白小黎不要接受这样的结果，不要接受。然而，现实摆在她面前，她欲哭无泪。

后来，医院请来北京的专家会诊，给出一个稍稍能安慰人的新结论——李小白的左腿换一个膝关节，可以还他一个正常人的体格。换了膝关节，李小白卧床休息了三个多月。其间，白小黎端茶递水，伺候吃喝，悉心照顾；其间，李小白的父母来学院看了一回儿子，却只住了三天，就让儿子打发回家了，全因李小白不想看父母上火；其间，白小黎的父亲也来看准女婿，却背着李小白给白小黎做思想工作，意思要女儿头脑清醒，当断则断，不要一错再错，铸成大错。白小黎却不听父亲劝说，依然如故。

李小白再也不可以剧烈运动了，这意味着他永远失去了在赛道里自由奔跑的机会了，这对他无疑是残酷的，无情的。为此，他情绪开始糟糕，意志开始颓废，他稍不顺心就和白小黎发脾气。两个年轻人的婚期便一推再推。

一年后，李小白提出了分手，理由是他不能跑步，无法振作，也不想连累白小黎。

在白小黎看来，李小白完全是毫无缺陷的正常人了，他身板依然挺直，身材依然健美，走路依然端正。不知情的人是无论如何也不会看出他配有一个假膝关节，最关键的是现实生活里不跑步的人太多太多，与他毫无区别。

而李小白却说他换了膝关节后，浑身没劲儿，重活儿不能干，将来一定是白小黎的累赘；还说他已经决定终身不娶，独身一辈子；又说白小黎如果离开他，他就会阳光地生活，安心地研究他的专业，并且还会继续把社团的事情做下去。但倘若白小黎不离开他，他就自暴自弃。

白小黎怎能不理解，怎能不懂得李小白的一番苦心？这明明就是一厢情愿地为她好。白小黎好言相劝，晓以利害，同时摆明她的态度。而李小白却执意要分开，还说他有心理障碍。

白小黎在李小白面前大哭了一场，要李小白给她留一个孩子，而后才离开他。没曾想，李小白听后，不由分说，把白小黎赶出了两人的住所。

真不可思议。这世上从来不缺少想办法设置对方生活的人，却很少有要把心爱的女人往出推的人。

后来，白小黎为了李小白能阳光地生活下去，她只能选择暂时离开。

其实李小白和白小黎即使分开也断不了联系，因为他们依然在一个城市，依然在一个社团，依然在同一个微信群，他们的社会公益活动依然进行，他们依然因社团工作，而一起碰头，只不过是，他们不在一起吃饭，不在一起住宿而已。

两个月后。

李小白真的阳光起来了，他按时上下班，又积极地投入了各种社会活动。不同的是，他的工作由台前转到幕后了，由实践转为理论了，他开始着手写一部关于长跑人的长篇小说。

看到李小白阳光地生活，白小黎开始暗暗高兴。但在夜深人静的时候，她却难免想他，想他们在一起的点点滴滴。她意有不舍，心犹未甘。她绝不相信李小白会忘了她，舍得离开她，但她清楚，眼下她绝不可以亲近他。

又隔半年。

一日傍晚，白小黎在微信里给李小白发过去一张婚礼请帖。

半个小时后，白小黎就收到李小白在微信里转来的5200元。留言：祝新婚愉快！微信里另外打过来一段话："婚礼我不参加了，礼账记1000元即可，其余的买件衣服穿，算我的一点儿心意。"看着李小白的留言，她顿时泪流满面，但她并没有做任何回应。

又过两年。

一日下午，白小黎怀里抱了一个小女孩去找李小白，她一见到他，眼泪就像决堤的湖水奔涌而出。李小白惊讶地看着白小黎，呆瞪了小半天，才惊道：

"究竟怎么了？"

"我离婚了。"

"为何？"

"他外面有了女人。"

李小白长叹了一声，然后是长时间的沉默。

那天晚上，李小白让白小黎留宿了一晚。

次日天明，李小白就建议白小黎离婚，然后跟他结婚。

又过半年，白小黎和李小白终于要结婚了。他们的婚礼浪漫而简单，省钱而热闹，他们没有宴请宾朋，只是两个社团的会员为他们精心策划了一场婚礼跑，区市两级电视台的记者却不请自来，说要把婚礼当成一场别开生面的活动来采访。当晚，他们的婚礼就在市区两级电视台上以新闻的方式播出。后来，好长一段时间，李小白和白小黎的结婚视频还在网络里疯传。而他们婚礼的简洁模式，也成为城市年轻人效仿的婚礼新模式。

青城慢跑运动从而再度掀起新浪潮。

白小黎的父母和李小白的父母破天荒地在他们的婚礼上成了新闻采访的对象也上了电视，老人们在整个婚礼过程中从始至终笑得嘴都合不拢。

婚礼那天，福利院的秦妈妈也来参加他们的婚礼了，她一直等婚礼结束，才抱着女孩来向白小黎告别。

李小白猛然看见白小黎的女儿被福利院的妈妈抱着要走，一把从秦妈妈怀里抢过女孩，瞪着一双充血的眼睛，生气道："你怎么这么心狠，连自己的亲生女儿都送人，早知如此，我断不答应和你结婚，算我错估你了，我们还是分开吧。"

白小黎站着不语。

秦妈妈自顾微笑。

李小白却把女孩递给他的母亲。

秦妈妈等人们全都围拢过来，她才开始解释。

原来，白小黎跟李小白分手后，她一直从事爱心捐赠活动，她是福利院的常客，她是福利院孩子们非常喜欢的爱心人士，三年以来，她定期给福利院的孩子们送奶粉和日用品，而小女孩只是秦妈妈捡的一个弃婴，也是白小黎最关心的一个孩子，白小黎曾有过一个想法——如果李小白再不接纳她，她就收养那女孩为女儿，和那女孩相依为命，直到终老。

在场的人听了，全都大为震惊。李小白的父母，更是喜上眉梢。李小白眼睛里的血丝瞬间消失了，他满脸绽开欣喜的笑容，他望着白小黎和秦妈妈，微笑道："我就说吗，我的女人怎能这么无情，怎能没有爱心。"

众人便都会心地笑了。就在这时，李小白却又宣布了一个惊天地泣鬼神的决定，他望着全体来宾，郑重地宣布："秦妈妈，这孩子我已经喜欢上了，是她把我和小白又牵在一起，她应该是我们的月老，所以，我决定领养她，今天我们新婚，烦劳秦妈妈先抱回去，改天我们一起到福利院来办理领养手续。"李小白说着从母亲怀里抱过孩子递给秦妈妈。

秦妈妈接住孩子，连连说："不急，不急，你们小两口没有误会就好了，别的事情以后好说。"

两个月后，在李小白的一再催促下，白小黎带着他去福利院办理了领养女孩的手续。

2017/06/09 于榆林静雅斋

良子

16 年前，良子在财院上班。

一日清晨，我去锅炉房打水，猛然看见他正往烧水的大锅炉里加煤，热得满头满脸都是汗。我是从他的背影和侧脸以及弯腰铲煤的动作上认出他来的。何时这里的烧锅炉师傅换成了他？我全不知道。我昨天打水看到的烧锅炉师傅还是别人啊！他在专注地加煤，根本没有注意到我。我提着两个暖水瓶和一个水壶，站在锅炉房门口，一言不语，看他卖力铲煤，等他发现我。

他停止铲煤，铁锨把依然在手里捏着，直起腰身，抬头看一眼锅炉上方的水温表，继而放好铁锨，侧倾身子，探手拉下他身旁挂钩上挂的毛巾，在凉水笼头下浸湿，擦头上，脸上，脖颈里的汗水。

他没变，身形与举动还与我们一块上学时一样。

我俩是同学，做过半年的同桌。

那年，已经开学一周了，我转学到新店中学，成为初中二年级二班的一个插班生。

一日，课间 10 分钟，一男生和一女生发生了冲突，女生大声骂男生，男生不善骂仗，举起拳头就要打人。这时一个傻大个儿把男生的拳头一把握住，却开口教训女生：“徐晓晔你怎么骂人？你这俊脸蛋也瞎生了，不就为一份学习资料，给，我的给你。”傻大个儿说着探身把自己的一沓资料递给叫徐晓晔的女生。不承想女生非但不领情，还一拍手打飞傻大个儿手里的学习资料，转口骂道：“关你屁事，死远。”傻大个儿见状，脸变成煞白，松开抓男生的手，抬起胳膊，一扬手，硕大的巴掌就向女生的脸上扇去。

我看得清楚，心提到了嗓子眼儿，可是就在我担心事情发生的瞬间，情况却急转直下，傻大个儿手停在半空，撂下一句话：“不识好歹，等我慢慢收拾你。”匆匆走出教室。

班里的男生便起哄道：“良子软蛋，良子软蛋。”

我这才知道那个傻大个儿叫良子。

我当时的同桌是女生，她告诉我，良子经常这样，常常见义勇为，却没人领他的情，总搞得自己下不来台，最后自己给自己搭台阶往下走，“不识好歹，等我慢慢收拾你”是他常说的一句口头禅。

又过了些时日，数学月考，考试结束，成绩出来，数学老师站在讲台上宣布成绩，念到良子的成绩时，居然不及格，还是班里的倒数第一。而他对于自己的考试成绩,却一点儿也不在乎,依然大大咧咧,一副与世无争的样子。

我是住校生。良子是跑校生。我们不可能有什么接触。当时与我同宿室有一帮好姐妹，我们接触的才多些；即便是冲突，也只能与我们相临宿舍的男生发生，绝对不会和良子有任何接触，哪怕是那种英雄救美的事情也绝不会降临在我头上。当时我学习认真，遵纪守法，作文又写得好，经常被老师表扬。而良子只是一个不爱学习，不爱出风头，看着有点儿木讷迟钝的差生。

然而，生活往往戏剧化，有些事情让人难以预料，却又不得不去面对，我和良子有了接触，而且是整整半年。

初二升初三的暑期补课阶段，我生病了，似乎病得不轻，浑身发软，食欲不振，头晕目眩，时不时伴有右肋下剧烈疼痛。我在宿舍里迷迷糊糊睡了整整一个礼拜，等到礼拜天，同宿舍的秀秀和芳芳才骑着车子把我送回家。

那天，身体清瘦的芳芳和身材娇小的秀秀每人骑一辆自行车，我在她俩的车后座上轮流坐着。我家距离学校有 30 公里远，20 公里柏油路，10 公里土路，坑坑洼洼，崎岖陡峭，极其难行。

她俩一路不停歇地蹬车，满头大汗，气喘吁吁，我却连一句感激的话都没有讲，回到家疲累不堪，倒头就昏睡过去了。

现在想起，我都感到歉疚，自己怎能那样没礼貌呢？

那时的医疗条件相当差劲儿。父亲骑着车子到处请医生，请来的医生却确诊不了我得了什么病，我让病痛折磨了整整半个月。母亲以为我活不成了，她的眼眶里始终泪水汪汪。我也以为自己会死掉。就在我高烧不退，极度昏迷之时，仿佛神仙一般，良子从天而降，出现在我的眼前。他看一眼快要死掉的我，让父亲赶紧带着我去县医院，他说父亲请来家里的医生都是庸医，有的病必须去大医院确诊，乡镇医生屁也不懂，光会耽搁人的病。

父亲被良子说得惊出一身冷汗，他当即要骑自行车带着我去县医院，却被良子制止了。他跑到公路上拦住一辆大卡车，央告司机把我们捎到县医院。

我的病如果放现在，要检查出来简单的和零一样，但是那时，我简直不敢相信，那时的庸医怎么那么多。

那天，县医院恰好来了一名省城的专家，她一眼就认出我得了急性黄疸肝炎。但我的病耽搁了太长时间，比同类病人的病情严重很多，同时又增加了脑炎和肠炎两种并发症。

我需要住院治疗，并且需要休学半年。

等我再度到了学校，同学们已经全部投入到毕业前夕的学习冲刺阶段和各种临别祝福阶段了；我原来比较靠前的座位早已被班主任老师调换给别的同学了，而只有不爱学习的良子旁边空着一个位子。

我抱着书本，站在讲台上，给我久别重逢的同学们敬了一个微笑礼，我期望除了良子之外的任何一个同学能主动接纳我。

不是有“近朱者赤，近墨者黑”的古训吗？而我的这种期望是奢侈的，是不合乎常理的，除非班主任老师是我亲爹，他才愿意做这得罪人的事。就在我眼泪溢满眼眶、万般尴尬时，最后一排的良子却从座位上站起来，向我招手。我走下讲台，万分不情愿地走向他。他等我坐下后，低声道：“怎么？看不上我？我不会让你吃亏的。”

我控制不住自已，满眼的泪水仿佛决堤的湖水奔涌而出。良子却不再言语，任我自顾自埋头落泪。

就这样，良子成了我的同桌。

不知道在哪里读过一句话，意思是说，小说必须要处处设有悬念，读起来才有跌宕起伏的感觉，才能抓住读者的心，才能让读者不吃饭也想要一口气读完它。而我现在讲的并非小说中的情节，是我真真切切的经历。

良子一直等我恢复了平静，等我擦干眼泪，等我有了学习的状态，他才从课桌堂里拿出一沓学习资料，是各科试题。他把那些资料分类一沓一沓摆在桌子上，低声道："学习资料是年前订的，都有名单，老师按当时的名单印发，不会有你的，你是知道的，我学也白学，我的给你，要是你坐别人旁边，别人的会给你吗？"

我无语，接受了他的好意。

我开始心无旁骛地学习，但是几天后，我发现自己会辜负良子的一片心意，全因面对那些试题，我束手无策。我的心情糟透了，思想负担日益加重。我担心中考会名落孙山，担心无法面对父母，担心会给班里扯后腿，担心会被同宿舍的姐妹笑话，更重要的是，我担心良子会从心里看轻我。

良子似乎看出了我的心思，课间时，他半开玩笑半认真地说道："不会就别装模作样了，没人笑话你，你有半年不来学校了，不会也正常，要是你会做，那才不正常，我天天跟着，照样不会，我才不管有谁笑话我，那样活着多累，你也别修筋了，我们拉话。"

良子的话极有道理，触动到我神经的柔软处，我的神经似乎脆弱到了极致，仅仅几句话，我就又想哭了，眼睛湿湿的。

但我不接受。他怎能这样？怎能把我与他相提并论？我原本骨子里聪明伶俐，而他压根儿就是榆木疙瘩，愚而不灵，甚至是呆傻之人。于是恨声道："你才修筋哩！我是我，你是你。"

"好，好，好，我修筋，我修筋。你是仙女，我是莽汉。哎！问你个正事，行不？"他一副没皮没脸的样子。

我把试题收起来，点点头，示意他说话。

"你的病彻底好了？"

听了他的话，我又眼泪汪汪了。他是在关心我吗？我没有回答他的问话，用袖角拭掉眼角的泪水。

"我知道你生了病，也知道你不来学校是因为生了病。"

我把头埋在课桌上。

“咋这样？让同学们看到，还以为我招惹你了。”

我依然埋头不说话。

“你不记得我去过你家？不记得我拦大卡车，要你父亲带你去医院？你全不记得了？”

我抬起头惊讶地望着他。

“你不记得很正常，你当时病得很厉害，神志不清，但我千真万确去过你家，我去了看见你妈妈的眼睛红红的，她大概以为你会死掉，现在多好，你活的好好的，比什么都好，他们肯定不会怪你考不上。”

就在这当儿，上课铃响了。

良子的话点醒了我，否则我还以为脑海里的印记是一场梦。

是他，我才得以重生吗？他怎么知道我家的？他怎么知道我病重无处求医的？这两个问题在我大脑里一直萦绕着，我等不到下自习，把问题写在一页纸上，推给他。

他在我的问题下写出：下课给你说，我懒得写字。

我又写：现在就说。

他又写：不。现在影响别人学习。

我只能焦躁不安地等待下课铃再次敲响了。

终于下课了，他绘声绘色地告诉我——

一日晚上，他做了一个梦，梦里他看见我快要死掉了，他一着急，满头便冒出冷汗，就在这时，一个白胡子爷爷出现在半空里，望着他严肃道：“良子，赶快去还你的债吧。”

良子被白胡子爷爷说糊涂了，他疑惑地问道：“我没有借过谁的钱，我也不欠谁的债，还甚债？”

白胡子爷爷却道：“你休得狡辩，前世你欠了一只鸟的命，被你害死的鸟，如今就是你的女同学，她现在被病痛折磨得快要死去了，救她的人非你莫属。”

“我怎么会害死一只鸟？我从来不杀生，你告诉我，前世我又是什么东西？怎么会害死一只鸟？现在生病的同学又是谁？我怎么才能救她？”良子更糊涂了，但他一连串问了许多问题。

“畜牲。你前世就是一只狗，你不好好当你主人忠实的狗，却把主人养的金丝雀吃掉了，所以今生你必须加倍地偿还。你的女同学叫上官玲儿。我给你三个锦囊，怎么救她我都写在锦囊里了。明一早上就去，谁也别告诉，不听我安排，将来拿你是问。”

白胡子爷爷说完就不见了。良子的枕头边就有了三个标着序号的锦囊。良子就按照锦囊里的提示找到了我家。

听完良子的叙述，我居然轻松起来，并且开始对他刮目相看。半年不见，他居然嘴巴子学的这么溜，还会讲故事。我全以为他给我讲的不过是一个神话故事，但我宁愿相信不是故事，而是真实的梦境。

倘若前世的良子真是一只家养的狗，前世的我真是一只家养的金丝雀，那么前世我们就有缘分，相逢在同一个屋檐下。

后来，我便开始与良子“同流合污”。我也不把学习当回事了，一天装模作样做做试题，剩余的时间除了写日记，就是练写钢笔字，要不就是看厚厚的小说。

班里的同学开始发疯般地拍照了。

黑白一寸的标准照，每人洗厚厚的一沓，分送给班里的每一位同学。班里的同学每人买一个笔记本，把同学们的相片别在笔记本里，每人占一页，互相给对方本子上写临别留言。文笔好的，自己写上满满的一页；文笔差的，摘几句经典名句写在上面。

良子也给我写了，他用一笔正楷字抄了宋代诗人张道洽的一首《岭梅》送给我作为临别寄语，另外又加了他的一句祝福语——到处皆诗境，随时有物华。应酬都不暇，一岭是梅花。祝：理想变为现实。学友：良子别于新店中学。

几十年过去，现在翻开当年那个留言本，再次看良子当年给我写的临别寄语，觉得当年的他，简直一个预言家，说准了后来我的生活：到处皆诗境，随时有物华。

我喜欢良子给我写的临别寄语，当年是，现在也是。

除了写临别寄语，班里的同学还拍临别合影照。三三两两的合照，四五人一起的合照。毕竟男女有别，合照仅限于同性之间。

良子的人缘似乎好了许多，和他合照的同学居然也有许多，他把与别的男生的合照各送我一张。悄悄塞给我，不说任何话。

随着在明处互赠照片，互写临别寄语之外，班里男生会在私下里把诸如笔记本之类的送给心仪的女生。当然，也有男生送我私密礼物，而良子就是其中之一。

良子是课间10分钟，在我们坐的座位上，送给了我一个厚厚的笔记本。当时的年代里，那笔记本无论纸质，还是扉页设计，还是插页图画，都堪称简洁别致，清新淡雅。他在扉页前的空白页写了两句赠言——宝剑锋从磨砺出，梅花香自苦寒来。依然是一笔正楷字，比先前在留言本上的更加工整俊秀。

我从他的笔迹，他给我本子时的眼神以及赠言的内容中，读出了他内心深处其实有一种细腻的情感。我觉着他并不是愚笨不可雕琢的钝器，只不过是没人开发他的智慧，他的某些知觉还处于休眠状态。

之后，我和良子成了无话不谈的朋友。

良子告诉我他父亲有许多藏书，还问我要不要在中考之后看几本小说，如果看，他会带着我去跟父亲借。

我对良子的建议万分欣喜，万分感谢。

中考一结束，我就跟着他去借书。

他带我进了新店乡政府，我才意识到他父亲在乡政府上班；他带我要进一个挂有“书记”牌子的虚掩着的门时，我才意识到他父亲是乡政府书记。

我们推门进去。他父亲没有发觉我们。他叫道：“爸爸。”

他父亲抬起了头。

这是一个看起来温文尔雅的男人，有着几分霸气暗藏在两道浓眉里，有着几分儒雅显露在额头上，有着几分慈祥坦然在一目了然的发际线上。

我被眼前这个中年男人的面部轮廓所吸引，把目光在他还没注意到我的时候，在他脸上多停留了几秒。当我发现他的目光移向我的瞬间，我旋即移开了视线，去看他身后大大的书架以及书架上的书和他办公桌上的陈列。那一刻，我是没胆量和一个陌生的长辈对接目光的。

书架上的书很多，每一个格子都插得满满当当；办公桌上放着一个桌牌，桌牌上写着〔书记：×××〕；桌牌旁边是一个红棕色古色古香的笔筒，笔筒里插着一支铅笔，一支钢笔，一支透明而且装着红油笔芯的油笔；紧挨着笔筒摆着一个砚台，砚台里还有没用完的墨汁，砚台上搁着一支大号毛笔；一个大大的笔力劲挺，气韵生动的书法“廉”字紧挨着桌牌、笔筒、砚台放在桌面上，书法字上的墨汁还有点儿微微潮湿；桌面的另外半部分，也就是他父亲座位的正前方，放着一本厚厚的书，书旁放一个打开的笔记本，笔记本上用钢笔字在打开的那页上纸上写了四五行字。

我从来没见过这么大的书架以及这么多的书，更没见过这么丰富而有内涵的办公桌。

他父亲问道：“考完了？”

他回答：“嗯。”

他父亲又问：“你同学？”

听到他父亲问到我，我抬头和他对望一眼，怯怯一笑，点了点头。在我的意念深处，对方是个大官，我根本不敢和他对话，更怕说错话。

他马上回答：“嗯。她叫上官玲儿，作文写的好，理想是当一名作家，想跟你借几本小说带回家暑假里看。”

他父亲一听，目光马上转向我，欣喜道：“好啊！理想远大。想看什么书？叔叔给你找。”

“叔叔”这个称呼当即把我和他之间的距离拉近，让我对他有了一种新的认识，他应该是一个很平易近人的官。这时我完全没有了先前的那种拘束感，大胆地用手指着我已经看到的书架正中央放着的那一套四本的《红楼梦》，没等良子开口，脱口就说了“红楼梦”三个字。

叔叔听了转身从书架里取出，放在办公桌上，用亲切的目光望着我微笑道：“有志气，拿回去好好读，读完了，拿来换别的看。”

我如获至宝，马上把那四本《红楼梦》装在书包里，继而微笑着告辞道：“谢谢叔叔！叔叔再见！”

良子见状，急道：“单单那个？不看别的？”

我微笑道：“这个假期有这些够看了。”

告别良子，回到家里，整个暑期，我把自己埋进《红楼梦》里。其间，我去新店中学看中考成绩，榜上无名，就没与任何人打招呼，一个人悄悄离开了学校。

我喜欢独处，经常面壁思过。中考落榜，让我的情绪极度低落，我怕见任何熟人与亲戚。白天，我把自已封锁在院坡下水壕边一排巨大无比的柳树下看《红楼梦》。

那排柳树与水壕之间的土地上，母亲种了一些西红柿。我看书到口渴的时候，摘吃一个半红半绿的西红柿解渴。那半熟的西红柿绝对是尤物，既解渴又冲饥。我每天看书看到母亲喊我吃饭小半天后，直等到光线昏暗，实在无法看字了，才抱着书和笔记本回家。看小说记笔记，大概是那天和良子去借书时，见他父亲一边看书一边记笔记，受了影响。

抑或因为我体弱，抑或因为我常常有病，在整个暑期里，母亲特别放纵我，竟不叫我帮她干任何活儿。

我必须要把四本《红楼梦》赶在开学之前看完，其一因为良子要在开学前来家里取书，其二因为开学后我准备去周镇复读。

当时考学是唯一的出路，陕北农村人要想出人头地，都得走这一步，否则别想走出农村，走进城里。

临近开学，良子如约来取书，取书之时他带来一个消息。

他要去煤矿上班，是他父亲托人找的差事。他让我开学后好好学习，抛开一切思想杂念；他还说以我的聪明伶俐一定能考上。临走，他要了我家的通讯地址。

周镇离家很近，只有 4 公里的路程，当时村里在周镇上学的学生很多，都骑着后面带行李架的二八大自行车，属于跑校生。

开学一周后，我收到了良子的信。良子告诉我，因为工作忙的缘故，他不给我继续写信，他会托亲戚雷雷从横县给我邮寄学习资料，他交代我只管收取学习资料，不必给雷雷写回信；还说中考结束后，他会来家里看我，希望我能给他满意的答案。信尾，他要了我学校的详细通讯地址。

半个月后，我收到雷雷寄来厚厚的一沓学习资料，资料里夹着一封信。信里简单介绍了下他给我寄学习资料的原因，也说他这是受良子委托，并让我不要有任何顾虑，安心接受就是；还说我如果学习忙就不必回信云云。出于礼貌，我给雷雷写了一封极其简短的回信，信里无非说一些感谢问候的话而已。

此后，每隔一周，我就会收到雷雷寄来的学习资料和他写给我的信。雷雷来的信一封比一封长，一封比一封有激情，一封比一封有诗情。他根本不管我的思想与态度，不在乎我给不给他写回信，而是一如既往地，定期给我写一封飘飘洒洒，暗含着浅浅情怀，深深忧伤的信。

雷雷的信拨动了我那颗驿动的心，我开始不厌其烦地在夜深人静时，偷偷地一遍一遍读他的信。我再也无心思学习那些枯燥的数理化了，我偷偷地开始写小说，写少男少女朦胧奇幻的爱情故事，我把自己编织在每一个故事里，甚至在暗夜里，偷偷给雷雷写回信，即使不发出去。

临近中考，雷雷又给我写来一封信，是一封单纯的信，没有学习资料，信里夹着他的一张标准照，交代了我一些事情。信的最后一段写道：

玲儿，来横县我们一同参加中考吧！家父任教育局长，可帮我们共同择一所好学校，到时我们同去同归，比翼齐飞。玲儿，来吧！虽然这一年来只是我一厢情愿地相思，但我相信你不会拒绝，你不会不考虑你的未来。想你的雷雷 / 于深夜

我的心开始狂跳，我的脸开始发烧，我开始憧憬美好的未来。但我回到家，看到母亲的时候，我却不知道怎么跟母亲讲这件事。难以启齿啊！当时的形势下，倘若我和雷雷去横县考试，无异于和他去私奔一样性质恶劣。

夜，是那样的漫长，不知疲惫的青蛙一直在呱呱地叫唤。我在炕上辗转反侧，无法入睡。我想起了良子，想起他父亲大大的书架和那书架上的书以及那亲切的目光。

最终，我没有去横县考试。

各种担心，我甚至担心雷雷的个子会很矮很矮，毕竟我与雷雷未曾谋面，我怎么能把自己交给他？

中考过后，良子来到我家。他和我要看雷雷给我邮寄学习资料的信封。我毫无防备。我也从来不曾想过把雷雷的那些信件藏起来或者是烧掉，而是看完依然装在信封里保存着。他发现了雷雷写给我的信。他一封一封看着那些信。他的脸由白变红，由红变黑，最后变成绛紫。他恨声给我丢下一串话："上辈子把你的心挖的吃了，这辈子也还不清吗？让欠着，我不还了。"说完，

他转身离开。我呆愣了几秒钟，追出门去，只看见他头也不回走下了院坡，绝尘而去。

那天，整整一下午，一种强烈的失落感裹挟了我。

我是个不善于用嘴来直接给自己辩解的人，我也没有无话不谈的闺蜜，我天生喜欢一个人坐在寂静的夜晚遐思，我从来都不喜欢怨天尤人，我一直都以为天塌下来有地接着。

于是，我把雷雷写给我的那些柔情蜜意的信用一根火柴全部化为灰烬，把良子送给我的笔记本和他所有的相片连同那本留言册全部锁在一个小盒子里，搁置在仓窑里一个废弃的、母亲又舍不得扔掉的大黄瓷缸里，继而把自己放逐在小说堆里。

后来，我与良子就断了联系。

当16年前，我看到良子热得满头满脸全是汗水的时候，恻隐之心便油然而生，他怎么依然干着这种底层人干的事？于是乎，丝丝怜惜，丝丝心疼，于那一瞬间在我心里蔓延开来。

难道这也是宿命吗？

学生时代，他曾说我的前世是只金丝雀，他的前世是只看家狗，我们前世就相逢在一个屋檐下。尽管我当时就知道那只是他精心编织的故事，但我宁愿相信是真实存在过的事，而不是故事。

“这不是上官玲儿吗？你怎么在这里？你在这儿住吗？”良子发现了我，一连串问题脱口而出。

“你先告诉我，你怎么在这儿？你怎么依然干这种体力活儿？”我要他先回答我。

“怎么？没有我们这些人，你能每天喝上这么方便的开水吗？你能夏天洗澡不用自己烧水吗？你能冬天取暖不用放火吗？你呀！永远也瞧不起我。”

良子还是那么大大咧咧，他说的话句句在理，但我学会了为自己当场辩解，于是我说道：

“不是，不是。我的意思是不能让你爸给你找个轻松点儿的事做吗？”

“唉！谁让自己不学无术。现在这生活轻松多了，比离开学校那时在煤矿舒服多了，这也是托了老爸的福，我都不知道他老了，我能怎么孝敬他。”

良子还是那么善良，天性使然。我追问道：

“别的情况呢？也说说。”

“我现在是一儿一女的爹了，孩子到了要上学的年龄，老婆说家里条件不好，要来县城，这不兵马未到，粮草先行，说说你，别像法官一样只管审问犯人。”

“我就这里住，老公这里上班，我在保险公司上班，单位离这儿很近，一个儿子，现在幼儿园。”说完我又追问他：“你何时到这儿的？”

“昨天刚来，今天就让你看到了。你这儿住，那我们天天能见面了，哈哈。”良子似乎忘记了我们之间的不愉快，竟然眉开眼笑道。

“那是。天天能见面。你不恨我了？”我试探道。

“恨你什么？爱都爱不上，还谈什么恨？”良子一副无所谓的样子。

“想不想回到前世，我做那只金丝雀，你再做那只狗？”我开玩笑道。

“哎呀！你怎么哪壶不开提哪壶。那只是我当时哄你开心编的故事了，你倒相信了？哈哈！前世是万不能回去了，要是回去了，指不定我还会吃了你，那样我又要给你还债，又要管顾我老婆娃娃，我又不是孙悟空有分身术，把我掰成八疙瘩也还不清债了。”良子说完，我俩同时哈哈大笑起来。

笑得我几乎岔气了，笑半天，恢复自然状态后，我又问他：“那你告诉我，我生病后，你来我家，是怎么知道地址的？”

“你呀！聪明人也瞎当了，我不会问人吗？虽然我学得不好，但眼睛明亮。我还能看不出来当时哪个女生和你最要好？我问秀秀和芳芳了。”

良子自己拆穿了他当年精心编织的美丽谎言。

后来，我在财院见到了良子秀气而贤惠的妻子梅。

遇见梅，依然是在水房。

我和梅就像久别重逢的故人，谈了好多话，心无芥蒂。

梅给我讲良子的优点：不赌博，不说脏话，不打人，心细，体贴，讲卫生，尊老爱幼；还给我讲良子的缺点：没文化，不帮她带孩子，不帮她洗衣服，不会做饭，脾气暴；梅还说良子在刚结婚那几年，又抽烟又喝酒，可是后来身体不好，医生不让他抽烟喝酒了，他就把烟和酒都戒了。

说来也巧，我和梅也是同学，同级，不同班，我对她几乎没有印象，而她却记得我。她说，当年的我给她留下了很深的印象。我不解。她给我解释说，当年良子眼里全是我，而她眼里全是良子，所以就记住了我。

听了她的话，我如释重负。

那一刻，我真为良子感到高兴!

再后来，就是2000年大年后，也就是良子来财院刚刚半年后，由于工作调动的缘故，我离开了财院到了外县。

之后，我与良子再没有见面。

转眼16年悄然而过，现在是网络便捷的时代，几个热心的同学，竟然把山南海北多少年不曾见面的同班同学都聚在一个微信群里。同学们畅所欲言，都搜肠刮肚回忆学生时期的那段时光，并且正精心地策划着一场别开生面的同学聚会。

我被他们感染，被他们唤醒，又想起了良子，想起了那段让我开心让我忧的纯真岁月。

真的。不管曾经的对与错，忧与喜，回忆总是美好。

2016/05/07 于家乡双庙湾

刀子

刀子是我失恋后注意到的。

我曾在之前别人的QQ空间里看到过一篇文章，文章的大概意思是：有的网络作者像妓女，他文章后的评论者总是换了一茬又一茬；而有的网络作者却像良家妇女，无论他写得多么好，来评论的总是那么几个人。当时看完感触很深，我留言：我大概只能算良家妇女了，我想这大概与交友是否广泛有关系。不过，作为一个真正的写作者，还是想成为妓女一样的作者。虽说这比喻不恰当，却是作者的心声。

我不善交友，生活里好友贫乏，网络里好友更少，后来失恋与我狭路相逢了。

他把我甩了，嫌我整天爬格子，不会浪漫，不够温柔，不够情调。他损我：真难相信，一个能把文字写的柔美婉约、热情昂扬的女人，生活中却如此呆滞木讷、少情没趣。

其实，我是一个心气儿极不高的女孩，只要男朋友每天给我打个电话，偶尔没事过来坐坐，看看书，喝杯茶，和我出去吃个饭，让我心里有个念想，有个牵挂，有个寄托就行。我不需要他每天和我腻歪在一起，也不需要他给我披金戴银，更不需要他管我山珍海味。我有自己的收入，不需要他管我经济，我只是让他给我踏实感，以后和我牵手走入婚姻的殿堂。现在，趁着年轻，想写点儿东西出来，这能影响日后的结婚生子吗？他却怎么把我甩了？毫无道理呀。简直让我郁闷难受。

我这人，自我调节能力还行，我会把心底的郁闷、伤心、难受变成凄美苍凉的文字流淌出来。我不求谁的同情，这是互联网时代孤独者的一种自我安慰、自我释放、自我发泄。

前些日子读到过一个人写的文字，其中一段的意思是：一个喜欢写文字的人，如果有一次伤痛的经历，造成一个难以愈合的伤口，那么，他的文字会因这段伤心的往事而出彩。于是，我在微信朋友圈里发了几个词：伤心、伤痛、伤口——出彩！

刀子看到了，留言：一串省略号，后面一个握手的表情。

看到留言的第一时间，我的眼睛立即明亮。多么及时的一把刀子。我真想拥有一把刀子，最好锋利如剑，刀剑出鞘，情丝即断。

他已不爱我，离我而去，另择所爱，我伤心为何？我要挥剑斩情丝。

我有一柄慧剑吗？慧剑斩情丝的魄力我有吗？

我想起了刀子，这些年来，刀子始终活在我的精神世界里。

刀子，是网名，起先是我的 QQ 好友，后来又成为我的微信好友，我们却从来不聊天。

我认为网络好友不同于生活好友，生活好友能让人感到踏实，是真真实实的。而网络好友只是存在于人的精神世界里，似乎是缥缈而不真实的。在这种思想下，我一般不与任何网友聊天，甚至交流关于文学的话题。

我总以为，只要网友关注我的言论，我内心深处会感激不尽，感激他们对我的支持与鼓励。

刀子恰恰就是如此，他总是默默地关注着我。

以往，我 QQ 里每每更新的说说和日志他总会看到，还写上一两句共鸣的话语；现在是微信朋友圈里更新的消息，只要出自我的亲笔文字，他总会评论几句，写出他的观点，褒奖贬损都有。

我视读者为上帝，看到读者留下褒奖的语言，我总会热血沸腾；看到读者留下批评的话语，我更视她如金子般珍贵。

然而，网络里很难遇到如同刀子这样认真的读者，他总会留言指出文中的错误，提醒我校正；他也留言反驳我的观点。

我从来没有认真对待过所谓的网友写的文章，除非我认为他是大师。对待大师的文章，我也没有他那样认真。一般情况下，看到好的文章，我也会感慨几句；看到能产生共鸣的文章，多感慨几句；看不下去的文章，直接飘过，不留下一点儿痕迹。而刀子却不同，他从始至终是我的读者，哪怕一句话，他都会看到，或赞，或赏，或驳，或砍。

生活里的好友离我而去，网络里的好友却不离不弃。突然间，我对刀子产生了一种幻想。我幻想他的职业、年龄、长相、身高、性格。

我在刀子的留言后回复：可否卖一把刀子给我？

第二天，刀子回复：不卖，可以借用。

我当即回复：时间？地点？

他立即回复：明年十月，新疆胡杨林深处胡杨印社。

我又回复：为什么一年后？太漫长了。

他也回复：不漫长，明年拿到的刀子更锋利。

后来，我和刀子偶尔在我文章后的留言栏里互相回复交流，偶尔也会在微信聊天窗口，不着边际地神侃。关于网恋、拍拖、暧昧；关于文学、书法、音乐。大多情况下，我们只聊我的作品。见题议论。

聊一段时间后，我就感觉刀子有很明显的两面性。

其实，每个人都具有两面性，这不必见怪。

刀子的两面性，宛如寒冬腊月与盛夏七月的气候，温差大得惊人。

有时候，他对我的刻薄，仿佛一位砍伐工人，手执一把利斧，我只听得耳边“咔嚓”一声，斜生的树枝就被砍掉。我一头雾水，看着手机上的文字，心疼到流血，忍不住泪水滂沱起来。而他，再无下文。有时候，与他交流，我却又能明显地感觉到他温柔的一面，犹如扑面而来的三月春风，舒爽；酷似涓涓流淌的山间清泉，甘甜；更像陕北榆林的水嫩豆腐，暖心。

夜深人静，躺在床上想起刀子批评我的那些话语，我又觉得他说的句句在理，句句金玉良言；夜深人静，偶尔想起刀子安慰我的那些话语，我又辗转难眠，夜不能寐。

日子久了，我懂得了什么叫良药苦口利于病，什么叫忠言逆耳利于行。

渐渐地，我感觉刀子不仅是一位好读者，还是一位好老师，更是我值得深交的好朋友。与他交流，我的心情开始愉悦，我的创作思路逐渐清晰，文字质量开始提升，文章的点击率逐渐上升。

有段时间，刀子隔三差五出现一整天都不露面的情况，不发消息，也不给我的文字留言。这种情况下，我就觉着日子里缺了什么，睡觉前忍不住要在微信聊天窗口发过去两字："在吗？"继而拿着手机，眼盯着手机屏幕看，直到瞌睡虫爬上脸颊，无奈，道一声："晚安！"我就沉沉睡去。次日睁眼，如若看到他发过来回复文字，我的心也就安稳了下来；如若看不到，我的心会一整天吊着。

9月初，刀子给我发过来一串文字：请假10天，中国书法家培训。

我当时正在写一篇稿子，手机关机，待我写好，打开手机，看到消息时，时间已经过去4个小时了。我立即回信息：去哪里培训了？半天不见他回复。我想他大概忙起来了，就没再理会。晚上，我照例发过去一句："在吗？"最后再跟一句："晚安！"

第二天起床，迫不及待看手机，却没有任何消息。

一连几天，我每天晚上都如法炮制，却总收不到他的消息，仿佛一个人从人间蒸发掉一样。待到第8天，我再也没心思写文字了，心慌得厉害，仿佛十五只吊桶打水，七上八下，坐立不安，魂不守舍，心急如焚，宛如陕北民歌里的唱词一样"约下的日子见不到哥哥来，妹妹我眼泪掉在饭碗里"。

我静不下心写字，静不下心看书，静不下心听音乐，静不下心看手机朋友圈。我干脆把手机关机，连着两天都没有开机。第11天早上，打开手机，刀子的微信消息立即跳了出来：一二三四五六七八，第九天哪里去了？第十天哪里去了？人呢？还在睡吗？后面一串问号。

我看着他发过来的消息破涕为笑了，心也踏实了。我回复：

允许你8天不理我，不允许我两天没消息吗？

我不是告诉你了吗？中国书法家培训。

24小时都上课吗？鬼才信。

不是。10天内我们就像犯人一样被严管起来，早上进教室后上缴了手机，下午进宿舍前才给分发手机，宿舍里信号干扰，连手机信息都收不到，手机唯一的功能只有闹钟管用。如果不是这样我会郑重到跟你请假吗？

为何会这样？

不知道，每次都这样。

多长时间一次？

一年一次。

错怪你了。

真小家子气。还报复我？现在气消了吗？

我发过去一串欢喜跳跃的表情。

你不了解我，我做事很认真的。

我又是发过去一串微笑的表情。

你写小说的人，不会用语言表达吗？

此时无声胜有声。我回复。

那好吧。我们都起床，然后工作，书归正传。

书归正传，拜拜！

拜拜！

9月底，入夜，漫长而无眠。

那是一个诗意浓浓的夜晚，那个夜晚我在微信朋友圈读到一首陈安之的诗歌——《有一种陪伴不在身边，却在心间》——有一种朋友不在生活里，却在生命里；有一种陪伴不在身边，却在心间。不曾牵手，却真实拥有；不曾谋面却铭记于心。纵然只有简单的语言，却体贴温暖；纵然只有虚幻的拥抱，却感动无限。

仿佛作者窥探到我的心思，把我的思想解剖得淋漓尽致，把我想要写却一直没有写出来的话全写出来了。

我对新疆是陌生的，对新疆的胡杨林是陌生的，对刀子的印象仅限于他对我文字的点拨，心灵的交流，我甚至不知道他是怎样的面容以及高矮胖瘦，我真的有必要赶赴3000公里去兑现我的承诺吗？我犹豫了。倘若我不去呢？

真如诗歌中说的一样吗？我是闺中待嫁的姑娘啊，为什么不能让这种陪伴，既在身边又在心间呢？这样想了，次日一早，我迫不及待地给刀子发过去一串文字：请发详细地址与手机号于我，明日起程。

刀子连续给我发过来一串的消息：自拍的头像，一张站在他书法字画前的全身照，他的文字简介，胡杨印社的店面标志，后面是一个手机号以及详细地址，最后跟三个字：请审核。然后是一个微笑的表情。

我只给他回复过去一个 OK 和我的手机号。不承想，他却把电话打过来：

你真来？

为何不来？

你的心结还没有打开？

打开。

那来吧。火车进站前一个小时给我来电话，我来接，路上随时联系，我正忙着，先挂了。

我没有给他打电话，凭我经常疯跑的经历，我自信满满。

在一大片的胡杨林深处，一条干净整洁的石板街道，一排古色古香的低矮建筑，胡杨印社的招牌显得那么暖心而典雅。店门前，四五个肤色不同的男人围着一位有着古铜肤色的青年，青年正用一把镌刻刀在一个胡杨印坯上专注雕刻。

我倒退两步，掏出手机，打开相机，一副温馨别致的画面立即映入眼帘。

太惊异于眼前的景色了，远处是金灿灿的胡杨林，近处是古朴的建筑，而眼前的这位正在镌刻的男青年，那神态，那姿态，那微微凸起的额骨，那眉目紧锁的专注，无不释放出一种艺术家浑然天成的范儿。

不到一分钟，青年把印章刻好了，放下刻好的，再拿一个印坯，手旋刀转，旋即又刻好了。他拿着印章往印油上轻轻一按，在两个小方块白纸上“啪、啪”两声下去，两个优美而不同形状的篆书印章立即跃然纸上。仔细看去，点画单纯、粗细均匀、柔中带刚、行列整齐、规矩和谐、结构匀称，给人一种古韵典雅、笔画清亮的神韵之感。

等那几个人都走了后，青年抬起头，注意到了我。我们的目光对接，片刻后，我转身不敢再看他。我太惊讶了，他的眼神，似乎我在前世就曾遇过，像一束耀眼的阳光，一盆烧红的炭火，穿过万亩胡杨林，翻越千山万水，到达陕北黄土高原，射入寒冬腊月的冰窟，温热了冰凉水底的那块孤独的顽石。

他招呼我：我很丑吗？怎么不给我正脸？我已经认出你了。

我转过身，不敢看他的目光，而是看着他面前的胡杨印坯说道：我有点儿晕。

他说：你还晕火车啊？这么娇气？我不曾想到的。需要躺一会儿吗？里面有简易床。

我笑道：不晕火车。

他惊问：晕什么？

我低头，莞尔一笑：晕眼神。

他笑道：幽默。这是小说的语言。

我笑着不语。

他说：这么说我的眼神有杀伤力呀，这么高的评价？

我真不善言辞，一时想不到对答的话语来。

他见我不说话，开始自言自语：我就说嘛！你野性十足又机灵，都没要我接，就找上门了。我这里一直有人，否则我要给你打电话了，心里其实老担心你了。

我说：一年四季，都是这样的工作？

他说：是的。没事的时候看看文章，写写书法。说完，他看我两眼，又接着道：这么远，你跑来和我借刀，真让我感动，我这就给你取刀。

我大惊，猜不出他葫芦里卖的什么药。

他折回店里，从柜子里找出两个精致的盒子，从里面取出两块血红透亮的木质印坯，手握镌刻刀，手起刀落，不到两分钟，印章就成型了，之后又用电磨头细磨了一番，然后在印油上轻轻一按，又是“啪、啪”两声，我的姓名和笔名的两个篆书印章就炫耀在我眼前的两块小方纸上了。他抬起头看着我说道：满意吗？

多少钱？

俗。送你的，这么远来借刀子，我总得有所表示。顿一下，他又道：这是我的强项，等你出了名，我的印章就派上用场了。

我拿起装印章的盒子，里里外外细看，却并没有看出标价。

他大概看穿了我的心思，说道：印章有价，心意无价。这是真正的千年胡杨木，很难得的，拥有者不多。这一对，我特意让敦煌佛教圣地的大师开过光，拥有者能逢凶化吉，遇难成祥，百事顺心，前程似锦。如果你拥有，将来一定会写出精品，流传后世。

不知用怎样的语言才能表达我的感动，我呆呆瞪瞪了半天，才想出一句庸俗的话：你的期望吗？

不也是你自己的期望吗？他反问。

我恍然所悟，又道：这就是你借我的刀子吗？

他说：不是。你现在还需要刀子吗？你曾经那剪不断理还乱的情丝，随着时间的推移自然就断开了，现在的你需要一种力量，一种全新的生活。是不是？

我无语，时间真是疗伤的最佳良药。

他继续说：这么远，来一趟不容易，好好四处转转，让心底的不快，曾经的忧伤，全部抛丢在这茫茫的戈壁滩，回去后潜心写作。

我收起印章，之后半个月，我真就在新疆胡杨林周边随心游逛。

穿越千年的驼铃声，卧眠于苍穹之下，静夜与古人对话，与自我的灵魂对话，燃戈壁篝火，让生命的火焰升华，这魔幻般的意境在陶醉着我，裹挟着我；还有那片“生而一千年不死，死而一千年不倒，倒而一千年不朽”的胡杨林也在感召着我，吸引着我；还有刀子那既像耀眼阳光，又像红红炭火一样的目光在召唤着我，灼烧着我。

半个月后，我就有了一个大胆的想法。

我想留下来，我想近距离，长时间地欣赏这片广袤而神奇的边塞大漠。

我又到刀子的印社。

刀子正忙，他看见了我笑了笑以示招呼，继而忙他的工作。我等了足足两小时，他才把所有的客人都打发走。他看着我歉意道：这段时间太忙，每年 10 月初是胡杨林景色最美的季节，全国各地乃至国外的游客都聚集在这里，尤其搞书法绘画的那些艺术家，每人回去时必须要带走一对胡杨木印章。

我说：我没有打扰到你吧？

他说：没有。确实太忙了，要是不忙，我可以带你四处走走的，就是我不忙的时候，这里的景色却难免落寞，难免苍凉，也许会影响到你的心情。

我专注地听他说话，微笑不语。

他又说：忘记问你了，玩的好吗？开心吗？你是不是已经买好返程的火车票了？

他说这些的时候，我一直望着他。他那古铜色的脸庞、微微凸起的额骨、火一样的目光、棱角分明的嘴唇组合在一起，分明是一件罕见的艺术品。我惊呆了，与贾宝玉初见林妹妹时，痴痴傻傻的呆样绝无二致。

我没有回答他的问话。他也没再追问，而是跟着我的视线，游走他的目光。我的目光落到到店内的一幅字画上，字画上写着“镌刻人生”四个大字。那字看起来剑拔弩张，笔力劲挺，右下角落款“刀子”。

我看着那幅字画，对照着他的脸，想着他的工作，联想着他对我始终如一的关注。我的脑子里跳出一组词语：刀子、镌刻人生、执着。

这些词语不光写在刀子的脸上，还写在他心里，写在他为人处世的人格魅力上。

我转过身，目不转睛地望着他，莞尔一笑道：你的镌刻刀在我心里已经刻下了三个字。

2016/11/16 于榆林静雅斋

好人担了个赖名誉

肖云峰刚从大专毕业，就被分配在五里湾小学任校长了。这是双水镇教委破天荒的举动。然而，全镇所有小学老师都为肖云峰捏着一把汗。

五里湾小学有七位年龄不等的女老师，人送外号“七只母老虎”。个个伶牙俐齿，鬼点子奇多，却不在教学上下功夫，常常聚在一起嚼舌头，做些不过大脑的事，尤其爱琢磨校长的糗事。“七只母老虎”都是有来头的人。人人与县上的领导沾亲带故。派往五里湾小学的校长，在学校待不到一年，总会被她们的唾沫点子淹个半死。历届校长只能硬着头皮挨满一年，便相继逃离。

教委叶主任实在头疼，每年总要在五里湾小学的校长人选上大费脑筋。可连续几年下来，“七只母老虎”威名远扬，双水镇所有的公派老师都谈虎色变，仿佛五里湾小学真有七只龇牙咧嘴随时会吃人的母老虎。

这一年，叶主任不知得了哪位高人的点化。他一改往年的做事风格，决定派一名刚从学校毕业的男老师去五里湾担任校长。幸运便降临到肖云峰头上了。这一年，分配来双水镇的小学老师里唯有肖云峰是男性公民。

肖云峰简直一个愣头青，他不知缘故，心里觉着领导重用他，一接到通知，就带着礼品，屁颠儿屁颠儿地来感谢叶主任，免不了一番千恩万谢。

叶主任见了一脸帅气，满身潇洒，能言善道的肖云峰，心生喜欢，恻隐之心油然而生，禁不住为肖云峰未来一年的生活担忧，但他又不能明说，却想巧妙地暗示一下，提醒肖云峰以后提防点儿。

叶主任点燃了一支烟，猛吸一口，酝酿了片刻，又慢悠悠地吐出口中的烟。他看着袅袅娜娜的青烟，拉着长长的声调道："你会游泳吗？"

"会，会。最起码能游 3 公里。五里湾小学还有游泳池？好条件呀。"肖云峰说着，脸上露出一种难以掩饰的笑容。

"又大又深，会游就好。"叶主任含糊了一句，不再言语，手心已为年轻人捏了一把汗。

肖云峰的对象也是一名老师，在另外一所小学任教，与五里湾小学相距甚远，两人有个约定，礼拜天轮流访问对方。

说来奇怪，肖云峰到了五里湾小学后，"七只母老虎"却变成了"七只温顺的绵羊"。她们一下子安静了，再也不闹腾了，反而和肖云峰相处得异常和谐，甚至有种其乐融融，宛如分别已久的一大家子人，突然相聚在一起的那种和睦感，亲近感。

这是可以想到的结局，全没必要大惊小怪。之前教委考虑到五里湾小学都是女老师，每次派来的校长都是女的，而忘记了同性相斥的基本原则，导致校长和教员尿不到一个夜壶，而这次不同了，派来一个年轻的小帅哥，七位女老师欢喜得不得了，女人独具的母性天职，反而让她们把肖云峰当儿子一样关心，当儿子一样心疼。至此，"七只母老虎"真就变成了"七只温顺的绵羊"——善良的七姐妹。

七姐妹都已结婚成家。家都在学校周围。

从周一到周六，上、下午放学后，七姐妹各回各家里吃、睡，红火热闹，学校里就只留肖云峰一个人，冷冷清清，孤孤单单，自个儿把锅燎灶，凑合着吃饭，仿佛一个照庙和尚，端出端入。

七姐妹看在眼里，疼在心里，三个礼拜后，便合议出一个重大决策来——逢周四下午，七姐妹轮流准备食物原料，带到学校，在肖云峰的锅灶上做熟，一起聚餐。

肖云峰自是感激不尽。

周四正是肖云峰青黄不接，相思难耐，鞭长莫及的一天，而这一天放学后，有女教师们陪着他热闹，陪着他吃喝，又不必他亲自动手，这可是前世修来的福啊。

然而，肖云峰和女老师们合灶聚餐的消息不胫而走，被添油加醋地传到他对象的耳朵里。于是，又一个周四下午，肖云峰的对象突然出现在五里湾小学，当她亲眼目睹肖云峰和七位女老师一起嘻嘻哈哈，热闹成一片时，妒从中来，便大闹五里湾小学，把七姐妹搞了个下不来台，还盛气凌人地丢下一句话："肖云峰，你无耻，我们分手。"然后扬长而去。

七姐妹这下傻眼了。

是啊。七姐妹好心办了个瞎瞎事。

谁也没想到的结果，肖云峰失恋了，心情一落千丈。

七姐妹看在眼里，急在心里。人多力量大，她们又合计出一个将功补过的方案来，她们要给肖云峰介绍对象。

说来也巧，七姐妹里年龄较小的老师——七妹有个当护士的姨表妹——杜媛媛，到了待嫁的年龄。七姐妹便私下里合计，由七妹牵线，七姐妹从中撮合，肖云峰便和杜媛媛处上了对象。一年后，肖云峰和杜媛媛顺利结婚。

七姐妹成了肖云峰的媒人，他们的关系就更铁了。肖云峰把七姐妹当亲姐姐一样看待。七姐妹把肖云峰当亲弟弟一样对待。七姐妹之前定下那个——周四下午在学校聚餐的约定，一直持续了下来，持续了整整 5 年。而五里湾小学，因肖云峰的到来，连续五年都被评为先进学校，七姐妹也连续 5 年被评为全镇优秀小学教师。

叶主任高兴啊。高兴自己慧眼识珠。他非常欣赏肖云峰的为人，非常佩服肖云峰的才能，非常认可肖云峰的能力。他逢人就夸，见人就讲。

结果肖云峰的大名便传入清河县教育局长的耳朵里。教育局长也认为肖云峰是个人才，一辈子待在小学校教学是浪费人才。教育局长正在物色接班人，他私下里关注上了肖云峰。

那日，局长到双水镇检查工作，特意到五里湾小学找肖云峰谈了一回话。教育局长被肖云峰诙谐幽默的语言吸引住，竟不着急回县里，决定暂时逗留双水镇，等下午放学后，再找肖云峰谈话。中午，学生上课时，教育局长和叶主任一起拉话，正拉着，门里进来一个人。

来人是局长的远房亲戚，五里湾村人，叫王成。

王成继承了祖上的做豆腐手艺，每天在家里做好豆腐，又开着三轮拉着豆腐，走街串巷卖豆腐。他积攒了些积蓄，想走局长的后门，让他的儿子到县城念高中，却因平日里和局长没什么走动，不好意思开口，突然听说局长来双水镇检查工作，便带了几大块豆腐来套近乎。

叶主任跟王成也熟悉。

王成为了娃娃念书，也送豆腐给叶主任吃。

叶主任一看见王成进门，知道又来送豆腐，忙站起来给局长介绍。他谎称王成是自家的远房亲戚，人好，豆腐做得更好。

教育局长也和王成亲戚啊，当然知道王成做的豆腐好，他和王成虽说交情不深，却在一些红白事上经常遇见。他听说叶主任也和王成亲戚后，当即想起要侧面了解一下肖云峰。

偏偏遇了个端端，合该肖云峰倒霉。

七天前，一个风雨夜，王成在家里做着营生，一泡尿憋得肚子疼，他不得不撂下手中的营生，拿了手电筒跑去茅厕解决。刚解决完，还没出茅厕，就听见学校的铁大门响了一声，便急匆匆出了茅厕，出了院子，向学校跑去。他家距离学校很近，中间仅隔着一户人家。

那户人家的男主人叫强子，曾是乡政府干部，可能觉着乡政府挣不下钱，下海做起了生意，当上了老板，生意在门外，人也常年在外，一年回家次数甚少。强子的老婆叫莹莹，曾经也在乡政府上班，是乡政府的文书，颇有姿色，且天资聪明，爱好文学，偶尔有豆腐块文字见诸报刊。强子和莹莹有一对双胞胎儿子，满周岁后，莹莹去上班，娃娃留给老人看管。隔辈人看娃娃，光溺爱不管教，加之做了生意的强子不缺钱，两个娃娃就被惯下许多坏毛病。可是正到了娃娃上学的年龄，老人却撒手人寰，向阎王报到去了。莹莹为了两个娃娃念书，不得不请假回家照看娃娃，给刚上小学的娃娃做饭。然而，刚进学校的娃娃还没上道，不爱学习，也不听亲娘的话，学习始终一塌糊涂，从幼儿班到一年级，每次考试弟兄俩都包揽班里的倒数第一和第二。肖云峰到了学校后，正好当了两个娃娃的班主任。年轻人责任心强，一心扑在教育上。说也奇怪，俩娃娃却就让肖云峰教育好了，一年比一年学习好，小学毕业时，双双被评为三好学生。现在，俩娃娃已经考到县城重点中学上初中了。

王成出了自家院子，刚到莹莹家院子，猛然看见莹莹家当院里有个肖云峰。王成从肖云峰的背影上认出来的。他们太熟悉了。

都说卖什么的人，往往不喜欢吃什么。到了王成这里，却不灵验了。王成自己卖着豆腐，却还特别喜欢吃豆腐。他曾借着给莹莹送豆腐的机会，差点儿吃了莹莹的豆腐，而那次的好事，却是被贸然前来家访的肖云峰给搅黄了。为此，他好长时间都看肖云峰不顺眼，要不是有学校那七只母老虎罩着，他早收拾肖云峰了。后来，肖云峰在学校里做出了成绩，五里湾全村人都拥护。王成也就慢慢地认可肖云峰，不再与肖云峰计较了。

现在，王成的第一反应是马上提醒肖云峰，因为他下午看见强子提着大包小包回了家。

在王成的潜意识里，男人没有不偷腥的，年轻男人更是。年轻气盛嘛。王成的意念里，肖云峰和莹莹已经不清不楚了。秃子头上的虱子明摆着嘛。否则，老雨地里，黑天半夜，肖云峰去莹莹家做甚？莹莹的两个娃娃在县城的学校住校呢，今天又不是礼拜天。

肖云峰也真不走运，偏偏让对他有意见的王成逮了个正着。

王成看见肖云峰的手抬起就要敲门了，内心的善良占据了上风，他马上想到制止这个年轻人的莽撞行动，避免一场尴尬乃至一场战争的发生。两个男人的战争，没有硝烟，威力却大于硝烟。

王成清楚，他不制止，受害人会是他喜欢的女人。所以，他当即把手电光拧到最亮，直刺在肖云峰的脸上。肖云峰发现一束很强的手电光斜射过来，脸立即火辣辣地烧了起来。他触电一般，连连后退，退到半外，一转身，在手电光亮下认出了王成。王成掐灭手电光，假装关心，压低声音道："你干吗啊？强子回来了。"王成话音一落，肖云峰拔腿就跑，仿佛枪膛里射出的子弹，"嗖"一声，消失得无影无踪。随后，雨夜里又响起一声刺耳的关门声。

教育局长和叶主任听得四眼大瞪。

后来，局长便打消了培养肖云峰的心思。

再后来，肖云峰串门子、搞相好的消息就传到了杜媛媛的耳朵里。杜媛媛一改往日的贤惠，抱着3岁的女儿来学校闹事，竟然跑到莹莹家，当着肖云峰的面给了莹莹两个耳光。

至此，肖云峰的好名誉、好威望、好日子就一去不复返了，仿佛成了被打入冷宫的妃子，门庭冷落。

七姐妹取消了长达 5 年的聚餐约定，并且和肖云峰明火执仗地对干起来；学生家长再也不高看肖云峰了，逢人编排他，把他说得一文不值；叶主任也戴上有色眼镜看肖云峰了，见了面还调侃他；教育局长当然放弃了培养肖云峰的想法，年底还给他一个违法乱纪的处分；杜媛媛打了人，气还消不了，和肖云峰一拍两散离了婚，带上女儿独自过去了。

肖云峰的心情糟透了，他成了不折不扣的孤家寡人，他是游泳高手，却奈何不了世俗的唾沫点子。他和五里湾小学历届的校长有了相同的命运，也淹了个半死。他挣扎到第六年学期满了，走了一个亲戚的后门，彻底离开教育系统，去别的单位了。

15 年后。

一部微电影《班主任》在网络里轰动开来，该剧由清河县教育局投拍，正能量题材，讲述的是刚从大学毕业分配在香米镇小学任教的一个班主任——冯云霄的带班经历。剧中冯云霄为了抓起班里的几名差等生的学习成绩，不惜牺牲自己的业余时间，通过各种办法，想法设法，让班里的差等生变为优等生，直至三好生。就在大家皆大欢喜，准备庆祝的时候，却发生一个误会，世俗的眼光便借题发挥，把冯云霄推进道德的深渊。

微电影只有 20 分钟，却非常感人，非常揪心，令人深思，观看者无不动情落泪，无不替冯云霄感到委屈，无不为冯云霄的伟大壮举叫好。

微电影《班主任》作为清河县教育局旗帜鲜明的教育宣传片在各个学校播放。五里湾小学任教的七姐妹大都已经离开学校，唯有当年年龄最小的七妹还在。七妹看了电影后，对号入座，竟然把电影里冯云霄的原型联系到肖云峰的头上了，但她只是怀疑，毕竟时过境迁，已过去多年。后来，她在网络里查《班主任》的信息，蓦然发现《班主任》的编剧原来是学校隔壁住的莹莹。

七妹大为好奇，百度里敲出莹莹的名字。哗啦啦，仿佛小河流水一样，关于莹莹的帖子流淌出来许多。她细细研究，这才发现，当年那个被肖云峰的老婆——她的姨表妹——杜媛媛打了两个耳光的莹莹现在已经成为清河县小有名气的剧作家。

七妹连着好几日都睡不好，她满脑子电影里的冯云霄和现实中的肖云峰，一虚一实两个人物轮流在她大脑里晃荡。现在，她开始怀疑当年误会了肖云峰了。当年，她霸道地斥责过肖云峰，而肖云峰和杜媛媛的离婚，也与她的唆使有着很大的关系。现在，杜媛媛依然单着，独自带着女儿生活，而肖云峰也一直没有婚娶，独自一人过着。

七妹心想："人说'宁拆十座庙，不破一桩婚'。而自己呢？简直罪大恶极。"她越想越不是滋味，越想越恨自己。她决定找莹莹谈谈，如果当年真是误会，她宁愿被肖云峰骂，被杜媛媛打，也要为他们再撮合一次，让原本幸福的一家人过上幸福的日子。否则，她的下半辈子一直会在纠结中、自责中、难过中、郁闷中度过，

说干就干，立即行动。七妹买了大包小包的礼品，几经打问，找寻到已经住在清河县城楼房里的莹莹家。

莹莹好说话，一点儿架子不摆，见七妹来家里，忙着让座倒茶摆水果。

七妹一进门就替表妹杜媛媛给莹莹道歉，并且非常真诚地说明来意，希望得到莹莹的谅解。

莹莹原本就是有知识，有涵养，有品位的人。当年她挨了杜媛媛的两耳光，担在肖云峰的脸面上，也悄悄忍了，更别说多年过去了。她心里早已经放下了，何况老人们一直讲"有理也不打上门的客"，现在她又怎么能对七妹不客气呢？再说当年原本就是误会，她之所以后来写了《班主任》，出发点还是想为肖云峰鸣不平的。她非常坦诚地对七妹讲了那段过往的故事——关于她和肖云峰之间不为人知的一些细节——

原来，20年前，肖云峰第一次去家访，无意之中救了莹莹。

当时，王成借着送豆腐，竟然要吃莹莹的豆腐，在危难之际，肖云峰正好来家访，他人没到，声音先传进了窑里："家里有人吗？"

莹莹听到喊声，赶忙回应："有人，在了，进来。"

王成听到喊声，慌忙站起出门。到了门口，却和进门的肖云峰撞了个满怀。王成心虚，生怕肖云峰误会他，不埋怨校长撞了他，还连忙解释："肖校长啊，你们拉话，我来送豆腐，我没事，走了啊。"

后来，莹莹接到了函授大学的通知，为了实现她的文学梦，她委托肖云峰帮她管理两个娃娃的学习。两个娃娃顺利考入县城中学后，她想到应该感谢一下肖云峰。她想过请肖云峰吃饭，想过为肖云峰送礼，却都被肖云峰拒绝。肖云峰的理由是，教学生学好是一个老师的本职工作。肖云峰不接受莹莹的感谢。莹莹就觉着欠下了人情，心里总过不去。恰好，莹莹的男人，强子买回来几斤纯毛线。莹莹便和强子商量，用其中的二斤毛线，给肖云峰织了一件毛衣。毛衣织好的第二天，气温骤降，西北风飒飒吹起，天空也下起了雨。于是，就在那个雨夜，莹莹提了装毛衣的黑塑料袋子去给肖云峰送毛衣。不承想，肖云峰非但没要莹莹的毛衣，还硬生生地把莹莹推出门。莹莹站在门外淋着雨。肖云峰站在门里恼着脸。莹莹不离开。肖云峰就一阵教训，仿佛教训他的学生一样，劈头盖脸甩出一番大道理，话语稠密，逻辑缜密，宛如天空正降落的密集雨点，容不得莹莹有丝毫辩解。

莹莹想过一千种、一万种结局，唯独没有想到自己会挨训的结局。她不理解肖云峰的耿直，她不理解肖云峰对待她的态度，她委屈坏了，她哭着跑回了家。

淅淅沥沥的雨依然在垂落，肖云峰上身白色的夹克衫在雨幕中显得特别醒目，宛如一道闪电划过。他疾走着，他意识到自己的言语过失，伤了莹莹的好心好意。他要给莹莹去解释，去说明，说明他只是在履行教师的职责，完成教师的义务，但是就在他抬起手敲门的瞬间，一束强烈的光线射出，止住了他举起的手。正是这个时候，王成出现在肖云峰的身后。

后来，肖云峰和杜媛媛闹到了离婚的地步。莹莹又为肖云峰纠结，担心。她曾想过给杜媛媛解释，想说明这原本就是一场误会，但她又清楚解释往往越描越黑，会适得其反；她也曾想过给杜媛媛写一封长信，说明一切，从而打消杜媛媛的离婚念头，但她又担心自己写不好，反而让一切语言显得更苍白无力，失去意义。再后来，她就学到了一种更能说服人的办法——用镜头说话——用电影的方式让曾经的生活重新呈现。

隔两年，肖云峰与杜媛媛复婚。

又隔三年，肖云峰的女儿出嫁。

五里湾小学当年的七姐妹和莹莹同去道贺。婚礼酒席上，酒酣耳热之际，七姐妹背着杜媛媛的面调侃肖云峰和莹莹：

“老实交代，当年，你们二人究竟有没有劈腿？”

全没想到，肖云峰和莹莹竟然异口同声道：

“好人担了个赖名誉。”话落，满桌人笑成一团。

2018/10/8 于榆林静雅斋

浪子

现在是羊杂碎、方便面、汉堡包、鲍鱼翅的时代，每个人都有着自己心情的纠结，身在拼搏，而心却在流浪。

——作者

一

浪子是个打工仔。

浪子第一次引起我的注意，是他来我的小超市打电话。那时，我的小超市里装有4部电话，算是公话亭了。来打电话的大都是外地来的打工仔。他们有的是给亲人打，有的是给朋友打，有的是给网友打。我整天坐在店里的收银台前，除了收钱之外，空余时间不是观察进进出出顾客的脸型、走姿，就是听他们打电话了。我从他们打电话时的语气和神态以及时间长短上，能辨别出对方属于他们的什么人。那段时间，听他们打电话成了我每天必不可少的一部分内容。

一段时间之后，我发现了一个与众不同的打电话者。他每次来打电话总是在晚上9点后，而且一打就是两个小时，最短也要一个小时。为何最短也要一个小时呢？因为话吧的电话有设置，通话一个小时的时候自动挂机，目的是在提示打电话者，长话啊！打这么长时间的长话，我当然是非常高兴的，因为我可以从中赚到一定的利润。那时，在话吧打长话一分钟收 3 毛钱，一小时下来就是 18 块，除过上缴电信局的一半，剩下就全是我的利润，这可比卖其他商品赚来的利润都大。我还发现他与别的打电话者的区别是，他从电话接通之后到挂机时，说话的时间不到 1/4，也就是说大片的时间里他是听对方讲话，而他说话的内容大都是一些安慰对方的话语，此外就只有“嗯、对、是、OK”了。经过一段时间的观察，我断定与他通话的人是女性，但不是他的老婆。我认为能定时听老婆在电话那头絮叨的男人世上少有，恐怕压根儿就没有；何况已婚的女人们最惜钱了，电话打通也是有事讲事，无事挂机。此后，我对这个与众不同的打电话者另眼相看了。我只能另眼相看，因为我无权打听顾客的名字，这是一种不礼貌的行为。我只能在心里默默地感激他每天为我提供的电话利润。

过了段时间，一天早上，他匆匆忙忙地来到我的店里，交给我一张纸条和 50 元钱，说道：“麻烦老板帮我点儿事好吗？”他是用普通话对我讲的，但我从他的声调上听出是关中人。

纸条上有个手机号码和名字，我很客气地问道：“是给这个手机号缴费吗？这是你的名字？”他那样一说，我已经很明白了，因为一早我超市对面的移动缴费厅还没有开门，而他是要赶时间上班的。

“谢谢老板！那名字不是我的，是一个朋友的，我用他的身份证办的手机卡，我叫浪子，就住在你们小区内，以后我会常来光顾的，我要走了，快迟到了。”说完他就走出门去了。

“下午下班来拿缴费单子。”我朝着他跑出门去的背影喊道。

他下午下班没来拿缴费单。晚上 9 点，他来打电话时，我给了他。其实，之前他就是我店里的常客了，即使不打电话，他也会常来买香烟。

出乎我的意料，这次的电话他在一个半小时的时候挂了。他过来付费时我疑惑地问道：“怎么不打了？不在时间段上啊！”

“她今天有点儿累，我让她早点儿休息。”

“哦，你爱人吗？你还挺会疼人的啊！”

“哦，不是，一个网友。”

“哦，你在网恋啊，你行啊，你为何不去上网呢？我听说上网包夜也花不了多少钱的。”

那时，很多年轻人去网吧“包夜”，我虽然没有去过，但“包夜”这个词我不陌生。常有学生来话吧里打电话约同学们一同去“包夜”。为此，我特意让一个学生给我解释过“包夜”的意思。

“她这段时间失业了，出去上网不方便，心情又不好，所以我只是听她诉苦而已。”

“哦！那你应该多安慰几句啊！怎么总是听见她在讲话，你打通电话，就是听她说话吗？”

“是啊！我笨嘴笨舌，又不会讲话，其实，我感觉听她说话，就是对她最大的安慰！”

“这样啊！”

“我走了，这么晚了，应该没有人来买东西了，你也打烊吧！太晚了，不安全。”

“打烊。你走了，我就打烊。”

那段时间，只要他来打电话，总是最后一个离开的，我也总是等到他离开之后赶紧关门。

又过了一段时间，他电话打完之后问我：“她快过生日了，要我去看她。你说我去吗？”

“你怎么问我呢？那是你的事啊！”

“你们都是女人，你给我分析一下嘛。”

“你们是见过面的网友吗？已经做朋友了吗？”

“没有见过面，只是网友，比较聊得来。”

“你的家庭？”我一句话没讲完就打住了。我想他能懂，生活不幸的男人往往想在外面找点儿精神安慰，现在这社会不是不允许。

“我爱人在广东，好几年不回家了，我 5 岁的女儿妈妈带着。”他果然理解了。

“她？你们？”我是想说“她背叛了你？你们感情不好？”但我两句话

都开了个头又打住了，我突然间感觉自己不应该去打问人家的隐私。

“现在还没有。”他似乎是悟出了我想问什么。

“那你的网友呢？”

“她丈夫不在家，在离家很远的城市打工，她的生日要到了，又失业在家，一个人孤单落寞，我从电话里听的。”

“那你考虑，我也没上过网，也不知道网友是怎么回事，我总觉得网上很难了解一个人，不过如今这社会，什么都有可能。”说完，我做了一个无能为力的手势。

他转身离开了。我打烊上床后却睡不着，想他说的话。

能看出他内心里的苦楚。老婆离开他和孩子走了，几年不回家，他也许需要异性的安慰。

我很理解他的老婆为什么不回家。

他的相貌实在不敢恭维，个子矮矮的，初看有点儿像潘长江。但潘长江是明星。他呢？只是一个打工仔。当今社会，这一类人毫无优势。他的老婆或许不甘寂寞，或许比他更有能耐，或许也略有姿色。说心里话，我对他那么和气，全因他是我的 VIP 客户。

几天之后，他又来店里买东西，我问道：

“几天不见，你是去了？”

“没去。”

“为何？”我惊讶。

他很诡秘地一笑：“请不开假，再说她又不是我生活中的朋友。”

他的回答真假各半。我突然间有点儿后悔给他做那样的分析，害得他失去了一次交朋友的机会。

之后，他很少来打电话。这让我每天少了一笔电话费收入，为此我心里着实后悔了一阵子。

二

我过生日的时候，老公买回一个笔记本电脑，说是送我的生日礼物。电脑安装好，我却不知道怎么操作，简直就是“老虎吃天，无法下手”。我连申请 QQ 号都不会，甚至连键盘怎么使用都不会。一段时间内，我反而埋怨老公无故浪费钱，买了个摆设。

浪子又来买东西了，我和他搭讪道：“怎么总不来打电话？”说心里话，我总惦记他的话费。

“人家不理我了，再说这段时间我玩儿上游戏了。”

“在哪里玩游戏？”

“网吧。”

听了他的回答，我顿时来了灵感，急道：

“你对电脑很熟悉吗？”

“差不多，怎么？”

“我家买了电脑，可我什么也不会，你说电脑除了玩儿游戏，还可以做什么？”

“我的老板，你太落后了，要钱干什么？拜我为师，我给你教，包会。电脑上可以看电影，可以查资料，可以交朋友，可以写文章，总之，人脑想要做什么，电脑就可以帮你完成什么。”浪子说的头头是道，我真有了想拜他为师的想法。

“还可以写文章？哪里写呢？”

“文档里写，博客里写，QQ 空间里写，想哪儿写，就哪儿写。”

“是吗？你今晚不要去上网玩游戏了，教教我好吗？”我第一次从他的嘴里听到“博客”这个新名词，像是发现新大陆一样，急切地想学会操作电脑，上博客写文章。

“今晚不行，我要加班，明晚可以吗？”

“可以，可以，那说好了。”

“学费呢？”

“要学费？就这店里的，随便什么，拿得动的都可以。”

“店里的都不要。请你吃饭，答应我就行。”

“好啊。”我嘴上应了，心里却想，癞蛤蟆想吃天鹅肉，想和我套近乎，才不陪你吃饭呢。

第二天晚上，他真的来给我教电脑了。他很认真，给我介绍了电脑的基本操作和所有按键的作用，还给我申请了一个 UC 号。当时我电脑上还没有安装 QQ，他给我下载了几次，不知什么原因，都没有成功。最后，把他的几个 UC 好友给我加上，让他的好友陪我玩，让我不懂了，随时请教他们。他告诉我，学电脑首先练打字速度，要让打字速度提高，最好的办法是聊天。

我开始极不习惯，一下子要我和那些陌生网友隔屏聊天，我实在无所适从，他们发过来消息，我呆瞪半天，不知道怎么回答。

他说与新网友聊天，要一问一答，不回答不礼貌，怎么回答都可以，一个表情也行；还说聊天不同于写文章，脑子里不要过多地思考，手上敲出来错字别字全没关系，刚开始上网，是锻炼打字速度，锻炼应变能力，即便出错，也没人笑话，初学电脑都这样。

我不习惯和陌生人聊天，我一有时间，就在 WORD 文档练习打字，打字速度也提升得蛮快。

浪子那晚临走的时候，给我教了一下怎么下载安装 QQ，他让我自己试着慢慢摸索，不懂之处，以后慢慢教我。

我把 QQ 号已经申请下了，但我不知道怎么开通 QQ 空间，是他帮我开通了 QQ 空间，又教了我怎么在 QQ 空间里写文章，保存文章，发表文章或删除文章以及看别人空间的文章，写留言，写评论之类更深刻一点儿的操作。

现在，浪子在我心目中已不单单是一个打工仔了，他已经晋升为我的老师——电脑启蒙老师。尽管我嘴上并不称呼他为老师，心里却是承认的。

其实，人一生中会遇到很多老师。我想，之所以能成为老师，是因为老师比学生博学。谈恋爱看长相，拜老师是没有这一说的。浪子之所以能成为我的老师，是因为我需要他给我传授操作电脑这门技能课。当然，当时会电脑的人很多，为何单单他就成为我的老师呢？也许就是缘分。

我不善交友，还自卑。别人以为我清高孤傲，不好接触，实则我怕某些弱点被别人发现，久而久之就养成了独来独往的个性。但生活中难免会遇到要求助别人的时候，这时候，我往往会选择异性。异性朋友都有乐于助人的精神，为人仗义，肯吃苦。这种特质让他们从来不会笑话一个女子没本事或者懂得太少。

自从浪子成为我心目中的老师之后，我从内心深处开始尊敬他，虽然他的年龄比我小了很多。

之后，他来店里买东西，我会刻意地往少算，但都被他纠正了。

一天中午，已经过了上班的时间，浪子却来买桶装方便面和矿泉水，收钱时，我意识到浪子像要离开这里去别处了，急道：

“你要离开了吗？”

“暂时离开，秋天了，要帮家人摘石榴。”

“你家还有石榴？”我在电视里看到过别人吃石榴，看起来很诱人。是酸甜味？还是甜酸味？我不得而知。听到他说摘石榴，我竟然嘴馋起来，想要他给我带几个来，却又不能明说。

“我来的时候给你带点儿尝尝，吃了就知道了。”

“别、别、别，我说着玩儿，你不要当真。”其实他的回答太让我满意了。

“不是的，即使你不说，我也会给你带的，是我们自家树上产的，也不知你能否吃得惯。”说完，他匆匆离开了。

十多天后，浪子抱着一箱石榴出现在我眼前。我要付给他钱，他死活不要，还说如果付钱的话，以后就去别人家店里买东西，电脑上不懂处也别问他了。为此我好长时间过意不去，觉得欠下了人情。

我把那一箱石榴在店里留下一部分，给亲戚送了一部分，余下的拿回家里。之后，有很长时间店里一直忙，我也没记起再吃石榴，等我又想吃石榴了，跑回家去找，打开箱子一看，我傻眼了，石榴全坏了。我好心酸啊。不是因为我没吃，而是因为它坏了。我感觉自己真正欠下浪子的情了，他从那么远的地方给我带来，而我却没有珍惜。我不敢把这事告知他，独自在心里难受了好久。

有一天，他来买东西的时候告诉我，他们要撤离了。

“去哪里呢？”我顿觉不舍，不知是因为我的生意，还是什么，我说不清。

“还在这座城市，离这里远点儿，以后买东西就不能来你店里了。”

“那没办法，天要下雨，娘要嫁人，由不得我啊，就是请教不到你了。”我做了一个无可奈何的手势。

“你可以给我打电话，说不清楚的，我也可以在下班之后抽空来。”他拿起烟酒柜上的油笔，把他的姓名和手机号写在我留供货商电话号码的本子上。

我的店里整日人来人往，浪子他们那拨工人的离开，虽然给我的生意造成了一定的影响，却影响不到我的心情，全因那段时间，我已经很熟练地畅游网络了。

三

第二年夏天，我的电脑总是死机，导致我写好的日志没来得及保存就丢了。这样一来，我的心情总是不好，可我又搞不清是哪里的毛病。其实，我完全可以打电话问售后咨询这些问题的，但爱面子的思想作祟，又怕人家笑话我什么也不懂，想来想去，我还是想起了浪子。我总感觉，在浪子面前，我可以做一个无知的学生，而不必担心他笑话，并且还很坦然，于是，我拨通了他的电话。

“下班后，我过来看，现在正忙。”浪子很干脆地就把电话挂了。

下午，天却开始下起了雨，越下越大，完全没有停的迹象。

雨一直下，客人断断续续地来，忙的时候，我把浪子来看电脑的事就给忘到九霄云外了。不承想，他却来了，如同落汤鸡一样出现在我眼前。

我惊呆了。片刻后，我才回转神来，才想起中午我给他打过电话。

我用一种嗔怪人的口气道：“这么大的雨，干吗还来？我又不是急着用电脑。没想到你这人这么实诚。”

“答应了，就要办到，这是我的做事风格，再说夏天的雨，又不冷，我看看电脑怎么了？”说完他就去看电脑了。

“电脑死机是因为中病毒了，需要安装杀毒软件。”

“原来买的时候有杀毒软件啊。”

“过期了，需要买新的安装，你带去电脑城让售后安装，他们知道，没别的事，我就回去了。”

“别，这么大的雨，我开车送你回去。”

“你不看店了，关门送我啊？”他惊道。

“让你冒雨回吗？”我反问道。

“那等打烊了再走，现在关门耽误生意不算，还影响回头客。”

“好几个小时，你等得住？”

“你让我电脑上一阵网，时间会过得很快的。”

他这样说了，我也就继续做生意，任他在电脑上玩去。

店里偶尔会进来买货的，有好些熟人看见我电脑前坐一个陌生男人，都投过来好奇的目光。有一个很熟悉的女孩竟然诡秘地问我：

“阿姨，那是谁？”

“修电脑的。”

我的车刚买回来不久，开车还不太熟练，车启动后，我问他：

“你敢坐吗？我可不老练啊。”

“坐美女老板的车，死而无憾。”没想到他还很幽默。

我系上安全带，然后慢慢地行驶起来。由于是夜晚，又下着雨，车不敢开快，结果小十公里的路，用了一个多小时。他下车，站在雨地里叮嘱我：“路上慢点儿，到了家，打电话过来。”

第二天一早，那个很熟悉的女孩来买早点时，竟然对我说：

“阿姨，你怎么叫那么难看的一个人修电脑？要是我，宁愿让它坏着。”

“妖精女子，修电脑又不是谈恋爱，大惊小怪。”

之后，浪子偶尔发条信息过来：开车必须系安全带、上网不许和陌生人视频。

一天，他却打电话过来，给我讲了一个故事：一个女人和陌生人视频之后发生的意外云云。他甚至在电话里色厉内荏地警告我：“现在网络里有很多骗子，骗了钱还骗色，你们这些有几分姿色的富婆是他们最想骗的对象，你可千万不能上当，你最好还是写你的文章，聊天只是低智商人的喜好。”

在他说这话之前，我的确在夜深人静，店门关了后跟一些异性视频聊天过，听他这么一说，好一段时间我都胆战心惊，好像我真的就是有姿色的富婆了。

四

浪子要离开驼城，去煤城了。

浪子是技术工，干一些装锅炉之类的活儿。如果哪里修电厂，哪里就可能看见他。但关键是他的老板要他去哪里，他就得去哪里。他的老板在煤城又接下活儿了。煤城距离驼城有一百公里的路，也不算太远。

浪子在电话里说：

“我们下午就走了，以后电脑上有不懂的，打电话问售后，他们会帮你解决，有机会来我们关中平原玩。”

“我开车送你到车站吧？”

“我们好多人，一块儿出发，没事挂了啊。”

浪子走了，随着他的工队走了。

浪子走了后，我心里虽然有那么一丁点儿朋友离开之后的失落感，但这感觉让忙碌的生活以及文学里畅游的激情给冲得无影无踪。

半年后，我的生活开始了接二连三的不顺，起先是父亲病重，接着是父亲病危，后来是父亲病逝，再后来是我的第一篇带有煽情色彩的小说初稿被老公发现，老公以为我小说写的是真实内容，所以围城内就硝烟大起，使得整个空气都乌烟瘴气起来。那些日子，我刚刚失去父亲，心情异常悲痛，可硝烟弥漫的围城却让我喘息不过气来，为此我干脆不回家，赌气睡在店里。那些日子，白天我忙碌劳累，晚上却舍不得睡觉，总想坐在电脑前写文章；那段时间，我的文章已经偶尔在刊物报纸上发表，我激情满满，手痒心痒大脑痒，一天不写就发慌。然而，深夜上床上之后却又无法入睡，脑子总在白天的文字里绕着。翻来覆去睡不着，睡不着的情况下，突然就想起了浪子，想起浪子和那网友通电话的情形来。鬼使神差，我就试探性地给浪子发了一条信息：“你在何地？可否陪我说会儿话？”不曾想，我的信息刚发出去，浪子的电话就打进来了：“猫，你怎么了？”

猫，是我的 UC 号昵称，是申请账号时，浪子问我，我随口说的。

浪子的声音很好听，很富有磁性的那种。有人说：男人用眼睛恋爱，女人用耳朵恋爱。我那时想，这真是经典啊！我就是用耳朵恋爱的典型。之前有很多男性企图要和我交朋友，当我在电话的听筒这边听到他们的声音不好听之后，我会不礼貌地就把电话挂掉，也会把这些男人的手机号删除掉。20年没见面的男同学，当我见到他时，在众多同学面前他唱了一首《同桌的你》，那优美的声音就把我迷住，之后我就怎么也忘不了他的声音，并且产生了一种无法克制的思念，甚至想：如果我们都没有结婚的话，我一定要追他。浪子虽然长得不怎么样，但他电话里传过来的声音就像强大的磁场把我吸引住了，我当即就产生了一种想法：想让浪子在电话里陪我长聊下去。“浪子，你还在煤城吗？”

“早不了！我现在到了韩城。”

“我没打扰你吧？”

“没有，我准备睡呢！不过还没睡着，这不，刚收到信息就给你回话了，你怎么了？”

“没什么，只是好长时间没联系了，想关心你啊！”

“不对吧！你那么忙，哪有时间关心我，再说我是什么人，敢要你关心。是不是遇到不顺心的事了？说说吧！说出来就好了。”

“没有，只是想说话了。”

“那你说吧！正好我有事想请你帮忙，你帮吗？”

“你还没说，就要我帮，什么事？”

“你答应帮，我再说，要不答应，就不说了。”

“那好，说吧！我帮，只要我能帮了。”

“你肯定能帮了，我说了啊！”

“说。”

“明天给我的手机缴费一百元，我们这里现在是不毛之地，缴话费要去很远的地方，太不方便了，你先给我缴了，以后我还你，如果你不缴的话，明天我的手机肯定停机了，说不准现在已经欠话费了，缴不？”

“缴。就这么点儿事，简单，不要还了。”

“你说哪里去了，如果不要还，就别缴了，让手机停机算了，反正我也无牵挂，也没什么人给我打电话。”

“那好，以后只要我一发信息，你就得给我回电话。”

“知道，最好下班之后，不过有特殊情况我会发信息告诉你的。”

“喜欢听故事吗？”

“喜欢，你的故事吗？”

“嗯。”

“现在讲吗？”

“明天吧！”

“好的，你想讲故事的时候，给我发条信息，然后我就把电话打过去，不过最好是在晚上，我要躺在床上听你讲故事。”

“好，一言为定，挂了，睡觉。”

“晚安！”

第二天，我真的给浪子的手机缴费了。在缴费前，我给他的手机拨电话，那边传来提示音：你所拨打的电话已经停机。

话费单子出来后，我看到缴费之前，他的手机欠费15元。心想：什么人？我不发信息，他真的让手机停机吗？

晚上，我躺在床上后，给浪子发了一条手机信息：“准备好了吗？”

一会儿，他就把电话打过来了：“猫，我已经躺床上了，你可以讲了。”

于是，我便在电话里开始给浪子讲故事。

于是，接下来的日子，隔三差五，我便和浪子煲起电话粥。

我是一个很善于讲故事的人，与其说我给浪子讲故事，还不如说我给他讲我的亲身经历。我给他讲我的童年、少年、青年还有现在，讲我的暗恋、初恋、婚姻以及现在的硝烟弥漫的生活。浪子是一个绝好的听众，我讲话的时候他从不打岔，讲到一个段落停顿的时候，他会发发感慨或者喝彩几句，要不就问我“下来呢？”

那段时间，我晚上给浪子讲故事，白天抽空写文章，我的一个故事可以写成一篇精美散文。我真得感谢浪子，他让我找到了一种创作的灵感，找到了一种创作的捷径。

结果一个月下来，我给他总共缴了600元话费。

我这人做事向来就这样。也许很多人会认为是神经病。何苦呢？自己掏钱让别人听故事。这叫什么？叫花钱买听众。但是我乐意，那时，我压根儿就没准备让浪子还我钱，况且那话费都是我主动缴的。家里人至今也不知道我这种行为。有时，我自己也很郁闷，为什么呢？为什么要给他讲那么多的故事？其实我是一个很保守的人，就连我最要好的女友，有的事情还是不给她讲的，然而浪子却不同，我就像竹筒倒豆子一样毫无保留地把我的思想解剖给他，我至今也没有搞清楚他在我心中究竟占了什么位置。

浪子曾在电话里说，他可以做我的蓝颜知己？当即就让我否定了，我总想他那么丑，哪有资格做我的蓝颜知己，一个知己最起码要英俊潇洒。也许就像电视剧《一一向前冲》里，曹砚说周一一：就像一个土豆，没有性别，但与她在一起特别轻松。我是怎么评价浪子的呢？就像一个土豆，没有性别，但给他讲故事我特开心。

一个月之后，我的心情阴转晴，加之忙着写作，就停止了和浪子煲电话粥。

一天中午，浪子却给我打来了电话："猫，谢谢你对我的信任，给我缴了那么多的话费，今天下午我的一个朋友会把那600元给你送来的，他能知道你，以前也在你的店里常买东西，总之，只要有人来了给你600元，你就收下，我说话算话，以后想讲故事了，发消息，我永远是你的热心听众。好了，我还忙着，挂了，再见！"

下午，果然来了一个男人，进店门就从兜里掏出6张一百元，摆在柜台上对我说："老板，浪子说他借你600元，让我转交你。"男人说完转身就走出店外。我反应过来，追出门去，看见他已经坐上出租车。

我的心情立即沉重起来：我什么人啊！浪子打工一个月能赚多少钱啊！为了听我讲故事，一个月花600元话费。我是在做什么呢？

五

我迷恋文字达到了走火入魔的境界。整天除了收钱，就是写作。

夏天，我决定要出文集了，我就要圆我小时候的作家梦了，我的心情除了阳光就是灿烂。

我的文集由西安的一家出版社出版，我去西安联系出书前的一切事宜，事情办完后，我想起要给浪子打个电话，因为之前我知道他们的工队已经在西安安营扎寨了。

我拨通浪子的手机问道：“你现在哪里呢？”

“回老家的路上，怎么？你是不是来西安了？”

“怎么这么不巧，我来了，你走了。”

“不是，我不走，家里有点儿事，明天就回西安了。”

“噢！那就以后有机会再遇吧！明天一早我就离开西安回驼城了，火车票已经买好了。”

“那我下午就赶回来，请你吃饭。”

西安的夏天让人憋闷闭气，太阳火辣辣地照着，站在窗前，透过玻璃窗看见燎烤得要冒烟的街道，我连下楼的勇气也没有了，结果，我宁愿饿着，也没去那火炉一样的楼下买吃中午饭。

我在一分一秒地等着浪子给我打电话。

等人是件异常煎熬的事，煎熬得让人几乎要崩溃了，但我心里有着很大的希望，就是浪子一定会给我打电话，抱着这浓浓的希望，我睡着了。

睡梦中，我的手机响了：“猫，我已经到了酒店的楼下，下来吧！”

我欣喜极了，当即匆匆地整理头发，然后就下楼了。

浪子现在精神多了，衣服也整洁了，脸色也看起来光鲜了。

他一见我就问道：“现在吃饭还早，带你去玩玩，想去哪里？”

“先吃饭，后玩，如何？”

“你没吃中午饭？”

“西安太热了，一点儿都不好。”

“猫呀！你怎么不馋了呢？想吃什么？”

浪子把我领到一个小型餐馆，点下好几个菜。我和他放开肚皮吃了个饱，可菜还是没能吃完。

吃饭间，他幽幽地说：“要不是西安热，肯定不会赏我脸吧！”

我看着他呆瞪了片刻，问道：“你比以前帅多了，为什么？”

“我爱人回家了。”

“哦！难怪呢！恭喜你！”

“她说累了，不想在外面奔波，想安心过日子。”

“何时回来的？”

“十多天了。”

“你为何不告诉我呢？你就不该匆匆忙忙地又返回来。”

“一码归一码，不许那样说，她不在的时候，你还给我讲故事呢！再说你不是明天就要走了吗？如果我不回来，把你饿坏了咋办呢？”

我无语。

半年后，我的书出版发行，捧着我的书，又想起浪子，于是给他发了条信息：“我的书已出版发行，如在西安，联系我，送你书。”

几分钟后，我就收到了他的信息：“猫，祝贺你！我已到印尼做事，无法拜读大作，回西安后一定联系取书。”

一个月后，一个月明星稀的深夜，我正在写作的时候，收到浪子来自印尼的信息：“异国夜半雨绕梦，思绪如潮烟如风。往昔夜夜谈心情，今日暗语独飞筝。记得我吗？猫，祝你永远快乐！”

不知怎么，看着他的信息，伤感就侵袭而来，顿时就泪眼蒙眬起来。我不知道用怎样的语言来安慰他异国流浪孤独的心，但就从那一刻开始，我却真的想要他活的“轻松自如、洒脱率真”起来。随即我停止写作，写了一条手机信息于他：“拜阅文字，泪眼蒙蒙。闻浪孤语，心潮更梗。祝弟洒脱，轻松率真。安康如意，慰吾心灵。”

浪子还是一个打工仔。他们的工队，从小地方开到了大地方，从国内开到了国外。

我突然间就想要提醒浪子改个名字，名字里最好不要含有“浪”字，这样他或许就不会一直漂泊，一直流浪了。

获2015年度江山文学网绝品小说，2015年度榆阳区文学艺术作品小说类二等奖

鸽子飞走了

引子

鸽子生下四娃，血迷，死了。

一

枣庄和杏庄是两个紧挨的村庄。

在两村的交界处，有一口很大的水井。

枣庄和杏庄的人都吃这口井里的水。

鸽子住在枣庄。我住在杏庄。

鸽子有三个姐姐，一个弟弟，三个姐姐眉清目秀，一个弟弟顽皮淘气，而鸽子则更清秀可爱。杏庄和枣庄的人都说，鸽子是20世纪80年代最标致的美女。

然而，让人悲伤的是红颜往往薄命。

鸽子和她的三个姐姐都读满初中就不读书了，她的爸爸老旧脑筋，说女孩子读书没用。鸽子初中毕业才16岁。

鸽子不念书了，帮着家里人干活儿，做针线，做饭，上山种地。奇怪的是，无论鸽子怎么晒太阳，她的皮肤总是晒不黑，始终白白嫩嫩。为此，枣庄和杏庄的人都说，鸽子是仙女转世。鸽子的漂亮脸蛋羡慕死了两庄的年轻女子，也爱死了两庄的年轻后生。

鸽子不上学那年，杏庄的庆飞也不上学了，自然而然，他就喜欢上鸽子了。喜欢就追，就谈恋爱呀。可不行。当时社会风气不允许。说那样是伤风败俗。然而，庆飞不是普通后生，他读的书多，见识广，他才不管伤不伤风，败不败俗，他就要和鸽子谈恋爱。

庆飞高中毕业，19 岁了，已经发育成熟，完全是一个帅小伙。按老人们的话说，庆飞是根正苗红的好后代。庆飞的父亲是教师，母亲是善良勤俭的农村妇女。儿子这样伤风败俗可是辱没门风的事情啊。

别说，还真如路遥小说里描写的一样，庆飞和鸽子谈恋爱，在两个村庄闹得沸沸扬扬，无人不说，无人不议啊。一度，两个村庄里的正派人家，都在背后说鸽子和庆飞两人变成儿货了。

杏庄和枣庄的人都接受不了鸽子的做法。

让人难以启齿的是，鸽子在玉米地里和庆飞亲热，让她的小学老师给撞见了。后来，小学老师充当了鸽子和庆飞的媒人，向两家大人互相传话，两人这才结婚。

两人婚后，不满 8 个月，鸽子就生下了第一个女儿——玉樱。

玉樱之名有个缘故——鸽子和庆飞的第一次在玉米地里，当时他们周围的一片玉米地里，唯有一棵玉米苗上的一个玉米棒吐樱了。

可以说鸽子和庆飞给枣庄和杏庄的年轻人自由恋爱起到一个带头作用。慢慢地，枣庄和杏庄的年轻人才开始迈向自由恋爱。

鸽子贤惠，勤劳，善良，心灵手巧。她把家里家外、大人娃娃都收拾得清清爽爽。她与普通农村妇女一样，喂猪、羊、鸡。她耐刷晒，已经生了一个娃娃，又挺上了大肚子，她的皮肤依然光亮润泽，富有弹性。

改革开放的号角吹遍了整个中国大地，也吹到枣庄和杏庄。

距离枣庄和杏庄百公里远的地底下钻出了油。而枣庄和杏庄恰好在 307 国道边上，交通便利，给枣庄和杏庄带来了意想不到的致富机会。

政策允许一部分人先富起来呀，当然允许聪明人捷足先登。

杏庄人比枣庄人聪明，杏庄就在一夜之间有了天翻地覆的变化。聪明人善思，善谋，顺应时势能力强嘛。

杏庄人家家户户开始土炼油致富，家家户户开始奔小康过活。

枣庄与杏庄尽管同吃一口井里的水，两庄人生活贫富悬殊却很大。个中原因，只怕与庄风和智慧有关。

庆飞成了土炼油老板，他的妻哥小舅子丈人都来给他打工。庆飞更扬眉吐气了。

然而，没过两年，杏庄人连连发生土炼油事故，这家的炉爆了，那家的罐憋了，还有人家的储油罐自燃了……

在连连出现的土炼油事故中，庆飞的丈人和父亲不幸遭难，而他的母亲伤心过度，熬不过一年，也跟上老头子去了。他几年赚来的钱也赔光了，他的生活又回到了从前。

在巨大的灾难面前，女人的承受力往往比男人强。

两年后。

鸽子终于把失意的、颓废的庆飞给挽救了过来。其时，鸽子已经是三个孩子的妈妈。

一日，庆飞抱着三娃在公路上溜达时，迎面碰上了与他隔门子的叔叔——杏庄的一个重要人物——睿智。

睿智在杏庄可算呼风唤雨，撒豆成兵的人物，他与社会上一些大人物都有交情，他没有参与土炼油，他一直从事一种别人都无法插手的行业——道路工程，他的财富在杏庄，乃至全镇，甚至全县都是挂上名的。

然而，造化弄人，往往精明能干的人，儿女却极其窝囊，极其不成器。睿智的命运正是如此。

睿智挣下偌大的一份家业，却没有等上好子弟。他的老婆只生了一个半憨不精的儿子——聪聪，就再也不会生育了。不过，也没关系，有钱能使鬼推磨。睿智居然给他的儿子娶了一个如花似玉的姑娘，而这个姑娘却是与他长期合作道路工程的一个国家干部的女儿，名唤芳芳。

芳芳一贯养尊处优，在娘家就过着衣来伸手，饭来张口，宛如古时候千金小姐一般的奢华生活，结婚进了门后，依然让婆婆伺候着，过着手不沾水点点，脚后跟不碰黄土土的幸福生活。

杏庄人百思不得其解。

然而，人家的生活却异常美满，不到一年，芳芳却就生下了娃娃。

芳芳的娃娃生下后，有好事者却就琢磨出来缘故了，说芳芳生下那娃娃不是聪聪的，说从时间上可以推断出来。然而，这毕竟是猜测，猜猜也就罢了，再说人家和和美美，幸福无比。

睿智看见庆飞，恻隐之心悠然而生，他觉着庆飞活活泛泛的一个后生，闲下去可惜了，倒不如他出钱，让庆飞带着自己不成器的儿子跑点儿油生意，一则能锻炼儿子；二则也是做一件善事。

庆飞甚是感激，忙回家告诉鸽子，夫妻顿时就看到了生活的曙光。

睿智出钱买了一辆大卡车，改装成油罐车，他让会开车的庆飞带聪聪做起了贩卖原油的生意，而赢来的利润对半分。

这简直就是天上掉馅饼的美事啊！

原油销路非常好找，不必去远处，杏庄的土炼油户就抢着要。

庆飞知道感恩，也很卖力，起早贪黑，没明没黑开车拉油，但他还肩负了一个使命，教聪聪开车。

聪聪特笨，年轻人一个月就能学会的技术，他硬是学了一年。

聪聪开车终于出手了。庆飞和睿智商量，他和聪聪两班倒，一个白班，一个夜班，利益能得到最大化。

睿智太赞成了。

于是，庆飞和聪聪就开始两班倒，一个白班，一个夜班，过一个礼拜，两人换班，人歇车不歇。

芳芳的娃娃满周岁后，睿智便把儿子生意上的账务交给媳妇管理，他和老婆呢？就像退居二线的老干部，每天带着孙子，前后庄溜达，过上了颐养天年的天伦之乐生活。

二

睿智家的宅院在杏庄是数得上的气派。

富态的红色大门，一线五眼亮堂堂的窑洞，左右两边各修了三间小房，凉房，柴房，夏季用的厨房，堆放杂物的库房，自行车房，紧靠大门右边的一间是里外留门的厕所，窑洞的对面——紧靠大门左面，修了三间大平房。两间平房按省城流行的套房隔成卧室、客厅、化妆间、茶话间。一间则是空着，睿智原来的设想是，等他做不了工程生意的时候，在空房间里开个小卖部。在这样的设想下，就给那间空房子留了两个门，一个门朝外开，方便小卖部用；一个门朝内开，方便家里的人出入。中间空出来的院落也甚是宽敞，开春便成了菜园。上房的窑洞，中间一眼为单窑，两边的四眼分别是两个前后窑。睿智住了一个前后窑。剩下的前后窑原来留给聪聪做新房用的，结果芳芳不愿住窑洞，要住平房，他就又花钱把平房捯饬成婚房。

芳芳属于享受派，生活奢侈、追赶时髦、娇生惯养，她除了吃饭到婆婆窑里去之外，整日在自己房间里莺歌燕舞。睿智修平房，花了钱进去，平房门窗密封好，即便芳芳在房间里看电影，唱歌，也绝对吵不到窑里住的老人。

睿智当然清楚儿媳一天过的什么生活，但他更清楚自己的儿子。他的宗旨是，只要儿媳不惹大事，在家里唱呀、跳呀，他才不干涉，才不介意，他允许年轻人追赶时髦生活。

自从开始养车，聪聪进出房子便走大门外的门了，全因夜班出去拉油，回来时间不固定，一为自个儿方便；二为不麻烦芳芳半夜起来开大门。芳芳管理账务后，庆飞每天来给芳芳交一回账。

庆飞是个爱干净的人，出车回来，先回家里洗干净，然后才吃饭，吃了饭逗一阵娃娃，才给弟媳妇交账去。他第一次去交账，弟媳妇芳芳正坐在沙发上看 DVD 电影。他有点儿不自然。这很正常，毕竟他是大伯子。芳芳是弟媳妇。他清楚农村自古有讲究——大伯子与弟媳妇见面多了会招惹闲话。他感觉房间里有一种让人迷醉的、窒息的气息，他匆匆交完账，急急离开了。

他第二次去交账，芳芳毕恭毕敬地给他沏了杯茶水，温婉地坐在他对面的沙发上接账。他交账的瞬间，无意间抬头看了一眼芳芳，却发现芳芳也正看他，还对着他抿嘴一笑。他顿觉浑身不自在，交完账，匆匆出了门。

两次交账后，芳芳就迷上了庆飞。

庆飞第三次去交账，芳芳就和他摊牌了。芳芳哭着告诉庆飞，聪聪没有男人的本事，她需要过正常人的生活。庆飞不相信。芳芳就给庆飞讲了个故事——

芳芳上学的时候，喜欢上一个男生，两人好着好着，一不小心怀上了娃娃，而那个男生是个不负责任的货色，拒不承认，芳芳的爹知道了，怕丢人，迫于无奈，就跟一块做生意的睿智合计了这门婚事。

庆飞听了简直五味杂陈。他没有拒绝，也没有答应，而是不言不语，坐在芳芳家沙发里，一根接一根抽烟，思绪如潮。

庆飞不是武松，聪聪也不是庆飞的亲弟弟，而聪聪却与武大郎别无二致，面对花容月貌的芳芳，想着家里的妻子，道德的天平，在庆飞的心里开始倾斜了。

人常说：女人如花，多么娇艳，也终有一败。

的确如此，女人又不是神仙。

此时的鸽子，成了三个娃娃的母亲，宛如败落的鲜花一般，脸上没有了水气、光气，反而多了岁月侵蚀的斑痕、皱纹；身形也不再窈窕，日趋肥胖；肌肉也不再精致，渐渐松弛，典型的农村大妈形象竟然在她身上脸上活脱脱展现出来了。

是啊！岁月是把杀人刀，刀刀催人老。

还不到10年的光景，鸽子就与杏庄的妇女毫无区分了，她的外貌特征上再也找不到一丁点儿的美女优势了。

而芳芳呢？鲜花一朵，水灵可爱。而聪聪呢？木头一根。

精明过人的睿智，彻底老糊涂了，他做慈善做到家了，自己却浑然不觉。

庆飞第四次去交账，就答应了芳芳的要求。

然而，事情往往不会如人之愿，反而会逆转急下。

若叫人不知，除非已莫为。

庆飞和芳芳偷情竟然让聪聪逮了个正着。

那日，时序已进了深秋，天上下着雨。庆飞和往常一样，交了车之后，回家吃饭，然后去交账。

天下着雨，气温骤降，芳芳怕冷，大白天把窗帘拉上，关着门，歪在床上的被子里听音乐。庆飞敲门。芳芳穿着睡衣来开门，门一开，她又哆嗦着身子，跑进卧室里，钻进被窝里，搔首弄姿。

聪聪却开门进来了。

聪聪瞪着惊恐的眼睛呆愣了。

聪聪没有发作，灰不塌塌地退出门去，出了门还轻轻带上了卧室的房门。

聪聪开了里院的门出去了。他想让庆飞从前门离开。出门之后，他看见母亲正站窑檐下，便向母亲走去。母亲知道儿子出车了，却不清楚为何缘故又回来，便问：

“你不是走了吗？怎么又回来了？”

“半道上车坏了，送修理部修了。”

“噢。芳芳呢？”

“她她她……她她……”

聪聪一着急，说话就开始口吃，半天只是一个“她”字，再连一个字也从嘴里蹦不出来。睿智老婆知道自己的儿子，以为儿子为车坏的事情纠结，就安慰道：“坏就坏了，休息一天。”说完她就准备进门，转念又想到儿子“她”了半天，怀疑是不是儿媳妇生病了，又道：“芳芳病了？我去看看。”话落，她径直走向平房。

聪聪看着母亲走进了平房，嘴巴却张得老大，一句话也没说出来。

这当儿，庆飞已经穿好了衣服，他拿件外衣急慌慌从卧室出来，却和急进门的睿智老婆撞了个满怀。

睿智老婆瞭一眼卧室，却发现芳芳蒙头盖面床上睡着呢，她便心里什么都清楚了。她气啊，她气自己的儿子不争气，更气这个忘恩负义的东西，她扬起手在庆飞脸上狠狠打了两个耳光。

事情瞒不住了。

聪聪家距离庆飞家不足 200 米，都在公路边上住着，庆飞和芳芳私通的消息，仿佛高音速，在最短的时间里，钻进了鸽子的耳朵。

鸽子当天晚上就和庆飞打了一架，引着三个娃娃回了娘家。

鸽子的小弟——蛮娃知道了亲姐姐所受的委屈，顿时火冒三丈。

蛮娃是个半大后生，只有 22 岁，目前没有结婚。他小学念满就混入了社会，没有正当营生可做，仅凭一双拳头，一身力气，受雇于不同老板，赚的是力气钱。倘若他生在《水浒传》里，绝对是一个英雄好汉；倘若他生在战乱年代，绝对是一个亡命匪徒。然而，他有幸生在新社会，长在新时代，受雇于一些有钱的老板，他也只能用一双拳头教训人。现在，看到带着三个娃娃回娘家的四姐，又想起了他父亲的死，他再也不能无动于衷了，他涌上一个念头——为四姐出头。

大伯子和弟媳妇私通，放在哪朝哪代都是不能容忍的事情，且不说睿智家里会怎么做，单单杏庄的人就容不下庆飞这种榨菜疙瘩，这件事太伤风败俗了，影响的是整个杏庄的名誉。

次日大清早，蛮娃跟着三个戴墨镜口罩的后生，旋风一样涌进了庆飞家里。清晨早起的人看到后，一传十，十传百，只有片刻时间，庆飞家院子里就涌进许多人来。他们把庆飞家门口挤得水泄不通，探头探脑观看窑里的动静，却没有一个人出面阻拦，而有人甚至把唾沫吐向庆飞家窑里。只见蛮娃从炕上的被子里一把扯出庆飞，拉下炕，压在脚底上，四个后生一阵拳打脚踢。打了一阵，那三个戴墨镜口罩的后生拉蛮娃走。蛮娃走到门口，又朝里瞭一眼，心里觉着不解恨，又走上前去，从牛仔裤后兜里掏出匕首，在庆飞小肚子上划开一口子，拔出匕首，转身往出走。

门外刚刚还是黑压压的人，待蛮娃他们打够了，走出院子，却看不到一个人，连同公路上也不站一个人，而左邻又舍的大门居然都关闭了。

蛮娃走出公路，四下张望半天，看不到一个人来，他又无奈地折回窑里，从地上拉起被他打得半死的庆飞，裹了一条毯子，挡了一辆过路的小车，送庆飞去医院了。

蛮娃在医院陪着他那个没人味儿的四姐夫住了一个礼拜，等到他能自理了，便离开了医院。他想通过这次教训，让他的四姐夫回心转意，以后和他的四姐好好过日子。

然而，事情远远没有那么简单。

庆飞在县医院住院的消息，芳芳知道的比鸽子早了一个礼拜。芳芳是庆飞挨打当天就知道的，而鸽子却是蛮娃回家后才告诉的。就在蛮娃前脚刚走，芳芳后脚就进了医院。

睿智的老婆打了庆飞两个耳光，也就等于打了芳芳两个耳光，芳芳自然在婆家门上无颜面待了，她打定主意离开这个家，离开不中用的聪聪，哪怕以后当飞人，她也不要跟聪聪过了。

芳芳的名声这下也臭了，就算她的婆婆公公以及聪聪都能容忍，她自己也在杏庄无脸待了，何况她的婆婆公公以及聪聪自从知道她的丑事，再连她的房门也没踏进半步，甚至连晚饭也没打发聪聪来叫她吃。她一个人在房间里硬挨了一晚上。夜里，她听见自己生的那孽种一直号哭，号得她心烦。她看见那娃娃一点儿不亲，内心里亲不起来，她把对播种人的恨全部还给了娃娃，月子里宁愿让奶子胀疼了几天，硬是不给娃娃吃一口，她的婆婆没办法，只能用奶粉救娃娃的命。夜里，她心里明镜似的，她把婆婆公公气得够呛，气得老婆老汉待在家里没踏出窑门一步。所以，在这个家里，她臊的也待不下去了，她准备挨到天明就离开，走得远远的。她连娘家也不敢回了，怕她老子不让她进门。她老子一准儿不让她进家门，铁镊子也拔不过去。她老子是正气人，世面上的人，再怎么看见女儿亲，也遮红黑，何况自从她结婚后，她老子连一次她的门也没来过，这回她做出这么伤风败俗的事，无异于杀了她老子。她大清早站在公路上等车，听见有人呐喊蛮娃带着人来收拾庆飞了，她的心咯噔一下，顿时便揪紧了，她生怕蛮娃不留情面，让庆飞有个闪失。如若真那样，就等于她害了庆飞。然而，让她放心的是，蛮娃只是来教训庆飞，并不是来要庆飞的命。阿弥陀佛。她远远瞧见蛮娃把庆飞抱上汽车，向县城方向走了后，她悬着的心才踏实了。

芳芳一看见庆飞，便有了新的主意。于是，她立即开始自责，自责自己的任性，害得庆飞遭殃。继而她说了一阵嘴甜心软的话，又分析了一阵他们两人在杏庄的处境，又说了她的打算，并且说了她带了足够多的存款，足够两人出去生活一段时间。她说的明明白白，她要庆飞跟她远走高飞，再也不回杏庄。

庆飞让蛮娃打了一顿，又带到医院抢救过来，不免在对小舅子产生怯意的同时，也产生了敬意，加上这几日的反省，对过往生活的追忆，内心里有了悔改之意，打算回家以后和鸽子好好过日子，但是他禁不住芳芳的一阵儿忽悠，刚刚萌发的悔改之意又消失得无影无踪。并且开始满心向往一种新生活的到来。

芳芳不想在县城久留，又担心蛮娃回去把鸽子叫来，破坏了她的计划，她干脆一不做二不休，建议伤势还不太完好的庆飞转院治疗。

阴差阳错。在蛮娃带着鸽子到了医院时，芳芳已经给庆飞办了转院手续，并且从医院离开。

至此，芳芳和庆飞两人仿佛空气一样蒸发掉了。

至此，睿智的头在杏庄就没有抬起来过。

至此，鸽子便把自己圈在院子里，独自抚养三个娃娃，不再与杏庄的任何人来往。她脸上无光，她心里难受，自己看上的男人跟上弟媳妇私奔了。命运简直跟她开了一个天大的玩笑。

两年后。

杏庄人纷纷传说庆飞和芳芳两人在省城租房子过上了日子，而芳芳已经挺着大肚子。话传到鸽子耳朵里，鸽子便有了轻生的念头。她拿起一根绳子，一头已经拴在窗棂子上，一头已经拉好了绳绊，凳子也准备好，就在她站上凳子，把绳圈套进脖颈里时，蛮娃进门了。

蛮娃怕鸽子继续寻死，就把鸽子又带回家，交给她母亲看管。

至此，鸽子便在娘家住下了。

隔大半年，庆飞突然出现在杏庄了，他怀里抱着一个小娃娃，他回到家里没见着鸽子，又跑到丈母娘家里。他一进门就给丈母娘和鸽子跪下，一阵儿声泪俱下。他向丈母娘忏悔了这些年他所犯下的错误，并声言以后一定规规矩矩做人。他向鸽子发毒誓，说他如若再背叛，出门就让汽车撞死，晚上睡下就醒不过来。他满脸诚恳，极尽卑恭。他唯一的条件是鸽子能帮她带怀里的娃娃。

原来，芳芳自从生下女儿，脾气大增，见天跟庆飞吵架，还不愿带娃娃，而庆飞又不会带娃娃，两人便有了磨擦，起了争执，加之他们的积蓄已经花光，三张嘴却要吃要喝，庆飞不得不硬性撂下娃娃，出去打工。没曾想，没过半月，芳芳耐不住清贫日子的折磨，琐碎生活的麻烦，竟然把娃娃放在出租屋里，给庆飞留了一张纸条，直接闪人了。

庆飞走出出租屋张望，房东告诉他说芳芳被一个戴着墨镜，开着小车的男人接走了。

芳芳把庆飞当作练习飞人跳板，练习成功，最终过上了一种全新的生活。

庆飞撞到南墙，撞得头破血流，最后回了家。

杏庄人还算宽宏大量，接纳了浪子回头的庆飞。

鸽子却走不出来，她的心已经死了，她变成了一具行尸，她过着一种麻木的生活。她本身就有三个女儿，现在庆飞又给她抱回来一个眼泪点子，她有心不原谅庆飞，却怕三个女儿再一次没了爸爸，便把所有的委屈都吞咽进肚子里，委屈地生活着。

转眼一年过后，到了夏天，鸽子突然间精神不振，食欲全无，身体乏力，见饭呕吐。她以为自己病了，找庄里的老中医把脉。老中医把完脉，却说她怀孕了。

鸽子原本没心思再要娃娃，再说计划生育正抓得紧，势必还要交上一笔不少的罚款。傻婆姨罪还没受够，一时又想起自己还没个儿子。而农村人很看重根脉一说，恰好她怀的是个男娃，就又想往下生了，却二心不定。她离开老中医，回去跟庆飞一商量，庆飞却执意让生下来，还说不生下来，他这门就断后了。

至此，庆飞就像变了个人，他学会关心人了，学会帮鸽子料理家务了。杏庄人总以为这家人以后能过上幸福的日子。

让人想不到的是，鸽子顺利生下四娃后，她却永远地离开了人世。

她死于产后血迷。

鸽子死后，一只灰色的鸽子在她家的窑檐下盘旋，盘旋，盘旋了好一阵，最后朝南飞走了。

原载 2014《古都文萃》

道姑

道姑年龄不大，不足 50，却有一头白发，长及腰身，让人想到金庸笔下的白发魔女。道姑缺了右臂，袖管空空，又让人想到维纳斯。

道姑并非白发魔女，却不愧为东方维纳斯。

霜降过后，连着下了三天的雪，山盖上了厚厚的白棉被，非常暖和了。白云观被皑皑白雪包围，观房里显得格外清冷。观房地中央有火炉，却没有生火。道姑的弟子轮流跑出观门，朝神路下眺望，她们在等道姑唯一的朋友——白云观固定的香客——名字叫作大成的男人上山送劈柴来。

白云观在白云山顶，山很高，很陡。

从白云山脚往山顶走有两条道，一条神路，也是人行道，从前山门开始直直通向山顶，有 618 个石台阶。步行进观的人都踩着石台阶，却从来没有人气喘，都说是神仙扶着走，一点儿都感觉不到累。另一条官路，也是车道，从后山门开始绕着山，曲曲弯弯，一直盘旋到山顶，具体有多少距离，谁也说不上来，官家商户进山拜神还愿，开着豪车走官道，能给人一种威风八方的气势。

大成逢单日必来，连续 8 年了，从未间断。

初七、初九，雪大，他没来；今十一了，一早雪停了，他准来。

8 年以来，白云观的劈柴一直由大成负责，是义务负责，有时从山下往山上挑，有时在山上周边的树上砍一些树枝、小椽，劈柴烧火。

在众弟子虔诚的翘盼中，大成终于上山来了。他挑了两捆柴，带着孩子来看道姑。

大成把一捆劈柴放进柴房里，一捆劈柴拎进观房里，蹲在火炉前，一阵“噼里啪啦”的声响过后，炉火立时燃起了，观房顿时暖了起来。道姑的弟子们见了火，全都伸出手烤，烤一会儿，两只手对住搓一会儿。大成等火燃旺，站起来，迎向道姑。道姑背对着火炉站着，她身后的方凳上站着孩子。

孩子七八岁，是女孩，扎着小马尾辫，细致认真地给道姑梳头。

道姑的头发看起来很顺滑，瀑布一般。孩子不用费劲儿，脚尖踮起，梳子搭在道姑的头顶，轻轻往下一划，身子慢慢下蹲，梳子就到了腰际。孩子给道姑足足梳了半个小时头发，始终做着相同的动作——踮脚尖，搭梳子，下蹲，站立。周而往复。远远看去，让人感觉孩子在做健身操，更像道姑平常做的修身操。

大成移步在道姑面前，微笑着看孩子梳头。

道姑一脸淡然，抬眼望一眼大成，轻声道：

“石阶很滑吧？”

“不滑，有神护佑着呢。”

众弟子们见大成离开火炉，又都靠近火炉一些，围着火炉站成一个多半圆，朝道姑和孩子这边，留开一个扇形，让炉火直接烤在道姑和孩子以及大成身上。弟子们全都静悄悄的，却不时抬眼观望一眼这边，又立即低头了。她们敬大成，胜过敬观里的神。

“玄月，去烧饭，留大成和雁儿吃了饭再走。”道姑吩咐叫玄月的弟子。

原来女孩的名字叫雁儿。

“吃了饭天就黑了，路不好走，我们下山再吃。”大成说。

“那早点儿回，路上慢点儿。”

“嗯。后天我再来。”

大成的家就在山下，8 年来，不论多糟糕的天气，他都坚持回家，从不在山上的客房里留宿。

大成和雁儿下山前，道姑和弟子们全都用同一种方式送行，她们轮流蹲在雁儿跟前，用自己的大脸抚摸雁儿的小脸。道姑抚摸的时间最长，她的脸长久地靠在雁儿的脸上，直到眼角滚出泪珠儿才放开。

欢送仪式完毕，道姑和弟子们全都移步观门外目送父女俩下山。道姑下移两个台阶，给大成和雁儿摆手再见。台阶上面站的弟子们也摆手再见。雁儿挥着小手，嘴里脆清清道："妈妈再见！姑姑们再见！"

雁儿话落，大成牵了雁儿的手，转身慢慢走下石台阶。下不到30个台阶，大成和雁儿又都站住，转身向山上望去。

道姑和弟子们依然站着。皑皑白雪里一溜黑衣人，正中俏立一梢白，白得耀眼，仿佛一只只展翅飞翔的大鹏鸟在天空中俯瞰着大地。这时，雁儿又高喊：

"妈妈再见，后天我再来看你。"

听见叫声，道姑的眼泪又簌簌落下。

8年前，秋日的一场连阴雨后，山上的柴全湿透了，白云观里的柴火全部烧尽，道姑连饭都煮不熟了，她只好背了背篓，踩着神路的石台阶下山。她要去山下的庄户人家求点儿劈柴。出了山门，走不远，看到一户敞着院落的庄户人家，她走进院子，走到门跟前，抬起手正准备敲门，却听到里面一个男人似哭地说：

"山顶的各路神仙，小人跪下了，求求各路神仙保佑我老婆娃娃平安无事。"

听到这里，道姑摘下背上的背篓，轻轻推开门，闪身进去。其动作轻盈娴熟，简直与观世音菩萨下凡绝无二致。

男人双膝下跪，磕头祷告，猛然听到门响，抬头一看，眼前俏立一位白发道姑，又磕数个头，嘴里连连道："老婆，显灵了，显灵了，神仙来救你和娃娃了，你可要坚持住啊。"

道姑向炕上看去，女人嘴唇煞白，一声连一声喘气。分娩前的阵痛，折磨得她已经无力嘶喊。

道姑急忙脱下身上的黑袍，一跳上炕，搬开女人的大腿看一眼，独臂一揽，随着道姑的喊声停落，女人的双腿间掉下一个粉团儿来。

粉团儿就是前面说到的雁儿，那个男人就是雁儿的爸爸大成。

雁儿落地，居然不会哭，仿佛一团没有生命体征的粉肉，掉在土炕上一动不动。

大成惊觉，急忙上前，用大手在婴儿的小屁股上轻轻一打。娃儿“哇”一声，哭了出来。

就在这时，不幸的事情却发生了。

雁儿的亲娘，那个可怜的女人，她没来得及看女儿一眼，随着女儿的哭声，她力尽气竭，溘然离世。雁儿的爸爸，那个大成，纯粹一个粗人，不懂带孩子的细致活儿，面对刚刚从阎王手里抢回的女儿和急忙忙又去阎王殿报到的老婆，手足无措，慌乱之中又跪下磕半天头，仰起脸，泪流满面道：“大慈大悲的神仙姐姐，救救我可怜的女儿，她的妈妈走了，她怎么办呀？神仙姐姐，收我的女儿为徒儿好吗？”

大成说完，长跪不起，泪眼盯着道姑，等着道姑答话。道姑呆愣了。雁儿宛如小猫一样，又弱弱地细哭了两声。道姑看着可怜的孩子，先摇摇头，又点点头，继而用薄命女人准备在前炕的红布和一块半新不旧的小棉被把雁儿包裹起来，抱在怀里往门外走去。走到门口，她想起什么似的，她又折转身来，哀声道：“连日下雨，观里没了柴火，山上全是湿柴，燃不了火，煮不熟饭，你给我弄点儿干柴。往后，逢单日来观里看娃儿，我帮你养着，等娃儿能念书了，你带她去上学。”道姑说完，原地站立。

大成自是感激不尽，急急出外，提了道姑的背篓，到柴房里装了满满一背篓劈柴，上面又绑了一捆黑豆柴，帮道姑挂在双肩上。

道姑背着柴，抱着娃儿，刚迈出门，见一只大雁从天空中飞下来，飞在她头顶，盘旋着飞，忽高忽低，不远不近跟着，一直跟她上到白云山顶，等她进了白云观，大雁才振振翅膀，展翅飞走。

入夜，道姑回想着一天的遭遇，突然顿悟，那只不忍飞走的大雁想必就是娃儿的亲娘。

隔天，大成进观来，道姑给大成学说了她的遭遇。大成还沉浸在失去发妻的悲痛中，他呆愣着出神，竟然没有一点儿反应。道姑轻声道：“娃儿乳名就叫雁儿吧。”

两年后的一日清晨，大成挑着两捆柴进山。他刚走到山门口，一个商人模样的人跑了上来打听去白云观的路。他以为来人是进观拜神的香客，不细想一下，随口答道："跟着我走，我正要去白云观送柴哩。"

来人道一声谢谢，便跟在大成后面。刚走几个台阶，来人又道："知道智玉道姑吗？"

大成太知道了。智玉道姑就是替大成抚养女儿的道姑。智玉是道姑的道号。

大成道："认识，智玉道姑是大好人。"

来人道："智玉道姑抚养着一个女孩吗？"

大成大感奇怪，他奇怪来人怎么知道智玉抚养着雁儿，他满脸疑惑，站定，原地转身，一脸惊疑道："你怎么知道？"

"女孩是我的。"

"胡说，明明是我的女儿，怎么成你的了？"大成说话中，两腿叉开，站立不动，似乎要挡住来人进观的道。

"我说的是真话。"来人打躬作揖解释。

"你女儿多大了？"大成看来人一副诚恳样，不像说谎，禁不住又问。

"15 岁。"

"你搞错了，绝对错了，你要找的人不在白云观，白云观里的智玉道姑现在的确抚养一个女孩，才两岁大，是我的女儿，我从没听她说过抚养过别的孩子，再说观里根本没有十四五岁大的女孩子。"

来人听了大成的话，一脸茫然，他又打躬作揖道："容我去观里见见智玉道姑好吗？如果不是我要找的人，我立即离开。"

大成转念一想，那人说的也对，再说有哪个父亲丢了女儿能不找呢？想到这儿，大成的恻隐之心油然而生，便转过身，又继续登山。

大成和来人踩着石台阶，一前一后登上白云山，距离白云观正门不到 3 米远时，道姑正好出了观门。

大成没说话，他想看来人反应，却见道姑一脸惊慌，猛地转身，风一样刮进观门。

来人与大成并排走着，突然间抢上前几步，追着道姑，跑进了观门。

大成知道智玉道姑的现状，却不清楚智玉道姑没入观前的情况，也不清楚智玉道姑与来人有怎样的关系，更不清楚来人的底细。

没入观前，智玉道姑的名字叫玉儿。

玉儿是晋东娘子关小阳庄人，身手敏捷，机智勇敢，她被推选为抗日救护队队长。

1937 年，娘子关战役打响，玉儿组织小阳庄十几名妇女投入到后方的救护工作中。22 天后，战役失败，太原陷落，日军开始大规模烧杀抢夺。

一日，玉儿得到确切消息，日军要来小阳庄扫荡，她为了掩护全村人安全撤离，独当一面，引开鬼子，却被三个日本鬼子团团围住，可想而知的事情便发生了。

玉儿醒来时，一个日本军官给她抱来一个瘦弱的女婴，要她给女婴喂奶。她看着女婴，想起自己的龙凤胎娃儿，她的眼泪再也止不住，连珠成串掉下来。

玉儿咬牙切齿，恨不能把日本人全部杀光，把他们的头砍下来喂狗。然而，她又恨自己太无能，手无缚鸡之力，她断臂处的伤口又开始作痛。她忍着痛，高昂起头。她看也不看女婴一眼，她不给女婴喂奶。

日本军官见玉儿无动于衷，他把刀架在玉儿脖子上，用一口夹生的中国话讲道："你的，救活她，敢说不，一刀砍死你。"

听到鬼子的话，玉儿突然间止住了泪水。她想到了古人说过的话——留得青山在，不怕没柴烧。她想，若自己真被日本人杀死，就永远见不上自己的一对吃奶娃儿了。

想到这儿，玉儿忍着伤悲，忍着心痛，忍着屈辱，解开扣子，开始给女婴喂奶。

日本军官见玉儿给女婴喂起了奶，态度来了 180 度的大转弯，对玉儿和颜悦色起来。

两个月后，玉儿断臂处的伤口开始结痂，有了好转的迹象，也不再感觉到疼痛了。她想到了逃离。可是日本军营层层把守，她根本没办法逃离，也没机会逃离。

天无绝人之路。

女婴发高烧，给玉儿创造了逃走的机会。

玉儿借着给女婴打针的机会，在一个月黑风高的夜晚，偷偷从军营医院的边门里跑了出去。她深一脚、浅一脚，挨饥受饿，用了两天两夜时间，赶回小阳庄家里，去看自己的一对娃儿。可是，她万万没想到的是，两个月不见面，一对娃儿已经跟她陌生了，不认她了，抱也不让她抱，碰也不让她碰，看见她还哇啦哇啦号哭不止。她的公公听说她抱回来的娃娃是日本人的，一把抢过去，高举过头顶，当即就要掼死在地上。

断然日本人该千刀万剐，可娃娃无罪呀，再说玉儿给娃娃喂了两个月的奶，又怎能舍得让一个活生生的娃娃，掼死在她眼前。她发疯一般，从公公手里又抢回了日本女婴。村里人全都跑来看她，知道她抱着鬼子的娃娃回来时，全不记得她曾经在村里立下的功劳，全不相信她的说辞。他们以她护着日本人的娃儿为由，都说她成了汉奸，把她赶出了小阳庄。

那个可怜的日本女婴，也是生不逢时，她的祖国恶贯满盈，究竟没有积德惠及与她，上天也不怜惜她的生命，不眷顾她的柔弱，她经受不了逃难路上的颠沛流离，忍受不了逃难路上的风餐露宿，在离开日本军营的第六天，最终死了，死在一个叫乌鸦岭的小村庄。

日本女婴死后，玉儿检讨自己的行为，她感觉自己真成了汉奸，否则怎么会为敌人的后代而丢下自己的亲骨肉，她自责，她纠结，她伤感，她蜷曲在乌鸦岭的一个蓬草窑里睡了一夜，醒来发现满头的黑发在一夜之间全成白发。那一年，她刚刚 26 岁。

次年夏天，她逃难到临县，走投无路之际，她遇到一位好心的摆渡大爷，大爷告诉她，与临县隔河相望的县城附近有座白云山，白云山上有个白云观，白云观里有位清月道姑，面慈心善，乐意助人，收了不少女弟子。为了找寻一个安身之地，她不得不上了白云山，进白云观，拜清月道姑为师。

清月道姑道行高深，一见玉儿，看到玉儿的五官表情，当即认定玉儿不是凡俗之人，听说了玉儿的遭遇后，更是认定玉儿是道门难得的人才，便当即收了玉儿为徒，赐道号智玉。

清月道姑此时已经 88 岁高龄，她收下智玉不到一月，预感到自己大限已到，唤智玉到身边，留下 12 个字：“静心守观，传道精神，修道精髓。”话落，遂驾鹤仙游。

智玉道姑安葬了清月道姑，便在白云观留了下来。之后，她广收弟子。

智玉道姑的弟子都是一些无家可归的妇女，她们的男人不是战死，就是被日本人杀害，更有一些妇女也与她一样。智玉道姑的治观宗旨是，给柔弱无能者增添活下去的力量，给无家可归者一个安身立命之处。

再后来，国家安定了，智玉道姑带领弟子们在白云观周围的山坡里垦荒种地，自给自足；教弟子们为孕妇接生。白云观里除了两个晕血的弟子外，其余的都会接生，手艺相当娴熟。

来人正是那个日本军官。

当年，玉儿抱着日本女婴逃走后，不到一个小时，日本军官就知道了，但他军务缠身，一时没抽出时间找女儿，待他处理完军务，去追玉儿时，为时已晚，玉儿已经带着他的女儿离开了小阳庄，去向不明。后来，战事又开始，他便没时间寻找女儿了。再后来，日本宣布无条件投降，中日战争结束。日本军官清楚回到日本会面临着什么，再则他牵挂被玉儿抱走的女儿，为了找寻她的女儿，他通过种种办法，留在了中国，取了一个中国人的名字，改头换面在中国生活下来，最后投靠了国军，成为中国军队的一员。几日前，他终于打听到了玉儿的下落，并了解到玉儿身边的确收养着一个女孩，所以他信心满满，前来寻找女儿。

大成不知缘故，大感不妙，也紧跑几步，追着来人进了观门。进入观门，他左右眺望，却只看见来人在观院内四下张望，看不见道姑踪影。正在这时，玄月穿着智玉道姑的装束，脖子搭一条白围巾，迎了上来。大成看着玄月奇奇怪怪的打扮，甚是惊诧，继而若有所悟，便静默不语，立在观院内，静观其变。玄月双掌合十，微微颔首，轻声道："施主别来无恙。"

来人打躬作揖，表示还礼，嘴里连忙道："师父，我找智玉师尊。"

玄月双掌合十，微微颔首，轻声道："贫道就是。"

来人围着玄月转了三圈，前后左右看了小半天，满脸疑惑道："不对，不是师父，是刚刚那个白发飘飘的师父，缺少右臂的白发师父。"

玄月双掌合十，微微颔首，淡淡道："施主看花眼了，哪里来的白发女人？"

来人道："我看得清清楚楚，的确缺了右臂，当年。"他本来要说出"当年，正是我一刀下去砍掉她的右臂，千真万确的事，我怎么能看花眼”。但他临时打住了，他猛然意识到现在万不敢说出当年的事情了。

玄月双掌合十，微微颔首，微怒道：“白云观没有施主所说的人，也许在别处了，施主请自便吧。”玄月说着抬起右臂，在空中转圈，自语道：“贫道的胳膊好好的，那个缺少右臂的女人，不知她生活会有影响吗？她怎么就缺少了右臂呢？是谁砍掉的吗？”

来人听着玄月自言自语，悻悻地站了小半天，又谦和道：“请师父带我进观房里瞧瞧好吗？倘若真没有我要找的白发师父，我立马离开。”

玄月双掌合十，微微颔首，愤怒道：“施主休得无礼，众弟子们正在做净身后的修身操，施主岂可入内，施主请回吧。”玄月话落，做一个拂袖的手势，以示逐客。

来人无奈，叹着气，转身出了观门，没走几步，又折转回来，问道：“请问师父见到过一位缺了右臂的白发道姑吗？”

玄月没再答话，转身进了观房。

来人和玄月对话的时候，大成始终在跟前站着，他从玄月的答话里觉察出其中潜藏着危险，他隐隐觉着眼前的男人不是什么好东西，否则道姑不会躲着不见。

大成把柴撂在观院里，腾空身子，双拳紧握，他已经做好了准备，只要他看出眼前的男人有一点儿越轨的举动，他一定会替道姑狠狠地教训这个可恶的男人。

来人似乎心有不甘，他走出观门，又折回来，看一眼大成，又走出去，但他刚走出去，又折回来，欲语未语，如此这般，反反复复了四次，最终还是离开了，往白云山寺庙方向去了。

大成站在观门外，直等来人的背影完全看不见了，他才折回观院，进了观房，去找道姑问个究竟。

大成对道姑产生了浓浓的情感，他想娶道姑为妻，却又不敢冒昧，时常拿女儿说事。雁儿刚开始学说话。大成有意无意教雁儿叫道姑妈妈。道姑起先不允，却拗不过大成，又觉着不过是一个称呼，也就应允了。大成虽是粗人，在感情上却有细致的一面，他清楚自己的思想，他知道铁杵磨成针的故事，他也知道水滴石穿的故事，他更知道世上无难事，只怕有心人。他全不管道姑有没有意见，会不会反对，他意志坚定。雁儿自生下来就是道姑养着，带着，她也对道姑有了感情，在她的潜意识里，道姑就是她的亲妈妈，她就是道姑的亲闺女，仿佛铁定的事实，谁都不可更改，她当然听爸爸的话，牙牙学语之时就开始叫，也叫得顺口，张口闭口，一天“妈妈”二字不离口。

大成进到观里最靠里的一间房子，道姑正抱着雁儿逗着玩。

大成从道姑怀里接过女儿，轻声道：“他是谁？怎么不敢见他？”

道姑抬眼望一眼大成，泪水便夺眶而出。

大成看见道姑落泪，也感伤起来，眼圈红红，又怕道姑看见，就把头仰起老高，向着观房顶。

一刻钟后，道姑心情平静下来，她给大成讲了那段过往的悲惨遭遇。

听完道姑的讲述，大成默然不语，他一根接一根抽烟，直抽得烟雾在他和道姑之间缭绕成团团乳白的烟雾，导致互相看不清对方的脸。沉默了良久，大成终于讲话了，他低沉道：“我们结婚吧，以后让我保护你。”

道姑摇头。

“雁儿也需要你，离不开你。”

道姑依然摇头。

“为什么？”

道姑低头，闭口不言。

“在我心里，你就是冰清玉洁的美玉。”

“有瑕疵。”

“瑕不掩瑜。”

“我只求安生度此生。”

道姑自始至终没有接受大成的感情，没有答应大成的求婚。大成却自始至终做着白云观的香客，做着白云观的挑夫，做着白云观的砍柴人、送柴人，直到他老得再也迈不了步，再也登不上白云观。

1980 年，白云观成立道教管理小组，全国各地的知名道士返山入观，从此白云观声名大震，来观里烧香拜佛的香客日益增多。

1999 年，智玉道姑在白云观去世，享年 88 岁。在北京工作的雁儿得到消息，跟随丈夫，带着一对娃儿，日夜兼程，来白云观祭奠并厚葬了智玉道姑。其时，雁儿的爸爸——大成，两年前已经离开了人世。

又过两年，白云观来了许多人，开着小车，扯着旌旗，鸣着鞭炮，敲锣打鼓，沿着官路来到白云观。

来人里有智玉的两个亲孙子，他们来请智玉的牌位回家乡。他俩承蒙祖上——他们的奶奶智玉行善积德，已经都成了山西名人，一个从政，一个经商，阳光帅气，知礼通达。兄弟俩借着改革的号召，已经乘坐幸福的大船，在各自的岗位上大显身手。兄弟俩在 5 年前曾来白云观拜佛，踩着神路的石台阶，走到半山腰的亭子里歇脚时，正好遇到了挑着劈柴的大成。

大成上了岁数，话语却多了起来，他喜欢跟进观拜佛的香客唠嗑，无意间就成为白云观的活广告。他逢人就说智玉道姑的好话，还给香客们显摆他与智玉道姑深厚的交情。说者无心，听者有意。就是那次，智玉的两个亲孙子才知道他们的奶奶就在白云观。

至此，智玉的两个亲孙子便成了白云观的 VIP 香客，他们每年都来白云观布施，他们曾经请智玉回家乡看看，却被智玉婉拒。

现在，智玉已经归西，纵然她的亲孙子和她没有深厚的感情，却因血脉相连，也不忍心让她的魂灵还在异乡飘荡，所以她的两个亲孙子来接她回家乡。

智玉的两个亲孙子，在小阳庄为她修了一座道观，名曰白玉观。他们还在白玉观的院子里，为智玉塑好一尊铜像。完全根据智玉入观后的形象塑成，身披黑色道袍，白发及腰，断着右臂，袖管空空，一脸淡然。

2018/10/14 于榆林静雅斋

我的那只灰鸟

2012 年清明节，我回老家上坟，带了老妈一同前往。

老妈离开家乡也有好几年了，她想念家乡人，更想念家乡的绵绵的黄土和暖暖的太阳。她想顺道回去看看家乡人以及她住了好久的老屋。

那时，老屋已经不是之前的灰败破旧，荒草疯长了。老屋在年前就已翻修一新，明亮的玻璃窗户，灰白的瓷砖窑面，屋里现代化家具到位，厨房，卫生间，上水，下水，取暖设备一应俱全，完全是窑洞宾馆装修风格，就连院内都有花园、盆景、石桌、石凳。

我原打算与老妈小住几日就赶回城里的，不承想，老妈看见自己的老屋一下子变得如此的敞亮后，决定住下不走了。我硬不过她，也就陪她住了下来。

老妈的人缘极好，左邻右舍听说她回来住了，便三三两两结伴来家里陪她拉家常。那些日子里，窑洞内外时常是欢声荡漾，笑声阵阵。

一日，我在院子里石凳上发呆的时候，忽然间看见一对燕子在我家的窑檐下飞来飞去，飞来飞去，似乎在寻觅什么。我便悄悄地观察，几乎不敢大声呼吸，恐怕惊扰到它们。

突然间，它们双双蹲落在老妈居住的那孔窑洞的窗棂脑眼上，窃窃私语了一阵，然后又双双飞走了。可是刚一会儿，它们又飞回来了。双双飞回来吻一吻窗棂脑眼又飞走了。这样，来来回回，飞来飞去，没有停歇。

到做饭时间了，我回厨房做饭。待吃完饭，再看那两只不停飞来飞去的燕子时，我才若有所悟，那燕子是寻觅到一块风水宝地，要筑新巢。

燕子的筑巢神速是我始料不及的。第二天一早，我到屋外再度观察那对勤劳的燕子时，我分明看清那燕巢已快竣工了。想必那两只勤劳的燕子一夜没睡，彻夜在辛苦地修筑着它们的爱巢。

我回屋随手拿了本杂志坐在院内的石凳上翻阅着，突然头顶上飞落一只灰鸟在我面前的石桌上。它分明已经受伤，喉咙里发出低低的呻吟。待我仔细检查，灰鸟一只翅膀下有汩汩的血渗出，而它的眼睛也似乎有眼泪流下，看神情一定是疼痛至极，可惜我不能与它交流。

见此情形，我大喊着叫妈妈出院来，我指着灰鸟受伤的翅膀让妈妈看。妈妈便让我取一些黄土，放在铁锅里炒热，等热土晾温后，敷在灰鸟的伤处。

我是一个鸟盲，除了正在衔泥筑巢的燕子外，几乎认不出别的鸟了。眼前这只灰鸟，我自然也是叫不出它的名字了，就叫它灰鸟吧！

灰鸟，是我给它起的名字，它的真实名字叫什么，我无从得知，老妈也不知道。这只灰鸟不知是从哪儿来，也不知要到哪儿去。它受伤了，无法飞翔了，跌落在我眼前，我得救它，让它养好伤再回家。

我给灰鸟特制了鸟笼，用一根铁丝挂在燕巢下方的一根长钉子上。

灰鸟显然是非常乐意我的安排，它没有一丁点儿要飞出鸟笼的迹象，也许它受伤的翅膀不允许它飞翔，总之它是住下来了，而且很坦然，很淡定。

这并非一只纯灰色的鸟。它有着黑色的脑袋，白色的耳垂，银灰色的羽毛，而尾巴却又呈黑色，脚是介于红黄之间的颜色。

几日精心照顾灰鸟，我竟然忘记了头顶上的燕子，待我再度记起看燕子时，发现燕巢已经完全修筑好了，而那两只可爱的燕子分明已经在爱巢里恩爱私语，享受晨光的抚慰了。

头顶上的是双飞燕，相互呢哝；而鸟笼里的却是一只孤独的灰鸟，我多了一些心疼给予它，也多了一些怜爱给予它，主要的原因是它的伤还没有痊愈。

老妈的院子里，夏天的气息涌动在各个角落，菜园子也开始茂盛了。那只可爱的母燕完全开始享受它的特权了，它坦然地接受着公燕的伺候与爱抚，安然地在温暖的巢屋里抱窝了。那只公燕每日飞来飞去，飞来飞去，每次回来，都会把嘴里衔的虫子喂进母燕的口里，然后媚眼传情，婉转又飞翔。

而那孤独的灰鸟，每次看到公燕飞回来，它都低头无言。我不忍看灰鸟孤独，试图放它飞翔，它却并不飞走，在院子上空盘旋几圈又飞进鸟笼。我以为它是感恩，故而不忍离去，优柔寡断，让我误解它恋恋不舍。不承想，我连着试了几次，它都没有一点儿要飞走的迹象，我没招儿了。

我内心深处真希望灰鸟飞走。我想任何动物与人都是一样的，都有爱情，就如燕子。我希望灰鸟也有爱情，而不要它感恩于我的施救。我把鸟笼子的门取掉，完全不限制它的自由，想让它在我不注意的时候飞走，寻找属于它自己的爱情去，然而几日下来它依然没走。

我不再给灰鸟放食物在鸟笼里了，我也毫无挽留它的一点点意思了。并非我冷血，相反的是我有点儿爱它了。爱它，就要让它幸福，让它快乐，让它自由地选择理想的生活。

我不给灰鸟放食物在鸟笼后，灰鸟就像公燕一样自己出去觅食了。它每日早上飞出去，中午飞回来，下午飞出去，傍黑又飞回来。

燕宝宝出壳了，四个小脑袋探出燕窝，张开嘴巴，等燕爸爸送吃食回来，非常可爱！燕爸爸一天天更加辛劳了，飞来飞去，飞来飞去，整日为巢屋里爱妻和儿女觅食。

灰鸟却一无牵挂，如同光棍一般，过着一人吃饱，全家不饿，无牵无挂的生活。我突然间有点儿瞧不起它了，感觉它简直就是鸟界的另类，我甚至不想看它一眼，即便是经过鸟笼也不逗弄它。

下雨了，是禾苗喜欢的雨，农民喜欢的雨，院子里的树木喜欢的雨，黄土地的嫩绿喜欢的雨。

我不能坐在院子里的石凳子上看雨，也不能坐在院子里的石凳子上看书，更不能坐在院子里的石凳子上看双燕飞翔，为四个儿女喂食了。我端来一把椅子，放在地中央，打开门，然后坐在家里赏雨。

那只灰鸟在我抬眼就能看到的玻璃窗外的鸟笼子里蹲着，它似乎向我搔首弄姿，似乎向我眉目传情。我不看它，我的眼睛里只有雨。那雨淅淅沥沥，从窑檐流下来，柔肠婉转，挂在玻璃窗上，然后曼曼妙妙落下地面。灰鸟被我冷落，悻悻地转过头，背对着我，兀自发呆去了。

我不要管它，我就要冷落它，我要它离我而去，我要它去找另外一只灰鸟谈恋爱，我要它过一种鸟类的真实生活，因为我太嫉妒屋檐下的那对燕子了。那对燕子是那样的恩爱，那样的浪漫；那对燕子在我的眼皮底下，双宿双飞，翩翩起舞，卿卿我我。我是真真切切看在眼里的，我替灰鸟感到委屈，感到心里不平。

为什么？燕子可以，而灰鸟就要这般的孤独呢！所以我想让灰鸟离开我，有时我真恨灰鸟这不着调的生活态度。它难道真的不懂得这世间万物生灵都痴迷异性情爱吗？

那场雨下了一整天，像女人幽怨的眼泪，让我心烦意乱。傍黑的时候，雨停了，燕子双双飞出了巢屋，去给四个儿女觅食了。四只淘气的小燕子，它们的爸妈一走，它们就在燕巢里打闹了起来。这时，灾难降临了，它们那不堪重负的燕巢由于天雨受潮的缘故，从老妈的窗棂脑眼处直直掉了下来，而那四只嗷嗷待哺的小燕子来不及反应就直直掉了下去。

是灰鸟救了那四只小燕子。小燕子在燕巢里打闹的时候，灰鸟飞出了鸟笼，蹲在鸟笼的外顶上听着什么。小燕子掉下来那一瞬间，灰鸟竟然张开双翅托住了小燕子。四只小燕子落在了灰鸟的两个翅膀上。

我是亲眼目睹了灾难的降临，而那一刻我却毫无防范，毫无思想准备。当我看到燕巢掉下来的那一刻，起身往外跑去，却看见那只勇敢的灰鸟已经被压在四只小燕子身下，而它的浑身全是泥。

难道灰鸟是在完成一次使命吗？难道灰鸟是回报我对它曾经的相救吗？

那四只小燕子安然无恙，它们得灰鸟相救，逃过一劫。

我担心灰鸟会彻底离开这世界，因为它的身子战栗得特别厉害。我更怀疑它受了内伤，因为我看不到如上次一样的外伤在灰鸟的任何部位。

我顾不上看四只小燕子了，因为它们毕竟还有燕爸爸和燕妈妈照顾。我小心翼翼地把灰鸟捧回家，轻轻地掠去它羽毛上的泥土，然后放在一个海绵坐垫上，赶紧给城里的宠物医生阿牛打电话，希望他能给我支招。阿牛说他只医治宠物狗的病，不曾看过宠物鸟。但是，阿牛给我说了一个治疗小狗内伤的土办法，让我试试看。

燕妈妈和燕爸爸回来了，看到它们的巢屋没了，看到四个幼小的燕宝宝瑟缩在鸟笼顶上，而后，双双扯开嗓子大声号哭起来，那声音凄惨而幽怨，悲伤而凄厉。我虽然不懂鸟语，但我从燕子不曾有过的叫声中，分析出那是对天的哭诉，对地的呐喊。

燕妈妈和燕爸爸在鸟笼顶上一直盘旋飞翔，一直凄厉哭喊。

四只燕宝宝学乖了，它们还不知道闯祸了，尽管瑟缩在鸟笼顶上，却依然大张着小口口，等待着它们的爸爸妈妈来喂食。

灰鸟无声无力地瘫软在海绵坐垫上。

慈祥的老妈此时束手无策了，她的眼里含着就要溢出的泪水。

我顾不了燕子的哭喊，按照阿牛的办法，给灰鸟配制了一种药水，然后在老妈的配合下，用小勺子灌进灰鸟的嘴巴。

老妈望着窗外盘旋飞翔的燕子，听着它们悲伤的嘶叫，突然间像想起什么似的，忙蹒跚出院子，在院子里倒座的储物房里，翻找出一把生锈的剪刀，示意着。我搬来高梯，攀爬上去，把生锈了的剪刀塞进窗棂脑眼里。

燕爸爸和燕妈妈似乎明白了什么，它们停止了哭喊，然后与孩儿一起蹲在鸟笼顶上开始窃窃私语。尔后，它们很快做出分工，一只负责给四宝宝觅食，一只负责再度衔泥筑巢。

燕爸爸和燕妈妈又开始忙碌地飞来飞去时，老妈的脸上露出了一种舒缓的表情。

我双手托起灰鸟，把它的身体靠在我的额头上，我能感觉到它身体的颤抖；把它的身体掩在我的胸口，我能感觉到它身体的哆嗦。我俯下头看它的眼睛，蓦然发现，它的眼睛里含着湿湿的泪水。傻傻的灰鸟，它现在肯定是忍受着剧痛。

灰鸟这次受伤，我是看在眼里的，我难受了许久，我对它有了一种全新的认识；灰鸟的这种奋不顾身，舍己救燕的精神，让我对它肃然起敬。

灰鸟在我一日三餐的灌药之后，居然在两天两夜后又活过来了。

难道是我对它的轻视，对它的不理解，对它的不正视造成的吗？它是向我证明吗？

灰鸟乖乖地依偎在我的胸口，它安然极了，若有所思。

一个礼拜后，灰鸟完全痊愈了，它振振翅膀又开始飞翔；一个礼拜后，燕巢又筑起了；一个礼拜后，老妈的脸上又有了笑容；一个礼拜后，小院的气氛又和谐了。

灰鸟又住进了鸟笼，四只小燕子居然学着展翅了，燕爸爸和燕妈妈依然忙碌着。

又过了些时日，我发现那四只小燕子跟着燕爸爸和燕妈妈飞出去觅食了。

灰鸟伤愈后，我再没有给它断食，我完全原谅它了，我似乎认识它了，它应该是一只笼养鸟，它不习惯露宿的。

我和灰鸟的感情与日俱增，它看见我坐在石凳上看书，居然会飞出鸟笼，蹲在我的肩膀上晒太阳；或者看见我在石桌上吃饭，它就蹲在鸟笼里叽叽喳喳欢唱；或者看见我遛弯的时候，它会飞出鸟笼，跟在我头顶上空盘旋飞翔。

我是一个极其闲散而又不懂情调的人，不喜欢任何宠物，也不喜欢养花种草，然而面对这只灰鸟，我却对它有了一种特殊的情感，说不清。

一日，我接到电话，单位要派我出差，刻不容缓。

老妈贪恋她老屋院外柔美的阳光，不想回城里，我便请来小姨陪她。然后，我告别灰鸟离开家乡去外地出差。

外地一呆就是 4 个月，回家乡后，时序已经进入深秋。

灰鸟看到我后，从鸟笼里飞出来，扑扇着翅膀欢迎我回家。

待我仰头看时，燕巢里只剩两只燕子了。

妈妈说，四只小燕子已经离开了燕爸爸和燕妈妈，许是各自都婚娶了，组建了新家。

我是无论如何也要把老妈带回城里住了，因为天气转凉，家乡毕竟比不了城里的条件好些。送小姨回家后，我收拾一切要带走的东西。

妈妈要带的东西太多了，她说要在城里待整整一个冬天，菜园里的蔬菜、老乡们送的豆类以及一些做好的柿子酱带回去都用得着。我的小车空间有限，不能装了所有的东西，于是就装了一些回家立即就能派上用场的蔬菜和不好保存的熟食以及妈妈的一些衣服，并且答应妈妈，过段时间还会回来取，就这样软硬兼施才带妈妈从家乡启程。

灰鸟呢?

我让灰鸟先留着，因为妈妈的屋檐下暂时还住着燕子，灰鸟不至于特别孤独，再则我的车里也装不下鸟笼，我是计划下次回家取东西的时候，带灰鸟回城里。

灰鸟看着我搀扶着妈妈坐上车后，它蹲在汽车顶上，低声鸣叫着。我分明看见灰鸟眼角有湿润的泪水。妈妈说，不要带鸟笼子了，单单把灰鸟放车里带着。我固执地没有答应妈妈，我说灰鸟能理解我，一定能。

我把灰鸟送进鸟笼子里，在笼子里留了足够多的吃食，打开鸟笼子的门，然后锁了大门，发动汽车下了院坡。

回到城里后，很多事情把我轴住，一时脱不开身回家乡，于是我再次回家乡便是仲冬了。

打开老屋的大门，一眼看见院内少了绿意，取而代之的是枯黄的菜叶和随风翻飞的树叶。我迫不及待想要看到灰鸟，却一直等到晚上，都没有看见它飞回来。

屋檐下的那一对燕子不知何时就南飞了，只留下它们恩爱的余温在空空的燕巢里回旋。

灰鸟飞到哪里去了？它是回到原主人的家里了吗？还是它出去觅食迷路了？还是……

我不敢继续往下想了。

我是多么希望它能出现在我的眼前啊！抱着侥幸心理，我不顾寒冷，在老屋的炕头蜷缩了一晚。第二天一早起床，鸟笼还是空的。又等，一直等到中午，依然没有看见灰鸟回来。而那只鸟笼却在妈妈冷清的窗子前孤独地随风摇曳着，摇曳着……

原载 2016《油麦》

清明祭

一

1987 年清明节，她手捧着一大束鲜花，穿着黑底白花的孕妇服，拖着笨重的身体，走进麻栗坡陵园。她把鲜花放在墓砖上，艰难地长跪在墓碑前，扶着墓碑失声痛哭起来。

墓里埋着的亡人，是她结婚不到两年的丈夫，年仅 25 岁，却在老山前线猫耳洞战役中牺牲了，永远长眠于这里。

她悲恸欲绝，泪流成河。

她哭亡夫年纪轻轻就为国捐躯，她哭自己年纪轻轻就要守寡，她哭肚子里的孩子出生就见不到父亲。她直哭得声音嘶哑，再也哭不出声了，才揩干泪水，从斜挂的包里取出一张大大的宣纸铺在地上，又取出一瓶墨汁，一支毛笔，然后跪坐在地上，挥笔写起来——吻你，我不惊醒你

吻你，我不惊醒你
这片和煦的土地是这样的安宁
墓碑前我默默地注视着你

我知道尽管这座座坟茔只是生命的缩影
但那巍然屹立的英灵却是一个个不倒的躯体

吻你，我不惊醒你
这片热红的土地是这样的安静
墓碑前我轻轻地抚摸着你
我知道尽管这尊尊石碑再不会复苏
但那魂系南疆的每一个英名却在这里永垂

吻你，我不惊醒你
这片褐色的土地是这样的肃静
墓碑前我紧紧拥抱着你
我知道尽管我们人生的梦还没有真正实现
但为和平而战，死和生你都会那样坦然

吻你，我不惊醒你
这座正义鲜血染红的长城是这样寂静
墓碑前我给你一个深沉的吻
我知道尽管你再不能感受到那炽热的爱
但你却没有一点儿忧伤和惆怅

吻你，我不惊醒你
这片五湖四海英灵再生的土地是这样沉静
墓碑前我的心在呼唤你
我知道尽管我们再不能同枕共叙
但爱的神灵却永远和我们在一起

吻你，我不惊醒你
这片和煦、褐色、正义的土地是那样的壮丽

是你们破碎的躯体装饰了她
是你们的热血浇灌了她
我知道尽管你们再不能亲临其境
但历史的丰碑上却永远铭刻着你们的伟绩

吻你，我不惊醒你
在这边陲小镇将烙下——
一个普通女性永恒的长吻
为祝福你在这里静静地安息

吻你……我不惊醒你……
不惊醒你……不惊醒

写完这首诗，她再无力气，艰难地从地上站起来，背靠着墓碑，望着自己拙劣的字迹，痴痴发呆。

二

1989 年清明节，她又来到麻栗坡陵园，依然手捧一大束鲜花，只是她身后并排跟了两个一般大的小孩。这两个小孩是她与亡夫的孩子，一对龙凤胎。而她的亡夫还不知道，那个人一直沉睡在这里，守卫着祖国的边防，还不知道没见过面的一双儿女已经会走路了。她要把这个好消息告诉亡夫。

她想，魂若有灵，天上有知，定会赐福于她的一双儿女，让俩孩子快快乐乐成长，健健康康做人。

她生孩子时，正逢战火纷飞，她就给俩孩子取名，男孩叫和平，女孩叫胜利。她的心思不言而喻，她的良苦用心，苍天可鉴。

两孩子步履可爱，举态娇萌。男孩手里提着小果篮，果篮里放着一颗苹果，三颗红枣。女孩怀里抱着一个透明的塑料盒子，里面清晰可见一大两小三个红颜色的点心。

她站立在亡夫的墓碑前，蓦然发现墓砖上已经放了一束鲜花，而墓砖旁的空地上用小石头压着一个纸袋子，纸袋子上却分明写着“肖妮收”三个字。她好生奇怪,奇怪这里能有谁知道她的名字？她四下里张望,却没有发现周围有人。

她把自己手里的鲜花，儿子手里的水果，女儿手里的点心，分别摆在墓砖上，而后长跪于墓碑前，掏出纸袋里的相片看。

纸袋里共有一大一小两张照片，小的是她和亡夫的结婚照；大的却是一个只穿一条短裤，额头上有血迹的男人，就像扛一袋粮食一样，扛着一个同样只穿一条短裤的男人。男人头朝下耷拉着，看不清脸，脊背上明显可见鲜血染红一片。

看着相片，她猛然间意识到，这个被鲜血染红脊背的男人一定是她的亡夫，而这相片也正是亡夫生前最后的留影。

就像抱着易碎的宝贝一样，她把相片紧紧抱在胸前，泪流满面，泣不成声。她的一双儿女，看见妈妈哭得伤心，哇一声哭了起来。

她张开双臂，俩孩子趁机钻进妈妈的怀里。娘仨就抱在一起放声痛哭起来。哭声动荡，声震陵园。

于此同时，距离她不远处的一座坟茔前站着一名独臂军人，他朝这里张望着，分明已经看清，神态焦急，满脸悲痛，却并不前来，只是静默不语。

这次上坟，她把自己的嗓子哭到完全嘶哑，才站起来，捏着相片袋子，又四下里张望。

她想，肯定是亡夫的战友到了。她心里一阵感激，一阵欣喜。她决定等等好心人。遗憾的是，她一直等到陵园里来祭奠的人都走了，也没有等到有人前来。她只好带着一双儿女回家。

三

1990 年清明节，她又带着一双儿女来到麻栗坡陵园，让她感觉奇怪的是又有一个人先她而来过，并且是刚刚离开。墓砖上的一束花，一根正燃着的香烟，可以证明她的推理。

这一次，她没有号哭，她摆好鲜花、果篮、点心，而后牵着一双儿女绕着陵园，在每一座陵墓前都转遍，找遍。她抱着一线希望，希望能遇见几年来一直在暗中接济她生活，而不忘给亡夫年年清明来上坟的人。然而，这一天，她又是最后一个离开陵园，还是没有遇见好心人。

接下来，一连20年，她年年清明节来给亡夫上坟，年年都盼望能与好心人遇见，年年都是失之交臂，不能谋面。她不无失落，却也只能等待。她在心里默默祈祷！默默祝福！祝愿好心人永远健康！

四

2011年清明节，她又带着一双儿女来到麻栗坡陵园。这次出乎她的预料，亡夫墓碑前空空如也。她的心一下子揪紧了，揪得生疼。她全不管俩孩子怎么看，发疯般地绕着陵园跑起来。她绕着陵园跑了三圈，四下里找寻，却也只能失魂落魄地回到亡夫的坟前。

二十多年来，这个暗中帮助她的人，时时刻刻揪着她的心。在别人眼里，她似乎是守着贞节牌坊的古代女性。其实只有她清楚，她在想谁，她在思念谁，她渴望见到谁，而且一年比一年强烈。她始终有一种期望，期望他们能在陵园相遇。然而，好心人今年却没有出现，这让她好失落。她不甘心，跪在亡夫的坟前，泪眼婆娑，呆呆瞪瞪。

她的一双儿女已经长大成人，看到他们的妈妈跟丢了魂一般，一时伤心难过，同时抱住妈妈，跪在亡父的坟头痛哭起来。

哭一阵儿，她的声音又嘶哑了，发不出声来，一双儿女强行搀扶她起来。

娘仨一转身，蓦然看见一个独臂男人怀抱一束鲜花立在眼前。

娘仨都惊呆了，他们同时发现，男人怀里的鲜花，和他们每一年上坟来见到的鲜花一模一样。

她完全失去自控，当着一双儿女的面，抱住独臂男人，泪水直流。

五

2012 年清明节，她再来麻栗坡陵园，陪同她的人就变成了独臂男人，她的一双儿女没有来。

独臂男人已经成为她的丈夫。

这次，她的左手牵着独臂丈夫的右手，她的右臂弯抱着一束鲜花。她把鲜花摆好，与独臂丈夫并排站立，对先夫的墓碑深深三鞠躬。

此后三年，她与独臂丈夫或相牵，或相挽，或相拥，一起来给先夫上坟。

独臂男人，在那场战争中死里逃生，捡回一条性命。他从部队上转业后，到地方医院当了外科医生。他单身从军，从军后就上了战场，战争结束就打消了婚娶的念头，全因那场战争，猫耳洞潮湿、恶劣的环境，导致他丧失了性功能。他 20 年来始终如一地暗中帮助着、保护着亡友的妻子与儿女，全因亡友生前嘱托。现在，他之所以敢面对，是他清楚女人到了更年期，需要男人的呵护，心灵上的关爱。

六

2016 年清明节，她再来麻栗坡陵园，陪同她的人就成了三人。独臂丈夫和她的一双儿女。

她的一双儿女都穿上了军装。挺拔的个头，英俊的脸孔，完全遗传了她良好的基因。

这次，她左手挽在独臂丈夫的右胳膊上，她右臂弯里抱着一大束鲜花，她的一双儿女并排跟在他俩身后，迈着矫健的步伐。那姿态，尽显现代军人的飒爽英姿。

她儿子手里一个大大的果篮，果篮里放着苹果、香蕉、贡橘、仙桃、红枣、鸭梨……她女儿手里也是一个大大的篮子，篮子里放着点心、烧酒、香烟、冥币、黄纸、纸衣。

他们一行四人到了墓碑前，独臂男人接过她手中的鲜花放在墓砖上，退后一步，站在她的侧后方。她后退一小步，头靠在独臂丈夫的胸膛上。独臂男人用仅有的独臂环抱住她的肩膀。她的脸上由内而外，散发出一种高贵的淡然与幸福。

她的儿子上前，把果篮里的各样水果全摆在墓砖上，退后一步，站立一侧。她的女儿又上前，弯腰把篮子里的点心、烧酒、香烟、冥币、黄纸、纸衣，全都拿出来，整整齐齐摆在墓砖上，也退后一步，站立另一侧。

他们四人相视一眼，她用眼睛授意一双儿女。她的儿子和女儿就各上前一步，并排站立，分别脱帽，抱在右怀前，深深三鞠躬。

2018/4/3 于榆林静雅斋

·小小说·

一棵杏树的命运

娘家曾有过一棵杏树，我记事起就有，我结婚时有，我儿子出生了还有，我儿子上小学时却不见了。

杏树和我同岁，比我大了半年。

娘怀上我后，从奶奶家的驴棚里搬迁至新修的窑洞里居住，正是一年里的阳春三月。

一日，娘她看见茅坑下方的新土台子上冒出一棵青青翠翠的杏树苗。

杏树苗直溜溜，圆圆的小杏叶特别招人喜爱。

杏树苗生长在茅坑下方的土台子上，不影响风水，不影响窑洞采光，爹和娘就把杏树苗留了下来，任由它生枝发芽，自由长高。

同年秋天，糜谷进仓的时节，我降临到人间。

幼年的杏树苗长起来很快，比我要快多了，娘根本没有料到，第 4 年春暖花开的季节，杏树就高出了我一个脑袋，竟然开了满树的杏花。

而我却太瘦小，比起杏树，一副弱不禁风的样子。

我一整天站在硷畔上看杏花，看得痴痴傻傻，连吃饭都要娘喊叫。

起风了，娘怕我着凉，把瘦瘦小小的我抱回家里。我却趁娘不注意，又跑到硷畔上了，还绕下土台子，站在杏树前，仰起小脸，看满树的杏花，一脸痴迷。

娘没办法，看着我，恨恨地说，若是个男孩，长大准是个盗花贼。

我听不懂，只管看花。

遗憾的是，那年，杏树没有结果。

隔一年，春暖花开，杏树又开了满树的花。我又开始在树下仰望，在花下痴呆。这一年，杏树结果了。青青的杏子挂满了枝头，仿佛一串一串的绿玛瑙，诱惑着我干瘪的胃。

我馋得要死，任何食物对于我来说都是人间佳肴。那年，杏树上的杏子成了我果腹的美味，从青皮一直吃到黄皮。

后来，我长大了，有了记忆，再不需要娘帮我回忆了。

记忆中，那棵杏树上的杏子，是我吃过口感最好的杏子。我家所有的女人都一致这样认为，连同我的丈夫也那样说。

杏子吃起来水甜水甜，吃过之后，嘴里会留下清爽爽、甜丝丝的后味。

杏子很特别，完全熟透时，杏肉自动张口，杏核与杏肉自动分离，而杏核上不会粘扯上半点儿杏肉丝；杏子很特别，即使吃了青皮杏，也绝不会有酸到骨子里的感觉，牙齿也绝不会发痒，不会有咬不动食物的感觉。

杏树最后长到枝繁叶茂，树冠巨大无比。每到夏天，树冠下浓荫密蔽，是绝佳的避暑圣地。

我上到初中，爱上了读小说，每天放学，哄娘说去学习，实际上总是坐在杏树下看小说。只要杏树上有杏子，我看书时，一定吃着杏子，青皮黄皮通吃，我从来没因吃杏子吃坏肚子，吃坏胃，反而吃出了浓浓的情感。

再后来，我结婚了，怀孕了，巧逢夏天，想起了娘家杏树上的青杏。我等不到丈夫回家，一个人坐了班车跑回娘家，从树上摘下一碗青杏，用清水洗两次，坐在院子里的石床上大吃特吃。

娘看着我，抿嘴偷笑，晚上悄声对爹讲，肯定怀的是男娃。

儿子现在已经上班，英俊帅气，一身威武。

往回追，时光太匆匆。

儿子上小学时，哥哥新修窑洞，杏树恰好长在宅基地上。迫于无奈，杏树献出了自己的生命。

杏树死后，庞大的身体，变成了娘烟囱里的一缕缕青烟。

一棵杏树，从生到死，历经 33 年，陪伴了三代人，温暖了许多人，感动了我的心。

现在，正当阳春三月，杏花烂漫时，我突然间想起，想起娘家的那棵杏树，仿佛怀念逝去的亲人，感伤油然而生，泪眼蒙眬。

2018/3/31 于西安和基居

小寡妇杀羊

小寡妇叫翠花，36 岁守了寡，算得上方圆十里有姿色的女人。

她的短命男人叫光子。

光子活着的时候，人精明，能吃苦，适逢党的好政策，他租了一片慢坡荒地，圈地放养，开了绿色养羊场，给县城肉食门市、酒店、饭馆供羊肉，生意做得顺风顺水。

那天，天刚闪亮，光子给月子里的翠花熬好米汤，他发动农用车，装上杀好的羊，开往县城。一个转弯处，迎面一辆油罐车撞上来。他躲闪不及，连人带车钻入车轮下。

消息最先传到村主任耳朵里。

村主任打发老婆给翠花送消息，他则去现场处理善后事宜。

翠花听说，哭成了泪人。

翠花头胎生的女儿，早想要个男孩，却因光景不好，早先没敢计划。女儿到了 5 岁，光景翻稍了，日子起色了，才和老汉计划了要二胎。天遂人愿，老天赐她一个儿子，生下还不到 20 天。

翠花满心指望老汉回家熬米汤，炖羊肉，擀面条，伺候她月子。不长眼的油罐车，生生把她老汉的命要了，她不哭才怪。

村主任老婆站在地上，看见翠花哭得昏天黑地，月娃娃饿得哇哇直号。女人的慈悲心上来，安慰道：“妹子，月子里，可不能哭，落下病呀，你的天不会塌，有嫂子伺候你月子，有你大哥处理光子的后事。”

翠花刚强，止住眼泪，端起碗吃起了饭。

儿子满百天后，翠花抽出一部分积蓄买了辆小汽车，在车后座上装了一个婴儿摇篮。至此，她半夜里起来杀羊，天一明叫醒大女儿。让大女儿坐在车后座上，让小儿子睡在摇篮里，再装好杀好的羊，这才开往县城送，把两个娃的天顶起，把短命老汉留下的营生也揽起。

村里人无不叹服她，县里的肉食门市、酒店、饭馆老板无不敬重她。

村主任时常拿她的刚强给村民说事，也时常来照顾她的生意。

村主任第一次来，买3斤羊肉，付5斤的钱。她不要。村主任硬给，丢下一句话：“那2斤炖给娃娃们吃。”她心里一阵感动。

村主任第二次来，买5斤羊肉，付10斤的钱。她不要。村主任硬给，丢下一句话：“给你买件新衣服穿。”她心里一阵慌乱。

临近大年，村主任又来，买半只羊，付一只羊的钱。她不要。村主任硬给，丢下一句话：“娘仨好好过个年。”她内心一阵巨浪翻滚，眼睛就模糊了。

阳春三月，村主任的丈人病了，村主任的老婆回了娘家。村主任却于傍晚时分到了翠花家。翠花大感意外，村主任怎么这个点儿上来了？这不在买羊肉的点儿上呀！她心里满是疑问，嘴上却热情问候：“大哥，有事吗？”

村主任先摇头，继而低叹道：“唉！你嫂子回了娘家，一个人待不定。”

翠花脑袋一激灵，想起这半年来村主任对她的关照，恍然醒悟，顿时惊慌，又强作镇定，自顾自走向羊场。她想，哪有待不定往寡妇窑里跑的？偏不理，自感无趣，自会离开。她全错了，村主任跟着她到了羊场。无奈，她抱起一只小羊羔，进入羊料房，斜坐在光子活着的时候，照夜临时休息的简易床上，抓一把煮熟的黑豆，吃到嘴里，咀嚼碎，再吐出来，喂小羊羔吃，晾村主任一边站着。此时，她能说啥？啥也不能说。她心里祷告，你快走哇，你在这儿磨蹭个甚呀？

村主任夺下翠花怀里的小羊羔，摔在地下，那只可怜的小羊羔吓坏了，站在墙角眨着泪汪汪的眼睛，一动不动。

村主任走后，翠花把自己狠狠抽了两个耳光，她恨自己，恨自己杀羊时的魄力哪里去了？

次日天明，翠花带上两个娃，在光子的坟头放声号哭了一上午。为了两个娃娃能安然成长，她揩干眼泪，把这事悄悄压了。

隔日大清早，翠花给交警队长送两只杀好的羊。交警队长要给儿子娶媳妇，前几天打电话定好的羊，下午约客吃羊肉饸饹还等着用，她不敢怠慢。

交警队长看一眼车后座上的两个娃，慨叹道："你这婆姨，让两个娃娃跟着你起早贪黑，受的什么罪？"

翠花一脸淡然，她并没在意交警队长的话，打开后备箱取羊。

交警队长的婆姨跑来，朝车里瞅了一眼两孩子，跟交警队长嘀咕："这女人真要强，光子那30万赔偿款，怎么也能花上几年嘛，年纪轻轻的，改嫁一个男人才是正传。"

车门大开着，交警队长婆姨嘀咕的话，翠花听了个清楚，她心里咯噔一下，疑心大起。怎么是30万？难不成他私吞了10万？翠花心里暗暗思忖，嘴上却说一阵儿感谢话，放下两只杀好的羊，上车就走。

交警队长在车外呐喊："翠花，钱，钱拿上。"

翠花点一脚刹车，汽车减速，她头探出道一声："随份礼钱，明天我有事来不了。"话落，一溜烟儿走远。

上灯后，村主任又来。翠花看一眼熟睡的两孩子，转身出了门，急匆匆走向羊场。村主任随后跟着。翠花去看羊。村主任闪身进了羊料房。

村主任在羊料房左右等不来人，听见羊圈里有羊叫声，出外去看。

翠花手里拎一只羊，正往宰羊房走去。

这娘们现在杀羊吗？村主任没看过翠花杀羊，一时兴起，想看个究竟，他跟着翠花进了宰羊房。房内热气腾腾，气雾笼罩。

翠花背对着门，一手抓着羊角，一手握着明晃晃的杀羊刀，听见声音，猛地转身，双目聚光，低沉道："光子昨晚托梦于我，说你借了他10万，真有此事？"说完，她狠狠剜一眼村主任，手起刀入。

村主任看见仿佛翠花杀死的不是羊，而是村主任，只见村主任浑身战栗，裤管里涌出两道尿。他站立不稳，双膝一软，扑通一声，跪在翠花脚边。

顷刻间，宰羊室里就充满了人尿骚气和羊血腥味儿混合起来的难闻味道。

载于 2018《红石峡》

后记

探究人性深处的本欲

我是一个有信仰的人，倒不是特指我信仰何种宗教，而是指我做事的执着与坚持，正如我初次跑马拉松（42.195 公里）时，站上赛道，我就坚信自己绝对能跑完，绝不中途弃赛。事实也是如此，我每次跑完马拉松，状态总比前一次好。也不是嘚瑟。陕北人常说句俗语：火车不是推的，牛皮不是吹的。腿脚上的功夫，是一天一天练出来的。比起跑马拉松，我更痴迷于创作。在吃穿无忧的时代，每天晨跑回来，若没人干扰，坐在电脑前写小说，我可以一屁股坐到天黑。当然指的是寒冬夜长日短的白日了。坐功也是练出来的。跑步跑到腿发困，写字写到眼发晕，这些滋味都经历过之后，功夫也就练得差不多了。

当我的小说集《脸面》选稿完成，寻求出版社之际，一个意想不到的惊喜向我款款走来。小说集《脸面》里收集的 16 篇长短不等的小说，通过网络进入陕西师范大学文学院研究生的视野，得到他们的青睐，并被他们分类剖析。更让我欣喜的是陕西师范大学文学院研究生导师钟海波教授也通过网络看到了小说集《脸面》的全稿，并愿为《脸面》作序。

互联网真好啊！小说集《脸面》的脸面真大呀！

我通读了陕西师范大学文学院研究生发来的若干篇评论稿件后，顿然明白，我这些年来写下的那些长短不等的小说离不开一个核心主题——探究人性深处的本欲。

孔子曰：人有性，性相近。孟子云：性本善，心各异。我想说：在道德感被绑架的时代里，人性深处的本欲虽有善恶之分，但却会因人性的弱点，最终被理智同化，使得人们乐此不疲追求的至高无上的爱情，终究会土崩瓦解，成为一曲曲凄美苍凉，曲调均异的挽歌。

关于小说集《脸面》里所收的16篇小说，是否成功？是否耐读？是否能赢得广大读者的喜欢？还要等问世与众多读者见面后，才能知晓了。

在此，我要感谢中国一级作家，陕西省作家协会副主席，陕西省文联副主席，西北大学客座教授高建群老师对我长期以来的鼓励与爱护；感谢延安大学文学院院长、教授，陕西省作家协会副主席，延安市作家协会主席梁向阳老师对我的认可与支持；感谢陕西师范大学文学院副教授，文学博士钟海波老师在百忙之中，抽出宝贵的时间为本书作序；感谢吉林文史出版社对《脸面》的认可；感谢《脸面》的责编程明，是她细致认真的校对，才有《脸面》最终的完美出版。最后感谢《脸面》所有篇章的第一个读者崔文德老师，是他最初对本小说集里所选篇章的首肯，才让我有想法结集本册。

我是一个业余马拉松选手，有了一点点文学情怀，自创了一句马拉松语录，就用它来结尾并激励自己——

在追求理想的道路上，我要用持久的毅力与恒心来追赶超越，即使被关在理想的大门外，也不会自暴自弃，毕竟一路跑来，赢得了许多观众的呐喊助威、加油鼓励，必须坚持到底，绝不愧对观众。

2018/12/6 于西安和基居

附：《脸面》评论（作者均为陕西师范大学文学院研究生）

王婷：脸面的双重危机

刘小玲的小说集《脸面》里有一部中篇小说，名字就叫《脸面》，可见这部小说在整本小说集里的分量。

中篇小说《脸面》语言精练，文本骨感，篇幅算是中篇里较为短小精悍的，字数不足5万。通读全文后的第一感觉，觉着这部小说宛如一个经常健身的中年妇女，韵味十足，心思复杂。诚然，作家刘小玲在本部小说中，展现出了极强的人性复杂面，并以普通人的现实挣扎挖掘出了社会中处于遮蔽状态下的尖锐矛盾。寒门出贵子，贵子却沦为杀人犯。韩华把利刃捅向母亲长达3年的情人，而作家意在借这把利刃刺穿人竭力伪装出来的脸面，揭露脸面所遭遇的双重危机，进而达到其解剖中国教育与伦理道德的目的。

小说故事情节大致是这样：杨巧杏和韩贵山是榆钱某村普通的穷苦夫妇，他们的儿子韩华考进榆钱市最好的高中，急需筹措学费，夫妇俩筹谋向同村经营煤矿生意的富商老王借钱。进惯了风月场所的老王垂涎巧杏的美色与善良，便以各种借口接近，加之从邻居李奶奶口中得知巧杏的丈夫韩贵山性功能早已丧失，夫妻二人七年无夫妻之实，更助长他对这个温柔、美丽、贤惠的女人的怜惜与疼爱。于是他安排巧杏的丈夫进自己的煤矿当工人，而在此之际，自己家却突遭变故，儿子车祸，妻子失语耳聋，巧杏为报老王借钱恩情，提出在老王在外经营煤矿生意时，自愿给王家当保姆照顾老王的妻儿。一个有心栽花，一个故意插柳，二人一来二往便顺理成章展开了长达 3 年的婚外情。老王妻子过世后，韩贵山考虑到儿女前途和成全几人的脸面，强逼巧杏离婚。不料，此时作为准清华大学生的韩华在帮父亲收拾衣物时得知真相，感觉脸面严重受辱，盛怒之下便将切西瓜的刀子捅向一向待他和蔼、慈祥的王叔叔。大学生转眼成杀人犯，一起普通的借钱事件一步步导向谋杀案件，小说最终以惨剧收尾。

小说没有玩弄叙述技巧，没有跌宕起伏的故事情节，也没有广阔宏大的历史背景作为铺陈。这场由“婚外情”所引发的惨剧，在作家刘小玲笔下好似平淡的水一样涓涓流淌，自然而然汇入大海，得以完结。然而，这又不仅仅只是一个简单的“婚外情”题材。作家刘小玲的过人之处在于适时进行小说的导向，让读者思考到底是什么力量酿成了这场并没有坏人参与的惨剧？这力量直击小说一以贯之的主题——人的脸面。

生而为人，我们从小被教导，人活一张脸，树活一张皮。穷途末路之时，什么都可以舍弃，唯独不能不要脸面。最痛击人心的言语便是骂其不要脸。而在作家刘小玲的《脸面》里，人的脸面却遭遇教育的缺失与伦理道德束缚的双重危机。

小说中的每个人都重视自己的脸面，可以说是感觉脸面受辱给了韩华挥刀相向的力量，是对脸面的维护让韩贵山多年因性功能丧失而忍气吞声，是顾及脸面让杨巧杏与老王四处周旋，开展长达 3 年的地下情。小说构思的巧妙之处，在于读者无法仅仅以道德的标准去评判人物孰是孰非。作为一个女人，杨巧杏从老王身上感受到男人对女人的温存、疼惜与怜爱，那是她丈夫所不能给予她的，当她的爱欲与伦理道德背道而驰，她做何抉择才能保全脸面？老王算十恶不赦的坏人吗？也不算。他起初见色起意是真，可巧杏让他重获爱情的滋润也是真，他也从未产生要拆散巧杏家庭的念头。相反，他感激韩贵山多次搭救，对韩华也是疼爱有加。所以老王这个人物有其复杂性，不是简单一句没脸没皮就能一以概之的。而韩贵山也并不是一个真正意义上的被侮辱与被损害者，从某个角度讲，他的软弱来源于无能，他的容忍迫于自私。韩华作为一名受教育者，盛怒之下，顾及脸面的力量战胜了理智的力量，在这里家庭教育与社会教育的缺失，是否应归咎于中国教育的缺失？小说结尾，新闻媒介对此次事件的发酵与造势，直指中国教育堪忧的现状，无疑是小说意外发人深省之处。

可以说刘小玲通过对笔下人物的塑造，完美地诠释了人性的美与丑、善与恶、崇高与卑劣的复杂。他们绞尽脑汁所捍卫的脸面在作家刘小玲所指向的现实面前不过是一层不堪一击的伪装，伪装之下的真面目早已在中国教育与伦理道德的挤压下变了形。所以，在这个对脸面人人维护、不容受损的社会，人人所捍卫到底的是真面目还是假面具？不能不引人深思。

吴云云：纪念曾经的青春和爱情

爱情是人世间一种美妙的感情，无论何时何地，有血有肉的我们都会被美丽而真挚的感情所感动。

刘小玲的小说集《脸面》里收集了三部短篇小说：《飞哥在后面跟着》《两只小白兔》《良子》。这三部短篇小说给我的第一感受，就是有一种宛若身处其中的真实感，这种真实感无疑是打动读者的最好利器。不论是《飞哥在后面跟着》里一直跟随“我”身后、为“我”治愈所有伤痛的飞哥，青春里总有一个甘愿在身后付出、不求回报的守护者；还是《两只小白兔》里志趣相投、情深爱浓的李小白和白小黎，青春里因慢跑这样一个爱好而相互吸引，受挫却依旧坚强的爱恋；抑或是《良子》里在青春里默默守护，而却错过的爱情，“回忆总是美好”，这些简单的、几乎很少受到世俗影响的爱情确实是很多人心里的白月光。向往，又怯懦，回望青春，剩下的除了些许或苦涩或甜蜜的情绪，更多的是一种宁静祥和的淡然。

阅读这三部小说，也是在体会和回味自己的人生，几乎人人都有的专属于青春的爱情体验，这种真实感让人也置身于被爱情支配的苦恼或幸福中，简单却又美妙。

小说的真实感也来源于作家刘小玲的写作角度和技巧。《飞哥在后面跟着》和《良子》都是从第一人称的角度出发，带给读者亲近的距离和代入感，少了疏离感，即使是《两只小白兔》的第三人称角度，却也和《飞哥在后面跟着》一样，写了作家刘小玲很熟悉的长跑，因跑步及跑步中所发生的事件而产生和发酵的爱情，这与作家刘小玲的生活那么的贴近，因为熟悉所以其中的细枝末节更有感染力，而几乎是白描和平铺直叙的语言和叙述风格，更为小说增添了可信度，让读者自然而然地将小说中的“我”和现实中的作家刘小玲甚至是自己的青春回忆联系起来。而这种几乎是将情节的输出和发展均借由主人公之口叙述或者一笔带过、略少铺陈的笔法，更是将读者放在了很多年后客观公正回忆青春和爱情的角度来看待当时的喜怒哀乐，一切的感受是那么真切又感人，仿佛还在昨天，却又过了很多年的间隔感，置身其中却也可以随时抽离，这是纪念曾经的青春和爱情所有的态度。正是由于这种恍若隔世的回忆，所以更加客观，更加真实，更多的笔触付之重大的事件发展和残存的回忆，就是我们现实中回忆和纪念青春和爱情的方式，有日记般的坦诚和简要，对于心绪的整理和筛选，所以给人亲历的真实感。

刚读完这三部小说，会觉得有些平淡，平淡的字眼，平淡的语句，平淡的叙述方式，却构成了真实的表达，会产生共情，回忆起自己的曾经，这正该是读青春类小说该有的反应，不该是为不真实却轰轰烈烈的伟大爱情而痛哭流涕，而忘却和忽视自己生活中的略显平俗的青春和爱情，而是润物无声，带来同理心，为这真实感鼓掌，为自己的青春和爱情动容，感受其中的美妙和真挚。

龙晓灵：对刘小玲底层叙事的评析

刘小玲的小说集《脸面》里收集的三部短篇小说《浪子》《鸽子飞走了》和《好人担了个赖名誉》，均取材于社会题材，其主要叙述社会现实和人生，并聚焦于村镇的小人物。作家刘小玲关注社会现实中小人物的人生，对千变万化的人生进行清醒的思考，同时也延伸到社会现状。通过人物的人生经历来表现社会现实，反之，也从社会现实来看人生。

文学源于生活又高于生活，如何让社会现实生活和文学联系在一起，如何实现文学对现实的“介入”？作家刘小玲通过底层叙事来实现文学和现实的有效联系，并叙述自己对社会和人生的独到发现。作家刘小玲的底层叙述不以苦难为主，而是关于人在社会现实中的生活状态。

如《好人担了个赖名誉》主要写肖云峰任五里湾小学校长，受到众人的好评和尊敬，却因卖豆腐的王成一个“善意”的帮忙和“如实”地告知局长而产生了人们对肖云峰的误解，受到众人的编排和唾弃，肖云峰最后落寞而狼狈地离开，15 年之后，七妹根据剧作家莹莹所编剧的《班主任》解开误会，肖云峰只是以笑和从容的心态面对社会现实中的误解。小说结尾，肖云峰和剧作家莹莹的一句调侃“好人担了个赖名誉”回应大家。这种淡然而从容的生活心态是难得的。

如《鸽子飞走了》中叙述了鸽子由美满幸福最终走向死亡的一生。鸽子勇于追求自己的幸福，和庆飞自由恋爱而结婚；勇于承担生活的坎坷，面对丈夫庆飞的背叛，虽已心灰意冷，但为了孩子而委屈隐忍，最终却因产子而亡。鸽子一生向往着自由，最后却也难以脱离社会世俗的眼光和道德的约束。小说结尾写道“鸽子死后，一只灰色的鸽子在她家的窑檐下盘旋，盘旋，盘旋了好一阵，最后朝南飞走了”。这何尝不是鸽子希望挣脱家庭的束缚而展开心中的翅膀向自由飞去？

如《浪子》中通过“电话”来写“我”和浪子之间的联系，“我”和浪子通过电话，彼此寻找到精神上的慰藉。这不仅仅是叙述“我”和浪子在社会现实中的生活状态，也折射出在现实中一种普遍的生活状态，即“身在拼搏，心在流浪”。这样可以看到作家刘小玲关注的是人在社会现实的生存状态，并非是人在现实中所经历的苦难。

作家刘小玲所关注的底层人物是千姿百态的，不局限于农民、杂工和妓女这类。其人物性格也是多种多样，不是单一的突出底层人物性格的善良、质朴和勤苦，在这几部小说中人物性格是多面的。如耿直从容的校长肖云峰、聪慧大度的剧作家莹莹、市侩狭隘的卖豆腐王成（《好人担了个赖名誉》）、勤劳能干并料理家务的鸽子、专爱打扮和享受的芳芳、贩卖原油中精明能干的庆飞和呆傻憨厚的聪聪（《鸽子飞走了》），开小超市的“我”、寡言而能干的打工仔浪子（《浪子》）等。这些不一样的底层人物，有着不一样的人生，折射出不一样的社会现实。

此外，底层的人物形象多是被看成弱者，他们卑微、贫苦、软弱，被人们同情和援助。但是，作家刘小玲塑造的底层人物形象是勇于追求的人，他们寻求精神的抚慰、追求自由、追求人性至善。《浪子》中的“我”不解浪子为何要通过电话花钱聊天，之后转变成 “我”给浪子打电话听我讲故事，而浪子帮助我找到创作的灵感。最后浪子给“我”发的信息“异国夜半雨绕梦，思绪如潮烟如风。往昔夜夜谈心情，今日暗语独飞筝。记得我吗？猫，祝你永远快乐！”“我”和浪子抚慰彼此的精神，“我”也找到自己的精神家园。《鸽子飞走了》中从鸽子与庆飞自由恋爱而结婚看，鸽子勇于追求恋爱自由和婚姻自由，不顾世俗的眼光。但当知道庆飞和芳芳偷情并私奔后，鸽子却被束缚在世俗的道德和家庭约束中难以挣脱。鸽子想以死解脱未成，最后却又“死于产后血迷”。最后如同那灰鸽子一样飞向远方，追求自由。《好人担了个赖名誉》中莹莹对当时人们误解肖云峰而自己难以澄清，在多年后通过微电影《班主任》来澄清。七妹因看了《班主任》微电影，最后从莹莹那里了解到当时人们对肖云峰的误解，她勇于面对自己的错误，“她宁愿被肖云峰骂，被杜媛媛打，也要为他们再撮合一次，让原本幸福的一家人过上幸福的日子。否则，她的下半辈子一直会在纠结中、自责中、难过中、郁闷中度过”，从而再次促成肖云峰和杜媛媛复婚。肖云峰对于误解从惊慌失措到多年后以笑释怀。这不仅体现人性的真善美，也表现他们对人性至善的追求。

由此可知，作家刘小玲的底层叙述是值得肯定的，但也可以看到缺乏宏大的社会叙事背景。如《浪子》中只是通过“电话”和互联网可知故事发生在 20 世纪 90 年代，人物只是“我”和浪子，其他人物皆一笔带过。不免显得浅显和单一。《鸽子飞走了》中讲到改革开放，虽然讲到杏庄人土炼油致富，但也是一笔带过，更多的写到庆飞因此颓废，到后来因贩卖原油振作，这只是成了故事发展的一个催化剂，却缺少一种社会现实感。《好人担了个赖名誉》文中写到肖云峰大专毕业以及 15 年后的微电影《班主任》，可知大概的社会背景和故事时间的跨度。这里作家刘小玲虽然采用的是全知视角，但是叙述的主要是人物的活动，缺少社会现实背景的融入。但不能因此判定作家刘小玲社会篇小说的创作是失败的，我们应肯定作家刘小玲的底层叙事。从这点来看，作家刘小玲的这几部短篇小说创作又是成功的。

武小景：脚踩时代鼓点，笔谱人间悲欢

《雪天不再冷》《生命树》《叶晓晓扶贫记》这三部短篇小说收集在作家刘小玲的小说集《脸面》里。可以说作家紧密结合当下时代热点，创作了一系列具有鲜明时代气息的作品。例如展现扶贫政策带给农民的影响，结合时代热点创作的精准扶贫小说《雪天不再冷》，正如小说开头引子部分提到的喜旺爷爷的创造的经典名言“人心暖，不怕寒”。小说讲述了善良的喜旺爷爷一生曲折的历程，虽然是写扶贫工作中的一个小人物，但其身上折射出的却是璀璨的人性光辉。喜旺爷爷符合贫困户条件，却拒绝享受贫困户待遇，因为自己“已经是土埋到脖子的人了”“后事已经安排好了”，他这一举动与争抢贫困户名额的其他人形成对比，感动了孤儿出身的年轻扶贫书记贺秋红。精准扶贫初衷是扶贫，但先要扶志才能实现扶贫，精神的贫瘠无法带来财富的沃土，精神的贫困才是致贫的关键，就这一主题来看，《雪天不再冷》表达得非常好。

人类对于自然过度的开发改造等活动导致的一系列自然灾害在如今已不是耸人听闻，作家把在家乡发生的一次洪灾写入小说。《生命树》讲述了“我”雨夜抗险救灾，不慎落入洪水迫近死亡关头的时候，因小时候种下的一棵榆树而意外得救的传奇故事。作家在小说中反思了大理河的泛滥与树木的减少不无关系，人祸是因，天灾是果，类似的观点其实算是老调重提，但作家将佛家福祸因果的理论引入小说，天怒惩戒人类，姥姥对种树的虔诚最终拯救了“我”。人在做，天在看，作家将神秘的“报应”化为小说中“我”的真实感受，让读者在浑身战栗的同时，作家也期望人的行为会有所收敛，也许只有当人类始终头悬“达摩克里斯之剑”的时候，才会对自然存敬畏之心，

保护生态环境。从这一角度来看小说，《生命树》更具传奇色彩，不像传统意义上的小说。

作家出身于陕北榆林，小说也不断显示着作家的身份。在小说《雪天不再冷》中多次出现当地方言，“冬天穿着烂裤裆裤子，裤裆露出的破棉絮，仿佛绵羊身下悬吊的羊卵卵”“他骨子里善良，又知蜘蛛并非害虫，就用镢头轻轻拨开蛛网，露出把门铁将军”，语言通俗易懂又体现着陕北特色，看似很浅，但又不乏深刻，“他知道生命如草，青葱翠绿后就会走向枯萎，如割韭菜，一茬一茬又一茬，很快会轮到自己了”。我不禁怀想，对喜鹊岭一位善良爷爷的想象塑造，是否也饱含了作家对于家乡的热爱呢？当今社会浮躁，我们似乎已经很难看到像喜旺爷爷这样的人物，作家把这样的故事写进小说，寄予了对时代新人的期望。

就彰显时代特色这一角度而言，作家这一组作品，可以说是紧密结合时代的鼓点而创作的。丰富的时代背景与小说人物的命运相关联，人物的一举一动都是特定时代影响下的反映，与之相应，作家创作的局限也比较明显。为表现时代这一大的主题，人物心理、感情的变化被作家忽略了，更遑论为展示宏观全景，作品大都采用全知视角而导致人物个性单薄，这也使得小说更像传奇，情节跌宕起伏，但情感丰富性不足。虽然在《雪天不再冷》中有从贺秋红、黄潇潇角度叙述，但总体来说这一“挽救”并不十分成功。诚然，我们不能过分苛责作家某些局部的失误，能这样创作已经十分不易。希望众读者也能从作家的创作中，获得新时代的独特感悟。

张倩茹：救助与相偎，心灵的知音

“人类的悲欢并不相通，我只是觉得他们吵闹”。鲁迅曾这样冷眼观世界，但他又说：“无穷的远方，无数的人们，都和我有关。”不论是冷眼看人生还是兼济天下苍生，都是基于人类情感世界最本真、最深处的理性和感性交织的机能——心灵。刘小玲的短篇小说《道姑》《清明祭》《我的那只灰鸟》，围绕着救助与相偎的主题，刻画了三个动人的故事。这些故事把人类乃至动物对苦难的承受和对美好情感的向往，表达得淋漓尽致。故事中的主人公在历经人世间的冷暖悲欢后，依旧对生活抱有美好的企盼，展现出弥足珍贵的闪光点。另一方面，主人公受尽世间阴差阳错的折磨后，最终找到了与之携手的心灵伴侣，不论他们之间有无一种法定意义上的关系，这种感情是超越了亲情、爱情之外的一种相濡以沫、孤独者和孤独者相互慰藉的不俗情感，是在高度的精神共鸣下产生的超脱人类一般情感的东西，它来自于两颗心灵的碰撞与交会。

“相濡以沫，不如相忘于江湖”。这句话在我看来，相忘的目的是不愿在相濡以沫的柴米油盐当中耗尽心力，最终失去当初的那一份惊艳与纯真。而在作家刘小玲这里，她的“相濡以沫”是超出了日常琐碎的感情消耗，而上升到了知己难寻的境界中。

正如小说《道姑》中，女主人公智玉大师在经历坎坷人生后，拂去尘世哀痛，隐身于白云山道观之中了却残生，却坚守着母性的本质，母爱的本分。失去孩子的伤痛和家人的误解以及乡亲的无情，乃至战争的伤痕，并没有使她忘却对孩子的爱怜和关怀。在智玉大师救助的孩子中，雁儿的特殊存在勾起她心底柔软的情愫，但她最终也没有与雁儿的父亲大成结为连理，而是一如往日救助孩童，潜心修道。大成也是心灵创伤的患者，两人在几十年内相濡以沫，虽动了情，但最终没有打破那一份美好而完整的救助与感恩的知音之情。

在小说《清明祭》中，女主人公最终完成了在战火中牺牲的丈夫的遗愿，与先夫的战友结为夫妻。多年后，女主人公的一双儿女来到父亲的坟前，对着给予他们生命又托付终身的人深深地鞠躬……虽不像小说《道姑》中的情节，主人公与大成数十年相互取暖却不结婚，这篇小说的女主人公选择了与丈夫战友相依为命，共同抵御余生漫长的凄苦，但也正因为二人关系的特殊，也使这份感情更多了一分勇气，多了一分责任，多了一分担当。

在小说《我的那只灰鸟》中，作家刘小玲一改饱受风雨的男女作为主人公，而选择了人与鸟作为叙述主体，道出了一个人与自然和谐共存的美好故事。人与鸟同是自然界生物圈的重要组成部分，人与鸟和睦相处，共同分享地球，人们的生存环境才有多姿多彩，生机蓬勃的景象。《世界保护益鸟公约》规定每年的 4 月 1 日为“国际爱鸟日”，呼吁人类爱鸟护鸟。作家刘小玲的小说正迎合了《世界保护益鸟公约》精神，可谓一部爱鸟护鸟的代言佳作。故事讲述了“我”与灰鸟的一个爱心传递过程。故事中“我”救了灰鸟，灰鸟又救了“我”家屋檐下的一窝雏燕。作家给这只灰鸟和那窝燕子，赋予了人类般的美好的心灵和情感，字里行间传达出一种爱的力量，让人自然而然地联想到保护野生动物，维护生态平衡，不仅关系到人类的生存与发展，也是衡量一个国家，一个民族，一个城市文明进步的重要标志。小说以人鸟分离而结尾，更是一个精妙而合理的安排。告诉人们鸟是人类的朋友，既可以与人和睦相处，也要回归大自然这一伟大真理。

赵媛媛：下笔若有力，文章尽传神

莫言先生曾经在其作品《蛙》的序言中提出，长篇小说要想成为一部伟大的经典之作，必须要有三度：长度、密度、难度。作品中有波澜壮阔的浩瀚景象，思想之潮汹涌澎湃，裹挟着事件、人物，排山倒海而来，让人目不暇接，谓一部好的长篇小说。而就我之拙见，短篇小说，尤其小小说这样篇幅受限的作品，要想在容量、气势上抓人眼球，就必须要在力度上高人一等。

小说的力度，换言之，就是小说的表现力。在极短的篇幅中，用极少的字数呈现出强大的表现力，是小小说作家的首要任务。这种力度，可以是言简意赅，可以是言近旨远，也可以是微言大义，总之就是极短的篇幅中蕴藉大量的信息。情节不必跌宕起伏，但要有一唱三叹之感。字数有限，就要字字玑珠，不说废话，每一句都有浓烈的表现欲，虽面色不改，但行间尽是激雷，让人读之心中凛然，合卷之后仍觉意犹未尽，这就是我所谓之力度了。

刘小玲是陕北人，陕北人说话语调平实却言简意赅，这一特征也表现进她的小小说作品中。作为一名女性作家，她在刻画女性人物时所用的语言是独特且简略的。《小寡妇杀羊》中，寥寥数语就把一位命运不幸却要强自立的寡妇形象刻画出来了。小说的精彩之处在结尾，小寡妇在得知真相和识清村主任的丑恶嘴脸时，“手握明晃晃的杀羊刀”“猛地转身，双目聚光”“狠狠剜一眼”，几个极为简单的动作，就把她对自私虚伪小人的痛恨写了出来。小说构造最为传神的画面也在结尾，小寡妇手起刀入，羊血喷涌，村主任受惊下跪，人尿骚味和羊血腥味混合，整个空间里唯一能调动读者感官的只有血的鲜红和气味的难闻，听觉上却是死寂般的沉默，仿佛是观众的视觉受到剧烈刺激后短暂的耳鸣。简单几笔就能带给读者这样的阅读感受，可见作品语言的表现力度之强。

同《小寡妇杀羊》强烈的画面与语言的冲击力强大成反差的，是作家刘小玲的另一部小小说《一棵杏树的命运》。《一棵杏树的命运》整体风格是清新隽永的。如果说“小”是一幅描绘人性的浓墨重彩的油画，那么“一”则是一幅午后春阳笼罩下农家小院的简单速写。“一”言近旨远，看似在写家中院子里的一棵杏树，实则是在写作家同杏树一起成长的33年时光，泪眼蒙眬中怀念的不仅是早已不复存在的杏树，还有逝去的青春岁月。一句“时光太匆匆”，其实就是作家最想表达的主题。

收集整理于 2018/11/28